Lady in Waiting
by Marie Tremayne

伯爵家のメイドの秘密

マリー・トレメイン
上京恵[訳]

ライムブックス

伯爵家のメイドの秘密

主要登場人物

クララ・メイフィールド……………資産家の娘
ウィリアム・ホルステッド…………アシュワース伯爵
ルーシー……………………………クララの姉
エリザ・カートウィック……………ウィリアムの妹
ロザモンド（ロザ）………………エリザの娘
トーマス……………………………エヴァンストン子爵。ウィリアムの親友
ラザフォード男爵…………………クララの婚約者
アビゲイル…………………………メイフィールド家のメイド
ミセス・マローン…………………伯爵家の家政婦長
アメリア……………………………伯爵家のメイド。アビゲイルの姉
マシュー……………………………伯爵家の従僕
ステラ………………………………伯爵家のメイド
パクストン…………………………伯爵家の土地差配人
スキャンラン………………………ウィリアムの商談相手

プロローグ

一八四五年春
社交シーズンの初め
イングランド、ロンドン

馬車がロンドンの町屋敷《タウンハウス》から遠ざかるにつれて、クララの心は沈んでいった。不安な面持ちで姉のルーシーを見る。幌《ほろ》の開いた辻馬車で隣の席に座るルーシーは、青ざめて暗い顔をしていた。馬の足音は道路に大きく響き、敷石を打つ音ひとつひとつがふたりの計画を明確に世間に知らせているようだ。といっても、良心の呵責《かしやく》がそう感じさせているだけなのだろう。

それでもクララは馬車の大きな音にたじろぎ、少しでもルーシーの顔を隠しておこうとフードの端をつまんでさらに引きおろした。姉が横を向いて大きな青い目でクララを見て、心配そうにため息をつく。

「ほかに方法があればよかったのに。本当に残念だわ」

クララはルーシーの震える手をぎゅっと握りしめた。「このことはもう話し合ったはずよ」過ぎゆく風景に目をやり、近くの家々の暗い窓を眺めた。闇の中で見るそれらの家は不気味で、幽霊でも出そうに思える。「お姉さまとダグラスが一緒になるには、こうするしかないの。お父さまを説得しようとしたのは無駄だったでしょう」

「ええ、わかっているわ」ルーシーが悲しげに応えた。「だけど、いまわたしが気がかりなのは、お父さまよりもあなたのことよ」

極端な行動ではあるけれど、クララは姉の選択を全面的に支持している。でもルーシーの駆け落ちの噂が広まったなら、醜聞のために……社交シーズンはクララにとって……過ごしにくいものになるだろう、控えめに言っても。

馬車が急カーブを曲がると、ルーシーがクララのほうに横滑りした。クララは突然体が接したのを利用して、姉を強く抱きしめた。ルーシーの頬にキスをして顔を寄せる。

「わたしのことは心配しないで」

ルーシーが軽い気持ちで駆け落ちを決めたわけではないのはわかっている。彼女はあらゆる方法を検討し、母と父に個別に訴えようとした。愛する男性と別れるという想像しがたい将来について考え、社交シーズンのあいだに分別はあるが喜びのない結婚を取り決める可能性を考慮することさえした。

けれども結局はダグラスへの愛が勝った。彼には縁故も財産もないけれど、ふたりは互いにとってなくてはならない存在で、この半年間、彼らは独創的な方法を次から次へと考え出して逢瀬《おうせ》を重ねてきた――道路をはさんで相手の姿をひと目見るだけ、というときもあった。ダグラスがルーシーたちの社会階層から遠く離れたところに位置しているのは運が悪いとしか言えず、村での散歩中にあの圧倒的な存在感を持つ商人と偶然出会って以来、ルーシーはしばしばその事実を嘆いていた。だがダグラスは自らの血統を誇りに思っており、仕事熱心で、ふたりの地位の違いを恥じていなかった。尊大で愚鈍な上流貴族とまったく異なる気取りのない性質ゆえに、ルーシーは彼を愛さずにいられなかったのだ。

クララとルーシーは互いの体に腕をまわしたまま、馬車の旅を続けた。やがてロンドンのガス灯は、郊外へ続く道路の弱々しい照明に取って代わった。まもなく馬車ががくんと前のめりになり、御者は高い台から命令口調で「どうどう」と言いながら手綱を引っ張って馬の速度を落とした。ルーシーがすぐさま姿勢を正し、クララは首を伸ばして外を見た。すると道路脇に荷馬車の形が見て取れた。馬車が止まると、ひとりの男性がランタンを高く掲げて道路に足を踏み出した。

「彼だわ！」ルーシーは叫び、広がったスカートを急いでかき寄せた。

御者がレバーを引いて折りたたみ式の木製の扉を開けると同時にダグラスが駆け寄り、ルーシーはその腕に飛び込んだ。彼の持つランタンの黄色い光が揺れる。ダグラスが期待と喜びのこもった息を大きく吐いた。

「やっと会えた――」

彼はランタンを地面に置いて、ルーシーをしっかりと抱きしめた。ふたりが人目もはばか

らずキスをしているあいだに、ルーシーのキャラメル色の頭からフードがずりさがる。クラ
ラは目をそらし、笑顔で馬車をおりた。御者も気をきかせて、馬車からルーシーの鞄《かばん》を取り
出すことに専念している。
ルーシーとダグラスはゆっくり顔を離して互いを見つめ、歓喜の瞬間を迎えられたことが
信じられないかのように息を切らせて笑った。さっきまで顔色の悪かった姉の頬が幸せで紅
潮しているのを見て、クララはうれしくなった——自分たちは正しいことをしているという
確信がますます強くなる。姉が永遠にあれほど幸せそうにしているのを見るためなら、自分
はなんでもするつもりだ。
ダグラスがルーシーの手を握り、横を向いてクララに目を移した。灰色の瞳は感謝できら
めいている。「お姉さんを連れてきてくれてありがとう」
クララは微笑んだ。「わたしが一緒に来られなかったとしても、お姉さまはひとりでも来
たはずよ。生まれてこの方、これほど強く決意をかためた女の人は見たことがなかったわ」
ダグラスが真顔になった。「きみは大丈夫なのか？　ご両親は——」
「何も問題ないわ、あなたがお姉さまを幸せにすると約束してくれるなら」クララは姉のほ
うに頭を傾けた。
「わかった」ダグラスが熱い視線でルーシーの顔を見おろす。「ああ、その約束を守るのは
簡単だよ」
遠くから聞こえた音に注意を引かれ、ルーシーは急いでフードをかぶり直した。クララも

自分のフードがちゃんと頭を覆っていることを確認したとき、一台の馬車が無人の道路を高速で通り過ぎていった。クララは姉の目をとらえた。

「わたしは戻らないと、お母さまとお父さまに不審がられる前に」

ルーシーが近づいてきてクララを抱きしめる。クララは姉の髪の甘い香りを吸い込んだ。姉にまつわるすべてを記憶しておきたい。次にいつ会えるかわからないから。ふたりは平静を装っていたが、それでも別れの言葉を口にするのはつらく、互いの体を離したときはどちらも涙をぬぐっていた。

「どうしたらあなたと連絡が取れるかわからない」ルーシーがすすり泣きながら言う。

さらなる涙でクララの視界が曇った。「連絡は取らないほうがいいわ。少なくともしばらくは」

クララは姉の頰にキスをしたあと、ダグラスにも同じようにした。「わたしのためにも、お姉さまのことをよろしくね」小声で言う。

ダグラスが彼女の肩に手を置いた。「ありがとう、クララ。いろいろと尽力してくれて」

クララは無言でうなずいたあと、姉に小さく笑いかけた。

馬車に戻ろう、行かないでとお姉さまに懇願する前に。

姉がいないと寂しくなるだろう。でも、ルーシーは心から愛してくれる男性と一緒に自分の選んだ人生を送るのだという事実に慰めを見いだそう。ほとんどの女性は、そこまで幸運ではない。

おそらくクララ自身も。

こわばって鉛のように重くなった脚でなんとか後ろを向き、彼女は馬車に乗り込んだ。最後に一度手を振ったあと、馬が御者に促されて走りだす。馬車が帰り道を進みだしたときに初めて、いま起こっていることの重大さが身にしみて感じられた。姉は新たな人生を始めるため、あらゆるものを捨て、家族みんなを捨て、クララを捨てようとしている。明日、両親が目覚めたとき、すべては変わっているだろう。クララはルーシーの旅に同行しないが、自分の人生も取り返しがつかないほど大きく変わってしまったという気がした。不意に狼狽《ろうばい》で胸が締めつけられる。

最後に姉をひと目見たくて馬車の窓のほうへ身を寄せ、外をのぞいた。けれどもダグラスのランタンは早くも徐々に遠ざかっていて、ルーシーの姿も消えていた。

座席に沈み込んだクララは涙をこらえた。正しいことをしたという絶対の自信はある。でも同時に、それによって自らの破滅を招いたのではないかと思わずにはいられなかった。

1

一八四五年八月
社交シーズンの終わり
イングランド、ロンドン

ウィリアム――アシュワース伯爵――は今夜、舞踏会に行かない。

ようやく心を決めた彼は、安堵《あんど》のため息をついて白い首巻き《クラヴァット》をゆるめた。サイドボードまで歩いていき、ブランデーをグラスに注ぐ。おのれの失敗を認めた苦痛を酔いで忘れたい。情けない話だ。せっかく、社交シーズンの最後を飾る最も人気の催しに出席するため、ケント州の領地から馬車の旅に我慢してきたというのに。本当に出席したなら、新しいアシュワース伯爵をじかに見たいという上流社会の厄介な要求を満足させ、しばらくは彼らの噂話を静められたかもしれない。だが一方、それによって噂の炎が耐えられないほど激しくかきたてられた可能性もある。上流社会というのは気まぐれなのだ。

額に汗が浮き、ウィリアムはリネンのシャツの上のボタンを外したあと、震える指でタンブラーをつかんで酒をあおり、喉に火のような熱さを流し込んだ。うめいてグラスを乱暴に置く。おかわりを注ぐ手を止めたのは、友人のトーマス——エヴァンストン子爵——の突然の登場だった。ウィリアムのだらしない格好とは対照的に、トーマスはきちんとした服装で、フォーマルな黒と白の衣装でも完璧にくつろいで見える。彼はまずウィリアムが手にしたデカンターをちらりと見、次に眉をあげてウィリアムの服装に批判の目を向けた。

「ふつうなら、シャツを開いてクラヴァットをゆるめた格好で舞踏会に出ることは勧めない。しかし、ご婦人方が喜ぶのは間違いないな」軽くそう言って書斎を横切り、ウィリアムに歩み寄る。からかうような口調だったが、そこに気遣いも含まれているのをウィリアムは聞き逃さなかった。

「今夜は家にいる」無表情で告げる。

トーマスは足を止め、ウィリアムの手からクリスタルのデカンターを取りあげて蓋をした。「おいおい、アシュワース」穏やかに戒める。「ぼく以上に無責任な人間になるのはやめてくれよ。きみが求めたとおり、ぼくたちは社交シーズンの終わりまで待ったんだ。そしてきみは行動に出た。招待を受け入れ、ロンドンまで旅をし——」

ウィリアムがうんざりした顔を向けると、トーマスはすぐさま黙り込んだ。「ああ、行動に出た。結局のところ、わたしにできるのはそこまでだった」

友人の顔を一瞬よぎった落胆に、ウィリアムはいらだちを覚えた。当然ながら、人々はウィリアムが世間に顔を出さないことに憤るだろう。特に、彼はようやく今夜のメイフェアでの催しに出ることに同意していたのだから。だがウィリアムが現れたからといって、上流社会が満足してくれる保証はない。彼らの質問に対するウィリアムの返事ひとつひとつが意地悪く分析される。まるで粗探しでもするように。いくら自信のある態度を示したくても、ほんの一瞬でも返答をためらえば、噂話にいっそう拍車がかかるかもしれない。

結婚相手として望ましい貴族が遭遇した悲惨な事故。それがどれだけ人の興味を引くかはウィリアムも知っていた。だがこの一年あまり、彼は世間を楽しませることなく田舎に引きこもり、愛する三人の死を悼みながら自らの心身の傷の回復に努めてきた。世間は今夜、ウィリアムの不在をよく思わないだろう。

げんなりして目を閉じる。やつらはみな地獄へ行けばいい。

「なあ、きみがどうしようがぼくはかまわない」トーマスはそう言ったものの、それは嘘のにおいがした。「それにどんなときでも、上流社会の考えを押しつけてきみを困らせるつもりもない。しかし忘れているかもしれないが、これはきみ自身が望んだことなんだぞ……自分のため、そして妹さんのために」

そう、ウィリアムにとって、昔からエリザのことがいちばん大事だったのは間違いない。とりわけいまは、彼女の住む家が亡き夫の跡を継ぐ男性に相続されることになっているのだから。エリザが再婚を決めたときに備えて、彼女が社交界に戻れるようウィリアムが道筋をつけてやる必要がある。それに彼は、父にも兄にも誇らしく思ってもらえるような伯爵にならねばならない――ふたりとも、もはやこの世にいないが。

つねに頭の隅にひそんで彼の意識を乗っ取ろうと待ち構えている記憶に襲われ、ウィリアムは唾をのみ込んだ。実際のところ、それは記憶というより、執拗《しつよう》に頭の中で繰り返される恐ろしい物語に思える。

胸が悪くなるほど傾いた馬車……馬の悲鳴……家族の最期の姿、暗闇の中で淡く光り、恐怖に大きく見開かれた目。馬車の中で向かい側から手を伸ばしてきた父――。

「ウィリアム！」

まばたきをして、ウィリアムは悪夢のような思い出を振り払おうとした。顔から血の気が引くのが感じられる。トーマスもそれに気づいたらしく、サイドボードに目をやった。さっきウィリアムの飲酒を非難したにもかかわらず、デカンターの蓋を開けてグラスにおかわりを注ぎ、ウィリアムの言葉を待った。

「妹のためになることなら、わたしの力の及ぶかぎりなんでもする」ウィリアムはようやく口を開いた。

友人が首をかしげる。「しかし、今夜のことには力が及ばないんだな？」

その質問について真剣に考えた末、ウィリアムはぶっきらぼうにうなずいて横を向いた。トーマスは静かに彼を見つめたあと、大きなため息をついた。「そういう気持ちをぼくは理解していないと思っているんだろう。だが、理解している」タンブラーをウィリアムのほうに滑らせ、自分用にもグラスを出す。「しかし、これは貴族連中がきみを問いつめる機会だと思うんじゃなく、きみ自身が立てた計画的な行動だと考えるべき――」

「自分自身をあらゆる言葉で鼓舞してみたさ」ウィリアムはつっけんどんにさえぎった。「努力しなかったとは思わないでくれ。だが、わたしもあの馬車にいたんだ。体の傷は癒えたが、目に見えない心の傷のせいで日常に支障をきたすことがある。家族を失ったあと、それを乗り越えて先へ進むのはそう簡単じゃない。わたしは自分を制御できない。身勝手なろくでなしどもは、わたしの苦悩の兆候を見つけて大いに面白がるに決まっている！」

グラスを投げると、床に絨毯《じゅうたん》が敷かれているにもかかわらず大きな音をたてて粉々に割れた。琥珀《こはく》色の液体が飛び散って絨毯に染み込む。重苦しい静寂が漂う中、ウィリアムとトーマスは怒りの爆発がもたらした惨状を見おろした。ウィリアムはいらいらと自分の顔をこすった。

「ちくしょう」

トーマスがさりげなく壁のほうに移動して、呼び鈴を引っ張った。それからウィリアムに歩み寄り、肩をつかむ。

「あらゆる状況を完璧に制御できるわけじゃない。その事実を受け入れるべきだ」

ウィリアムはあきれた顔をしてみせた。「そう言うきみは、部屋に入るだけでそこにいる全員を支配できるじゃないか」ため息をつく。「それにこれは話が違う」

「そんなことはない。きみが思う以上に似ているぞ。ぼくが世渡りに成功しているのは適応力のおかげだ。状況に応じて進む道を変えている。状況のほうを変えているわけじゃない」

「今夜の舞踏会では世間が期待するようなふるまいができそうにない。そういう状況に応じて、わたしも進む道を変えることにした。舞踏会に行かないという道に」

とはいえ、ウィリアムもトーマスが正しいことはわかっていた。だが、世間に身をさらすのは簡単なことではない。なんの前触れもなくあの馬車に引き戻され、家族の最期の記憶に襲われかねないのだ。そんな事態を引き起こす危険は冒したくない。

トーマスがウィリアムの肩をつかみ、現実へと引き戻した。ゆがんだ笑みを浮かべる。

「わかった。きみにとっては、今夜の舞踏会は欠席するのがいちばんいいのかもしれないな」

ウィリアムは力なく笑った。「だから、そう言ったじゃないか」

「ああ」トーマスが頭を振る。「一緒に〈ブルックス〉へ行こう。カードゲームでもすれば気が紛れるぞ」

その提案をウィリアムは一蹴した。「冗談だろう。舞踏会に行くのを断りながら、ロンドン市内をうろつくだって？　それはまずい」

「そうだな」トーマスがにやにやする。「女はどうだ？　ときには女を抱くことで最高の気晴らしができる」

ウィリアムは黒い燕尾服《えんび》を脱ぎ、辛辣に言い返そうとしたが、そのとき従僕のマシューが部屋の入り口に現れた。

「お呼びでしょうか？」

ウィリアムはクリスタルの破片と、そのまわりの液体を手で示した。液体の大部分は、すでに濃い青の絨毯に吸い込まれている。「部屋を汚してしまった。すぐに掃除を頼む。それと、エヴァンストン卿の馬車を屋敷の前にまわさせてくれ。まもなく帰るそうだ」

トーマスが両眉をあげる。「何かきみの気に障ることをしたか？」笑いながらの質問だったが、心配しているのは明らかだ。

「いや、だがきみには、ここ以外に行きたい場所があるらしい」重苦しい口調になった。

「それに、わたしはなんだかひどく疲れた」

ふたりはしっかりと握手をした。トーマスが声を低める。

「明日、ケント州に帰ろうか？」

ウィリアムは歯を食いしばり、黙ったままうなだれた。

トーマスがそっけなくうなずく。「ともあれ明日だ。舞踏会なら、またほかにもあるさ」

元気づけるように言った。「まあ、いずれ万事うまくいくよ」

賛同するようにうなずきながらも、ウィリアムはあまり楽観的にはなれなかった。


クララはため息をつき、ダンスフロアでワルツを踊る男女を憧れの目で見ながら、手袋をした手を膝の上で組んだ。ひとシーズンなんの収穫もなく過ごしたので、いまになって求婚者が現れるという幻想は抱いていない。でも、せめて一度くらいはダンスをしたい……踊るのは大好きなのだ。

予想どおり、ルーシーが駆け落ちしたため、メイフィールド家との交流は望ましくないどころかおぞましいと思われるようになった。クララは社交シーズンのあいだじゅう、ロンドンの蒸し暑い客間や舞踏室で無視されて過ごし、ひとり寂しく部屋の隅に立つか壁際に座っているかを余儀なくされていた。

いいえ、ひとりではない。ルーシーが身分の低い男性と偶然出会って恋仲になったことを考え、父はどんな危険も冒さないようになった。姉のような醜聞をふたたび招かないよう、クララはつねに母親に監視されており、メイフェアで開かれる今シーズン最後の大規模な舞踏会でも例外ではなかった。

花嫁としてクララが提供できるものが皆無というわけではない。銀行業で富を築いたメイフィールド家の女相続人としての財産があり、容貌もそんなに悪くない。だからこそ、舞踏会や夜会への招待状が激減し、出した手紙への返事が来なくなり、社交訪問を避ける女性が増える一方だという事実が、いっそうつらく感じられるのだ。長年の友人たちは背を向け、人前でクララを無視するようにまでなった。クララは彼女たちの無礼さや移り気に腹を立てつつも、微笑んでみせるよう自分に命じた。怒りを爆発させることで、家族をさらなる嘲りの的にはしたくない。

男性の訪問者がいないのも驚くことではなかったが、自分がどれほど悲惨な状況に陥っているかを本当に悟ったのはつい最近だった。その頃には、両親はひとシーズンを棒に振ったことによる損失を計算せざるをえなくなっており、クララはついに自らの過酷な将来を思い描くようになった――孤独で、子どももなく、相談する姉すらそばにいない独身女性として生きていくのだ。

頭が痛くなってきて、クララは母親を盗み見た。クララと同じく、ミセス・メイフィールドは色白でダークブラウンの髪をしている。目の色も同じダークブラウン。いま、母のその目は豪華なお祭り騒ぎをぼんやりと眺めている。クララはまたしても罪悪感に襲われた。両親は善人だ。けれど上流社会は残酷で、メイフィールド家の不幸を喜び、ほくそえんでいる。とはいえ、彼らが分け隔てしないのは知っていた。不運に見舞われた家族なら、みな同じように仲間外れにされるだろう。だからといって、苦痛がやわらぐわけでもないけれど。

実のところ、今夜は別の犠牲者も現れたのだ。クララは紳士淑女たちの怒りのささやきを耳にしていた。アシュワース伯爵が今夜の招待を受けておきながら、姿を見せなかったらしい。人々は彼の無礼さに憤慨しているのに加え、家族が恐ろしい悲劇に巻き込まれた男性を観察する機会を逃したことに不満を覚えて機嫌を悪くしている。

それ以外にも――少なからぬ不機嫌な女性たちから――聞こえてきたのは、アシュワース伯爵は非常に魅力的だという話だった。もっとも、ここにいる人たちに審美眼があるとは思えない。爵位を持つ独身男性は、たとえ年配で太っていようと、まだ歯が全部そろっているなら、飛び抜けてハンサムと見なされるものだ。いずれにせよ、嘲りの対象という立場を珍しく他人と分かち合えたことについて、クララはアシュワース伯爵に感謝の念を覚えた。

上流社会や彼らの生き方のことばかり考えるのに飽き飽きした彼女は、母親のほうを向いた。「飲み物のテーブルへ行って、何かいただかない?」母の腕に軽く触れて問いかける。

母は眠りから突然起こされたかのようにびくりとし、弱々しく微笑んだ。「ええ、そうね。

ここはかなり暑いわ」

ふたりは立ちあがって軽食室に入っていった。いま、部屋にはひとりの年配男性しかいない。湯気の立つニーガス酒を手に持っている。クララはこの香辛料を加えたワインの強い香りが苦手なので、急いで母をテーブルの端にあるレモネードと氷のほうに導いた。男性にちらりと目をやったとき、知っている人だと気がついた。白髪でひげはなく、小太りの体。男やもめ。社交シーズンのあいだ、何度も見かけていた――彼はよく、こっそり横目でクララをうかがっていたのだ。いかにも関心がありそうに。それでもまわりに同調して彼女から遠ざかり、一度たりともダンスを申し込もうとはしなかった。けれどもいま、彼の存在はクララの神経を逆撫でした。雷雨の前の重苦しい静寂のときのように、彼女のうなじの毛が逆立った。

母が顔を寄せてささやいた。「ラザフォード男爵だわ」

うなずいたとき、クララの全身を震えが走った。彼が気づいてこちらを向き、歩いてくる。彼女は身をかたくした。不愉快な会話にできるかぎり耐えるしかない。そう決意して、顔にこわばった笑みを張りつけ、母の隣で礼儀正しくお辞儀をした。

男爵が頭をさげる。「ミセス・メイフィールド、なんという喜びでしょう……そしてミス・メイフィールド」クララを見据える彼の目には、獲物を狙う獣のような光が宿っていた。「ロンドンの舞踏室で花嫁を探しているというより、森の中で狩りをしているみたいだ。「きみはダンスをしていないんだね。社交シーズン最後の舞踏会で、きみが軽食室に引っ込んでいるのを見るのは忍びない。どうかわたしと踊ってくれ」彼はしみだらけの手を差し出した。

それは懇願ではなく命令だった。偉ぶった態度、クララにダンスのパートナーがいないことに言及した無神経さ。彼女は顔をしかめた。ミセス・メイフィールドは顔を赤らめたものの、じっと立ったまま、めったにないダンスの誘いに対する娘の反応を待っている。クララは拒絶したかったが、母に恥をかかせずに如才なく断ることはできなかった。母は今年、すでに充分いやな思いをしてきているのだ。

クララは心のこもらない笑みをラザフォードに向けた。「わたしでよろしければ」無理に言葉を絞り出す。

差し出された腕を取り、ふたりでダンスフロアに向かった。肩越しにちらりと見ると、母は力づけるように手を振ったものの、その目には困惑が浮かんでいた。おそらく、爵位を持つ紳士が長い社交シーズンのあいだ娘を無視しつづけたあげく、なぜいまになって急に興味を示したのかといぶかっているのだろう。

ラザフォードは近くの人々のあきれた表情にもかまわずクララをダンスフロアに導き、楽団の最初の音とともにワルツを踊りはじめた。彼女のウエストと手をやけに強くつかんでいる。驚いたクララが顔をあげると、彼は飢えたような顔で見おろしていた。控えめに言っても、それは人を狼狽させる表情だった。

「あの、そんなにきつくつかまなくても――」

男爵の手にさらに力が入り、彼女はびっくりして口をつぐんだ。

「たぶんきみは、なぜいまになってわたしがきみと踊りたがるのかと不思議に思っているだろう。とりわけ、きみの家族との交流は非常に好ましくないと思われているというのに」

クララは憤然とした。「わたしのせいで閣下のご立派な名前を汚したくありません。どうぞ、そのような耐えがたい慈悲行為はおやめになってください……」

騒ぎは起こしたくないけれど、侮辱の言葉を能天気に受け入れるのは自尊心が許さない。ラザフォードの体をぐいっと押すと、彼はさらに手の力を強めた。鼻につくニーガス酒のにおいをさせた息を吹きかけられたクララは新鮮な空気を求めて横を向き、ふたりのあいだに距離を取ろうとした。だが努力は実を結ばず、男爵は頭をさげてクララの耳にささやきかけながら無理やりダンスを続けた。

「この何カ月ものあいだ、きみを見ていた。そして待った。明日、悩めるご両親を訪問して、きみとの結婚を申し込むつもりだ。彼らは受け入れることになるだろう。社交シーズンは終わり、きみがほかの男と結婚できる望みはなくなっているからな」

クララは返事をする前にめまいがするほどぐるぐるまわされ、胃が引っくり返りそうになった。必死で母の姿を探す。母は大勢の踊る男女やひらひら舞うスカートの中でふたりを見つけようと首を伸ばしていたが、あそこからではラザフォードの動きは見えないだろう。クララは怒りをこめて彼をにらんだ。

「そうだとしても、あなたを夫として受け入れるつもりはありません」

ラザフォードがにやりとする。「いや、きみはわたしを受け入れる。やがては、この状況に対して自分が無力であることがわかるだろう。いずれにせよ、そんなことはどうでもいい。むしろ」声を低めて続けた。「多少抵抗してくれたほうが楽しいかもしれないな」

　驚きあきれ、クララは彼の手から逃れようともがいた。

「何カ月も前からわたしに求愛することはできたのに、いまになってこんなふうに誘惑してくるのですか？　侮辱と脅しと……いまわしい想像を並べたてて？」

　周囲の紳士淑女が口論に興味を引かれ、ダンスの速度を落としはじめた。注目を集めてクララの顔がほてる。けれどもラザフォードに対する怒りの炎に比べたら、恥ずかしさなどたいしたことではなかった。彼がクララに向かって一歩踏み出す。彼女は一歩さがった。

「誘惑に興味はない。きみはわたしの求婚を受け入れるのだ。さもなくば、きみの一家は破滅する」

　クララは言い返した。「受け入れたりするものですか」

　男爵は含み笑いをしただけだった。音楽が終わると、彼はお辞儀をした。クララは急いでダンスフロアを離れ、母の腕の中という比較的安全な場所へと走った。

　クララはエセックス州にあるメイフィールド家の田舎屋敷《カントリーハウス》の居間をいらいらと歩きまわった。ラザフォード男爵が屈辱的な求婚をした夜から六週間――その後の期間がもっと恐ろしいものになるとは、夢にも思っていなかった。

　もちろん、父が男爵との結婚に同意することも、夢にも思っていなかった。なのに、とうとう結婚式の前日になってしまったのだ。花婿にせかされて、式の準備はあわただしく進められた。いま彼は客間で、勝利の瞬間を目前にして、クララの両親の前で得意げにしている。クララとしては認めたくないけれど、ラザフォードは正しかったのだ。家族の評判は地に落ちているため、結局ほかに選択肢はなく、彼は簡単に父の同意を取りつけた。男爵の要求を断れば家族がさらに困った立場に追い込まれるのに対し、クララが結婚すれば名誉を挽回《ばんかい》できるからだ。

父はこの状況をクララよりはるかに楽観的にとらえ、立派な夫になれることを証明する機会をラザフォードに与えるよう娘に頼んだ。だが社交シーズン中、それを証明する多くの機会があったにもかかわらず、彼は花嫁を手に入れられなかったのだ。その事実が、彼がどういう人間かを示している。

クララはぼんやりと頬を撫で、手についた水分を見おろした。自分が泣いていることには気づいてもいなかった。この数カ月間で一生分の涙を流してきた。最初は姉を失ったせいで、いまは自由意思を失ったせいで。少なくとも、ルーシーは愛を見つけた――それを忘れてはならない。でも、その代償は……。

扉が遠慮がちに叩かれた。クララが走っていって小さく扉を開けると、白い帽子をかぶった彼女付きのメイドのアビゲイルが、コーヒーのカップを手に立っていた。クララは誰かに見られる前に彼女を中に入れ、扉をしっかりと閉めた。アビゲイルは湯気の立つカップをテーブルに置き、クララの震える手を強く握った。

「準備完了です。姉のアメリアに、ロートン・パークの家政婦長にお嬢さまを紹介するのを承知してもらいました。でも、お嬢さまの正体は知らせていません。知り合いの有能なメイドで、ケント州で仕事を探している、とだけ言っておきました」

クララは不安げにアビゲイルを見た。「もし追い払われたら？」

「そんなことはないと思います」アビゲイルが首を横に振る。「アメリアが言うには、お屋敷はしばらく前から人手が足りていないそうですから」

クララは唇を嚙みしめた。「ご主人は親切な方なの？」

「わたしの聞いた話では、アシュワース伯爵は……世捨て人のような方だそうです。でも、公平な方だと思います」

クララはうなずいたが、そのことはすでに知っていた。アシュワース伯爵がメイフェアの舞踏会に来なかったとき、ほかの貴族たちが憤慨していたのを覚えている。アシュワース伯爵の孤独な生活が、そもそも彼の領地に逃げ込もうと考えた理由のひとつだ。屋敷の主人が他人をもてなしたり舞踏会を開いたりするのを楽しむ人でないなら、クララは見つかる恐怖におびえることなく身を隠していられるだろう。

クララが黙り込むと、今度はアビゲイルが不安そうな顔になった。「気が変わったら教えてくださいますよね？」

クララはアビゲイルを家族のように抱きしめた。長年のつき合いで、アビゲイルは単なる使用人以上の存在になっている。いまでは親友だ。ルーシーが恋しいのと同じくらい、アビゲイルも恋しくなるだろう。彼女をきつく抱擁して、ささやき声で言う。「そんなことは絶対にないわ」

また扉が叩かれたので、ふたりはあわてて離れた。クララはスカートを撫でつけ、そわそわとアビゲイルを見やった。

「はい？」

ミセス・メイフィールドが現れた。彼女がアビゲイルに短くうなずきかけると、メイドは最後に一度クララを見たあと部屋を出ていった。その後ろ姿を、母がいぶかしげに見送る。

「アビゲイルはここで何をしていたの？」

クララは一瞬うろたえたが、コーヒーのことを思い出した。テーブルまで行き、カップと受け皿を持つ。

「コーヒーを持ってきてくれたのよ」温かく少し甘いコーヒーをひと口飲んだ。クララは昔から、紅茶よりコーヒーのほうが好きだった。このコーヒーは申し分なく、まさに好きな味だ。クリームと砂糖を二個。この味はクララの家が――人生が――どれだけ快適だったかを思い出させてくれる。ここを去ることを思うと、胸が苦しくなった。

カップを受け皿に置くとき、指が震えて磁器がかちゃかちゃと音をたてた。「何か用？」無頓着を装いながらも、心には罪悪感が重くのしかかっている。

「ええ」ミセス・メイフィールドが軽い口調で答えた。「客間であなたをお待ちかねよ」

心臓が早鐘を打ちはじめ、胃袋が暴れる。あの下劣なラザフォードと結婚するつもりなどないけれど、だからといって平然としてはいられない。満足そうににやにやする彼に会うと思うだけでも胸がむかつく。

コーヒーはテーブルに戻した。さもないと男爵の顔にぶちまけたくなるかもしれない。クララは手を伸ばし、母に微笑みかけようとした。

「さあ、行きましょうか？」

ふたりは客間に入っていった。ミスター・メイフィールドとラザフォードが立ちあがって迎える。だがクララはラザフォードのほうへは行かず、彼を見もしなかった。彼の椅子の向かいにあるソファの端に腰をおろす。頑固に自分の手を見おろしていると、気まずい沈黙が広がり、やがて父親の低いバリトンの声がそれを破った。

「ラザフォード卿、互いに利益のある取り決めができたことをうれしく思っています。非常に喜ばしい……」濃い口ひげのせいで、語尾はくぐもった。

クララはエメラルド色のベルベットのソファカバーをきつく握ってじっと聞き入り、やがて状況を確認するために目をあげた。向かい側に座る婚約者は勝ち誇った表情をしている。こぎれいな服装は、太った体格を少しも隠しきれていない。〝互いに利益のある〟というのは男爵とクララの家族にとってであり、彼女自身にはこの結婚はなんの利益もないのだ。

ラザフォードが、きちんとアイロンのかかったズボンから目に見えないちりを払った。

「まさにそうですな、ミスター・メイフィールド」勝ち誇って言う。「ご令嬢のおかげで、わたしは世界一幸せな男になれるでしょう」

「そのとおりですわ――すばらしい縁組です」ミセス・メイフィールドが言った。「間違いなく上流社会の話題になるでしょう」

この縁組を上流社会が話題にするとしたら、好意的なものではないだろう。先見の明なく支出を繰り返したあげく貧窮した年配の男やもめの貴族が、金目当てに裕福な若い妻を娶《めと》る――その富をまた浪費してしまうのは、ほぼ確実。

昔からよくある話だ。

クララは不条理なほどの無力感に襲われた。姉に相談したくてたまらないけれど、ルーシーに心配をかけたくない。

クララの絶望を察知したかのようにアビゲイルが部屋の前を通り、励ますようにうなずきかけてきた。計画が成功すれば、クララはラザフォードに踏みつけにされることなく、自立して生きられるようになる。彼が再婚するか死ぬかするまで、働きながら身を隠しておかなくてはいけないけれど、いまの悲惨な状況を考えればそれも我慢できる。ただし計画が頓挫する可能性も大きく、そうなったらクララは悪評――いま以上の悪評――と貧窮にまみれた人生を送るはめになるだろう。

さらに悪いことに家へ連れ戻され、怒り狂った婚約者に引き渡されるかもしれない。

ここから消えてしまいたいと思いつつ、クララはクッションに深く沈み込んだ。一秒ごとに、息がどんどん苦しくなっていく。父と男爵が結婚契約の細かな事項について話し合っているあいだ、光沢のある硬木の床やその上に敷かれた派手な金色の敷物を見つめて時間を過ごした。両親の望みはわかっている。ひとり残った娘が有益な結婚をして姉の醜聞を追い払い、親の生活を正常に戻してくれることだ。

ラザフォードは巧みに罠をかけていた。クララが不運な獲物となって罠にかかるのを、じっと待っていたのだ。

男爵のがらがら声が大きくなり、クララの憂鬱な思いに割り込んだ。

「今日はきれいだ、ミス・メイフィールド」

思わず顔をあげると、彼は好色としか言いようのない表情を浮かべていた。クララの悲嘆をラザフォードが楽しんでいるのは意外ではない。彼のお世辞に対して、クララはただそっけなく眉をあげてみせた。男爵の冷たい灰色のまなざしが鋭くなる。

「結婚式の段取りはすべて整いましたわ」その場を取り繕うように、母が唐突に言った。「楽団は雇いましたし、お天気はよさそうですから、裏庭にテーブルと椅子を出して――」

「すばらしいですな、ミセス・メイフィールド」男爵が、クララから目をそらすことなく口をはさむ。

煮えたぎる敵意は母も感じたはずだが、彼女はそれをやり過ごした。「クララのドレスは、それはもう美しいんですのよ。昨日届いたばかりです。パリの、小さいけれどすてきなお店でつくらせましたの……間に合わせるため、大急ぎで仕上げてもらいました。費用は惜しまずに」母は誇らしげに言った。「白いサテンとレースで、小さな真珠がたくさん――」

娘の顔色が悪くなっているのに気づいたらしく、言葉がとぎれた。居心地が悪くなり、クララは身じろぎをした。汗をかきはじめているのはわかっている。手のひらをそっとソファでぬぐおうとした。急に飛びあがり、手を振りまわしながらわけのわからないことを叫んだらどうなるだろう？　娘の気がふれたのかと、両親は心配してくれるかしら？　この茶番じみた婚約を破談にしてくれる？

「きみはどうだ、ミス・メイフィールド？　心の準備はできたかね？」ラザフォードは、もはや愛想よくしようともしていない。彼がクララを怖がらせようとしているのはわかっている。それでも両親の前で堂々とそんな態度を見せているのは衝撃的だった。

「結婚式のことは考えたくありません」クララが言い返すと父は愕然《がくぜん》とした顔をしたが、無礼な言い方を悔やむ気にはなれなかった。唯一の後悔は、自分のふるまいが両親を困らせていることだ。とはいえ、明日の朝になれば両親はさらに困ることになる……。

急に気分が悪くなり、クララは立ちあがった。

「失礼していいですか？」男爵の目の前で、胃の中のクランペット（マフィンに似たパン）を吐き出したくない。彼はそれを、自分が勝った証拠だと思うに違いない。

母が心配そうに額にしわを寄せたあと、無理に笑みをつくって眉をあげた。「だめよ」なだめるように言う。「ラザフォード卿とのお話が終わるまで、あなたはここにいなくては」

クララはゆっくりとソファに座り直し、手の震えを隠そうとしてスカートを撫でつけた。目をあげると、男爵は彼女の一挙手一投足を見守っていた。クララは身震いした。

「失礼いたしました。クララには、しきたりにとらわれないところがありまして」父が謝罪した。「娘は領地の問題に大いに関心を持っております。よく土地差配人と一緒に領内を見てまわっているんですよ、困ったことに」低く笑いながらつけ加える。「ときどき、自分の手を土で汚すことを楽しんでいます」

ラザフォードが冷ややかに言った。「もう子どもではないのだし、わたしの領内で手を土で汚してもらっては困ります。男爵夫人にふさわしいふるまいを期待していますよ」

クララは目を細めた。この男爵が彼女のすべてを支配しようとしているのは間違いない。ミスター・メイフィールドは一瞬啞然《あぜん》とした。「もちろんです。少々風変わりなところはあっても、クララは明るく有能な花嫁になるはずです。時間はかかるかもしれませんが、愛が育つのも往々にして時間がかかるものですからね」

こんな男性を愛する？　そう考えると、クララは鳥肌が立った。

「強情なところもありますけれど、それもこの子の魅力だとお思いになりませんこと？」母が言った。

クララが男爵をちらりと見ると、彼はその視線をとらえた。

「たしかに」ラザフォードの憮然とした笑みに、彼女は心底ぞっとした。彼が唐突に立ちあがると、メイフィールド夫妻もあわてて腰をあげた。クララもほっとして立ちあがり、急いで部屋から出ようとしたが、婚約者が目でそれを制した。「よろしければ、花嫁と少し話をさせていただきたい」

父はうなずいてお辞儀をし、すぐに自分の妻を連れて部屋の出口に向かった。「どうぞ」

クララは母親に哀願のまなざしを向けたものの、ミセス・メイフィールドは扉が閉まる直前、眉間に小さくしわを寄せただけだった。娘がこの男性を忌み嫌っていることを、母は理解していないらしい。クララは平静を装い、咳払《せきばら》いをしてラザフォードと向き合った。彼は不機嫌を隠そうともせずにこちらを見つめている。それでなくとも不安におびえている彼女の中を警戒心が駆け抜けた。

少しは愛想よくしたら、この話し合いも早く終わるかもしれない。作戦を変えよう。

「お飲み物はいかがですか？」軽い口調で言い、サイドボードへ向かう。

男爵の表情に変化はなかった。「いや、けっこう」彼が絨毯を踏む足音は聞こえなかったのに、突然クララの耳のすぐそばで声がした。「きみがついに服従するときは素面《しらふ》でいたい」

愛想よくしようという思いは即座に消え、彼女は振り返った。「ということは、一生お酒をお飲みにならないおつもりなのですね？」

ラザフォードは明らかに歯を食いしばりながらも、笑みを浮かべた。「きみが考えているほど時間はかからない。そして、わたしはそれまでの一秒一秒を楽しむつもりだ」クララを見つめる。「きみがすでにわたしのものだというのはどんな感じだ？　わたしが言ったとおり、父親が積極的にわたしの求婚を受け入れたことにきみは動揺しているか？」

「わたしはあなたのものではありません」彼女はこぶしを握った。「父に関して言えば、結局はこの件に関して選択の余地がなかったのでしょう」

「わたしの意図したとおりだ。きみが社交シーズン中、誰でもいいから求愛してくれるのを部屋の隅で待っているあいだ、わたしは期待に胸躍らせて見ていた。きみが拒絶されるたびにうれしかったよ」男爵はクララとの距離を詰め、痛いほどきつく両肩をつかんだ。「きみは降伏することを学ぶのだ。感謝することも。特にわたしのベッドで――」

避ける暇もなく、ラザフォードが口を彼女の口に押しつけてきた。クララは嫌悪の叫びをあげ、こぶしで相手の胸を叩いたが、彼は年齢のわりに力が強かった。顔をそむけても追ってくる。ようやく解放されたとき、彼女はラザフォードの顔を引っぱたこうとした。ところが彼はクララの喉をつかんできつく絞めてきた。

「きみは降伏することを学ぶ」彼がゆっくりと繰り返す。

彼女は爪でラザフォードの手を引っかき、必死で呼吸しようとした。恐怖で目を大きく見開く。

「やめて」声はかすれていた。「お願い――」

万力のように喉を絞めていた力がゆるむと、クララは壁にもたれてぜいぜいと息を吸った。

「ほらな？」ラザフォードが吐き捨てるように言い、上着の乱れを直す。「早くも学んでいるようだ」

彼は部屋を横切り、それ以上クララを見もせずに扉を開け放った。彼女は首をさすった。頭の中は混乱している。ここでは安全でいられるはずだった。ここは実家の客間、クララの家、彼女とルーシーが子ども時代に遊び、成長した場所なのだ。

視線はなじみのある絵画、お気に入りの緑色のソファ、窓の横でまとめた模様入りの重厚なカーテンに向かう。それらすべてに、なぜか違和感を覚えた。男爵に襲われたせいで、もはやこの家にいても安心できない。

逃げようという決意がさらに強まった。ラザフォードの正体を知ったいま、前妻は彼の残酷さから逃げようとして、この世を去ったのではないか――あるいは彼が妻をこの世から早々と送り出したのではないか――と考えずにはいられない。

あの男のもとにとどまって、その真相を自ら見いだすのはごめんだ。

闇の中では盲目になったように感じるけれど、淡い月光が光沢あるサテンのウェディングドレスを照らしているのは見えた。部屋の隅に吊《つ》りさげられたドレスは、まるで花嫁の亡霊のようだ。

クララはベッドの端に腰かけていた。もう何時間もこうして、外で鳴くコオロギの声に耳を澄ませている。かつてはその歌声を楽しそうだと思ったが、今夜はなぜか悲しげに聞こえた。夏の終わりを示すように。何百もの小さな別れの言葉のように。

いま着ているのはアビゲイルの服だ。もちろんふつうの寝間着ではないけれど、今夜はふつうの夜ではない。クララの長い苦しみが終わる夜。家族のために正しいことをしようと苦しみに耐えてきたけれど、あの男爵へのいけにえとして身を捧げることはできない。

ラザフォードがもっと違う人だったらよかったのに。そうしたら、クララは自分の運命を受け入れたかもしれない。自責の念が心の中を駆けめぐる。彼女は立ちあがり、机に向かった。震える手で引き出しを開け、中に入れてあった手紙を広げる。

〝わたしにはできません。ごめんなさい。愛しています。

――クララ〟

手紙をたたみ直し、母が見つけられるようウェディングドレスにピンで留めるとき、新たな涙で部屋がぼやけた。上等な生地を傷つけないように注意する。花婿には不満があるけれど、ドレスはとても美しいのだ。

両親を愛しているし、ふたりがルーシーの駆け落ちに打ちのめされたことは知っている。しかも父母がルーシーを恋しがり、失った娘に会いたがっているのもわかっていた。明日の朝、クララが家出したと知ったとき、両親の世界はふたたび崩壊するだろう。さらなる苦痛と屈辱を与えることは避けたいけれど、その方法が見つからない。

クララは身をかがめ、小さな鞄と貯めたお金の入った小銭入れを取り出した。そのとき、姿見に映った自分が見えた。苦痛にさいなまれた目――母とそっくりの目――が闇の中でクララを責める。唯一の家族、愛する家族と別れる勇気はない。見知らぬ外の世界に、彼女を愛してくれる人がいるという保証はないのだ……。

ラザフォードが首につけたあざに手を触れたクララは、ぱっと後ろを向いた。考え直す余裕も、時間もない。

頭を振って早足で部屋を横切り、窓を開けた。身を乗り出すと、晩秋の心地よいそよ風が吹きつけた。涙が一滴こぼれる。彼女は眼下のきれいに刈り込まれた緑樹に向かって飛びおりた。

2

食料品を積んだ木製の荷馬車に揺られ、クララは痛む腰をさすった。嵐のように荒れ狂う感情が静まるには時間がかかったけれど、いったん静まったあとは、意外にもこの旅を楽しんだ。たしかに乗合馬車に乗っているのは疲れたし、さまざまな個性――そして体臭――の乗客たちは興味深くもあり、ときには不愉快でもあった。とはいえ、町をひとつ過ぎていくごとに、自ら選択をしたこと、その結果として自由を得られたことが、ひしひしと感じられるのだった。

いまの旅の道連れは食料品商のジョージ。年配の彼は、ケント州までともに旅をするのに楽しい相手だ。ロンドンに着いたときに彼と出会えたのは幸運だった。ジョージはクララをロートン・パークまで連れていくことを、ふたつ返事で承知してくれた。彼自身の目的地と非常に近かったからだ。旅のあいだじゅう、彼は地元に伝わる興味深い話でクララを楽しませてくれた。中でも彼女の関心を引いたのは、現アシュワース伯爵が爵位を得たいきさつだった。

伯爵の父親、兄、義弟が馬車の事故で命を奪われたというジョージの話を、クララはおののきながら聞き入った。残酷な転覆事故により家族は家長と世継ぎを同時に失い、ひとり生き残った息子も心身に傷を負って、自らの責任あるいは重荷になるとは思ってもいなかった領地をどうやって運営しようかと途方に暮れた。彼の妹も夫に死なれて苦しんだ。夫をはじめとした愛する人々を失い、ハンプシャー州で自分ひとりで子どもを育てなければならなくなったからだ。

そのような悲劇のあとに予想されるとおり、新たな伯爵は社会から引っ込んで人里離れたカントリーハウスに住むようになり、現在は外界を遠ざけて自分の領地で孤独な生活を送ることに満足しているという。

荷馬車がついにロートン・パークの近くのにぎやかな村に乗り入れたとき、クララの頭を占めていたのはその伯爵のことだった。彼が孤独を友にしていることを考えずにはいられない。アシュワース伯爵は青白い顔の病弱な人で、ひとりで書斎にこもっているのだろうか？ジョージに尋ねることはできなかった。詳しいことにあまり興味を示したら、伯爵の苦しみを無神経に面白がっていると思われてしまう。

ジョージが手綱でクララの手を軽く叩き、にやりとした。「もうすぐだよ。着く前に、わしはちょっと一杯やっていこうと思うんだが」近くの酒場を顎で示す。「一緒にどうだね？」

今日は暑いし、これ以上着くのが遅くなったら不安が長引くだけだ。だから、クララと一緒に酒を飲んでも彼は楽しめないだろう。彼女は額の汗をぬぐってジョージに微笑みかけた。

「やめておくわ。そのあいだ、ちょっと散歩しているわね」

彼はクララにウィンクをした。銀色のまつげが午後の陽光を反射してきらりと光る。「ああ、行っておいで」

ジョージは荷馬車から土の道に飛びおり、クララに手を貸しておろしたあと、自らは酒場に向かった。道路にひとり残されると、クララが家出してから無視しようとしてきた感情がよみがえった——自分はこの地の人間ではないという感じ。人生が未知の危険な方向に舵《かじ》を切ったという感じ。

おなかに手を当てて深呼吸をする。もうすぐアシュワース伯爵の立派なカントリーハウスで仕事を求めることになるのだ。自分の人生がこんなふうになるとは予想もしていなかったけれど、それでもこの機会を得られたことに感謝している。

道に並んだ趣のある小さな店を見ながら歩いていくと、やがて小規模だが多くの品物を扱う屋外市場に来た。商人はそぞろ歩く客に呼びかけ、クララはかなりの時間をかけて人々のあいだを縫って歩いた。緊張を忘れ、彼らの生活や売られている品物に魅了された。ふつうなら、裕福な家の娘がこんな市場を歩く機会はめったにない。だからこそクララは、父の雇う土地差配人とともにこっそり出歩くのを楽しんでいたのだ。

持ってきたお金は無駄遣いできない。少なくともロートン・パークで雇われると決まるまでは。クララは商人に申し訳なさそうに微笑みかけ、歩いて酒場に戻りはじめた。さっきから二〇分近くたっている。エールを一杯飲むのに、それ以上長くはかからないだろう。

アビゲイルにもらったドレスのごわごわした茶色の生地を見おろしながら足を前に押し出

して、もと来た道を進んでいく。これまで着ていたドレスの、体の線を美しく見せるデザインや薄いシルクの生地が恋しくなるだろう。とにかくラザフォード男爵から逃げたい一心だったときは、そういうことはまったく頭に浮かんでいなかった。家族と離れてすぐに、そんなことを考えてしまう自分が恥ずかしい。それでも、自宅の衣装戸棚に吊りさげて放置された美しいドレスを思い出すと、せつなさがこみあげた。

顔をしかめ、社交シーズン中のあらゆる努力は完全な無駄に終わったのみならず、上等なドレスはこれまで会った中で最も下劣な男性を引きつける役目しか果たせなかったのだと自らに言い聞かせる。麻袋をまとって彼から自由になるほうが、よほどましだ。暗い気分でそう考え、地面を軽く蹴った。

こちらへ向かってくる馬車の大きな音が、クララを物思いから引き戻した。御者が手綱を引いて警告の叫びを発し、馬は狂ったようにいななき……クララは恐怖でその場に凍りつき、近づく馬車を見つめることしかできなかった。

逃げる時間はない――。

突然、彼女は馬車の前から押しのけられて地面に倒れた。救い主はクララを転倒の衝撃から守るべくきつく抱きしめ、うめきながら彼女の隣に倒れ込んだ。その人物の懸命の努力によって最悪の事態は免れたものの、それでもかなりの衝撃がある。クララは体を丸めて目をつぶり、くらくらする頭を両手で抱えた。

「何を考えていた？　死ぬところだったぞ！」命の恩人は怒鳴り、彼女を押しやって、すぐさま膝立ちになった。「ちゃんと見もしないで……」

怒りに震える声が徐々に消えていく。クララの頭はがんがん痛んでいた。その男性が激しく息をつくのが聞こえる。彼はいったん言葉を切ったあと悪態をつき、クララの背後にまわってしゃがみ込んだ。そして驚いたことに、彼女の上体を起こして座らせてくれた。見知らぬ男性が後ろから温かく力強い手で支えてくれるのを感じて、クララはぱっと目を開けた。アイロンのかけられたぱりっとしたシャツの感触、彼から発散される男らしい香り、奮闘で熱くなった体。気がつけば、クララは思いきりそのにおいを吸い込もうとしていた。

震える手足に、経験したことのない感覚が広がる。いま後ろに体を傾けて彼にさらにもたれたら、どうなるのだろう？

「体の力を抜いてごらん」男性が困ったように言った。クララの背中を撫でているのは、なだめようとしているからに違いない。けれども彼女の体は言うことを聞かず、軽く触れられただけで炎と混乱が全身に広がっていく。彼が顔を寄せたとき、クララの呼吸は止まった。

「大丈夫だよ」

うなずいたものの、男性にこんなふうに触れられているとき冷静になるのは難しい。しかもこの人は、いいにおいがするうえに低く響く声をしている。クララは思わずうっとりした。彼の腕の中で体を回転させて後ろ向きになり、相手の顔を見た瞬間、心臓が狂ったように打ちはじめた。

いままで見た中で最高の美男子だ。

息をのみ、彼を押しのける。自分に鞭打《むち》って立ちあがると、相手も立ってクララをじっと眺めた。騒ぎのあいだに小さな人だかりができていたことに気づき、彼女は恥ずかしくなった。命の恩人に目を戻す。いま服は泥だらけになっているけれど、その高級さからして、この男性が紳士なのは間違いない。髪は濃淡さまざまな金色が入りまじっていて魅力的だ。大柄な体とまじめそうな顔を見たとき、クララは腹部に経験のないざわめきを覚えた。

彼にぼうっと見とれていたが、相手も強いまなざしでこちらを見ていることに気づいてびくりとした。彼の目は単なる緑色ではなく、琥珀とペリドットがまざったようなすてきな色で、それを見ているとクララはまともにものが考えられなくなった。

「し、失礼しました、サー――」体にあふれる興奮を無視しようとしながら、しどろもどろに言う。

まわりの何人かが笑い声をあげた。男性が怒ったように手を振ると、野次馬はアリのように四方八方に散っていった。彼がクララをじっと見つめる。

「けがはないか?」

クララは急いで自分の体の状態について考えた。荒い呼吸と全身を駆けめぐる心地よい熱は無視する。それらは事故となんの関係もなく、この見知らぬ男性に突然魅了されたことによる反応だから。

「ありません」見つめまいと心に決めたにもかかわらず、見つめてしまう。

男性は見るからに安堵して肩の力を抜いた。「よかった。だが、次からは気をつけるんだぞ。こんな小さな村でも、道は危険なことがある」

「わかりました。ぼんやりして不注意になっていたのです。あの、ありがとうございます……助けてくださって」クララはぎこちなくつけ加えた。地面に落ちて二センチほど土に埋もれた白い帽子が目に入る。頭に触れて自分の帽子がなくなっているのを確認すると、あわててかがみ込み、落ちた帽子を拾いあげた。恥ずかしさで顔をほてらせ、これ以上恥をかく前に会話を終わらせようと急いでお辞儀をした。

するど男性はクララを見、興味深げな表情で、質問しようとするように口を開けた。まなざしは熱く、わずかに困惑している。やがて彼はまた口を閉じて、小さくうなずいた。自分の上着を引っ張って整え、土煙をあげたあと、身を翻して歩み去っていく。残されたクララは奇妙なほど孤独を感じた。その場に立ち尽くし、運動選手のようなたくましい体格と自信に満ちた足取りに見入る。彼に二度と会えないと思うとなぜか悲しくなったが、そのとき不意にジョージのことを思い出した。

あわてて振り返り、道路を走って渡った――もちろん左右を確認したあとで。ジョージはちょうど酒場から出てきたところで、午後の太陽にまぶしげに目をしばたたきながらクララを探していた。

「ジョージ！」彼女は帽子を振って呼びかけた。「わたしはここよ！」

クララを見つけたジョージの目尻に、戸惑いのしわが寄る。「なんて格好だ！　わしがいないあいだに、何をしてそんな情けないことになったんだ？」

彼女はあいまいな笑みを浮かべ、汚れたスカートをはたいた。「たいしたことじゃないわ。ちょっと転んじゃったの」

ふたたび荷馬車に乗り込んだクララの目は、知らず知らずのうちにあのすてきな見知らぬ男性を探していた。けれど残念ながら、彼の姿はどこにもなかった。

ロートン・パークに着いてクララが最初に気づいたのは、その壮観さだった。広大な緑の草原、西の小川、東の緑豊かな森に囲まれ、屋敷自体はまるで完璧な王冠に飾られた宝石だった。以前アビゲイルもここの様子をクララに説明しようとしたが、まったく伝わっていなかった。これほどの美しさと壮麗さは、とても言葉では表せない。シルバークリークにあるクララの家も美しかったものの、この立派な屋敷は想像の域を超えている。

緑のツタが石造りの屋敷に巻きつき、這いのぼっている。いま建物は堂々としていかめしく見えるが、一カ月もしないうちにツタはまばゆいばかりの秋の赤色に変わり、屋敷はその鮮やかな色彩に覆われるのだろう。芝生は広く、完璧に手入れされている。建物の両脇の整った通路は、花の咲き誇る低木やバラの茂み、緑の生け垣のある庭園に通じていた。こんなによく整えられた敷地をのんびり散歩できたら天国だろう。けれどももちろん、ここでのんびりと散歩を楽しむ自由をクララが得ることはない。

彼女は荷馬車に揺られてゆっくりと私道を進んでいった。旅の終わりが近いのを察して、馬が静かにいないないた。ジョージがぴしゃりと手綱を振ると、馬は屋敷の裏にある勝手口までゆったり歩いていき、厩舎《きゅうしゃ》と屋敷のあいだにあるきれいな古いアーチ道で止まった。

荷馬車からおりたクララは、頭にかぶり直した帽子の下に髪がきちんとおさまっているのを確認した。緊張すると同時に気も高ぶっているけれど、甘い考えはいっさい抱いていない。これからの生活は過酷で不愉快、これまでに経験したどんなことよりも困難になるだろう。それでもラザフォード男爵には虐待されずにすむ。

そして、もしかするといつの日か、家族に再会できるかもしれない。みなは家出したクララを許してくれるかもしれない。

彼女は身を震わせた。いま後悔したり、家族のことを考えたりしている余裕はない。この壮大な屋敷で雇ってもらわねばならないのだ。家政婦長に提出できる推薦状は持っていないから、かなりの説得力が必要となるだろう。期待できるのはロートン・パークでメイドをしているアビゲイルの姉の推薦だけだし、それにどれだけ効果があるかもわからない。しかも、アビゲイルの姉はクララの正体を知らない。アビゲイルは、メイド仲間が新たな土地で仕事を探しているとしか伝えていないのだ。

ジョージがクララのほうを向いた。「中まで連れてってやろうか?」

「ここの使用人を知っているの?」クララは驚いて尋ねた。

ジョージがにやりとする。いまと同じ魅力的な笑みを浮かべた若い頃の彼を、クララは想像することができた。

「わしは毎週日曜日、荷車を引いてここに来るのさ。料理人のミセス・フンボルトから、一週間分の注文をもらいにね。だからここの使用人はよく知ってるんだよ。さあ、荷物を持ってやろう」

ジョージはクララの手からそっと鞄を取ると背を向け、年齢に似合わぬ颯爽《さっそう》とした足取りで砂利道を歩きはじめた。その後ろをついて歩いていると、彼女は急に胃がねじれるように感じられた。

勝手口に向かう途中で立派な菜園を通ったとき、熟した野菜や太陽の光を浴びた薬草の芳しい香りが漂ってきた。真っ赤なトマト、緑のローズマリーの茂み、地面から顔を出したニンジンの葉が見える。やがてクララはロートン・パークの裏手に通じる石段をおりた。

大きな木製の扉がきしんで開くのを、おののきながら見守る。長身で痩せた青い目の若い娘がちょっと顔を出したあと、扉を大きく開けた。

「ジョージ！」娘が大声で叫んだ。彼の体に腕をまわして親しげに抱きつく。「いつも来る日じゃないでしょう。どうしたの？」

「今日はちょっと人助けでね」ジョージは後ろにさがり、背後にいたクララを相手に見せた。「ロンドンにいるとき、この人がお屋敷まで来たがってたから、ひと肌脱いでやろうと思ったのさ」

娘は驚いた顔になったが、やがて恥ずかしそうに言った。「あら、こんにちは」

「こんにちは。どうぞよろしく」クララはたちまちこの娘が好きになり、温かく微笑みかけた。

「ちょっとジリー、ジョージを中に通すなら、ぐずぐずしてないでさっさとそうしなよ。まったくのろまなんだから……」奥からいらだった声が聞こえてきた。ジリーはぎくりとしてきびすを返すと、広い厨房にいるがっしりした女性の横に行った。ふたりは皮をむいた根菜を高く積みあげた木製の台の後ろからクララを見つめた。天井からは銅鍋がいくつも吊りさげられ、厨房のいちばん奥の壁一面を大きな黒いかまどが占めている。かまどの上には、おいしそうなにおいのスープがぐつぐつ煮えていた。

「なあ、ミセス・フンボルト、言葉遣いには気をつけろと言ってるじゃないか」ジョージが笑いながら、ジリーのあとから厨房に入っていく。料理人のミセス・フンボルトは目を丸くしたものの、愛想よくジョージに微笑み返した。

「生まれつき口が悪いのは直らないよ、ジョージ」彼女は言った。「ちっちゃい頃から悪態をついてたからね」やさしい口調だが、その目はクララをじっと観察している。クララは陸《おか》にあがった魚のように場違いに感じ、両手を握り合わせて床に目を落とした。料理人が質問してくる前に、ジョージが口をはさんだ。

「ミセス・マローンはその辺にいるかい？　足りないメイドの代わりに、この子が来るのを待ってるはずなんだ。ああ、いたいた！　ミセス・マローン！」彼は厨房の向こうの長い廊下を指さした。見るからに家政婦長といった感じの女性が薄明かりの中で立ち止まり、こちらを向いた。きれいにまとめられた黒髪は、きちんとした黒いドレスとよく合っている。彼女が動くと、ベルトにつけた大きな鍵束が陽気にがちゃがちゃ鳴った。

「あら、ジョージ、なんの騒ぎ？」家政婦長はクララに目を留めた。「アメリアの言ってた女の子ね？　ジリー、アメリアを呼んできてくれる？」ジリーが廊下を駆けていくと、家政婦長はクララに小さく微笑んだ。「わたしはミセス・マローン。道中は無事だった？」

「はい、お気遣い、ありがとうございます」クララは丁寧に答えた。

「このあたりでは、お天気はあてにならないのよ。これだけ海に近いと、ときどき暴風雨が来るの。おんぼろの乗合馬車だと、簡単に車輪が泥にはまったりするのよ。さて、わたしの部屋に来て、話し合いを――」

突然、頭上で扉が開いた音がして、会話がとぎれた。背後の階段をおりてくる足音がする。ジョージとミセス・マローンは壁まであとずさりし、頭をさげた敬意を示す姿勢になった。使用人用廊下の奥でそれぞれの仕事をしていたほかの人々も、同じ姿勢を取る。

男性の姿がはっきり見えると、彼らはみな深々とお辞儀をした。クララもそれにならったが、顔をあげたとき、息が止まりそうになった。

村で命を救ってくれた恩人こそ、アシュワース伯爵その人だった。

戦慄がクララの体を駆け抜け、足がよろめいた。この人がメイフェアの舞踏会をすっぽかした男性？　あの夜に彼が出席していたら、状況はどう変わっていただろう？　さっき彼は粗末な服装をしたクララを無視するどころか、レディのように扱い、自らの命を危険にさらしてまで助けてくれた。だとしたら、この伯爵はルーシーの醜聞を無視して、クララにダンスを申し込んでいたかもしれない。

そうしたら、事態はどんなふうに展開しただろう？　けれど現実には、クララは罠にかかってラザフォードとの結婚に追い込まれ、家出して住み込みの使用人として身を隠すしかなくなった。安全を求めるにはそうするしかない。

その不当さを思うと打ちのめされそうになった。嘔吐《おうと》してしまわないよう、ごくりと唾をのみ込む。

アシュワースは階段のいちばん下で立ち止まり、使用人たちにうなずきかけた。腕にかけられた黒ラシャの上着は、さっきの村での事故のせいでまだ汚れている。彼は並んだ人々にざっと目を走らせたあと、茶色い髪の従僕のところで視線を止めた。

「マシュー、頼みがある」彼は上着を従僕に手渡した。「ちょっと事故があって……」

クララは体にぴったりした伯爵の服装、その着こなしに目を奪われていた。わたしは人生の残酷さに敗北した貴族を想像していたの？　この男性は長身で肩幅が広く、金髪で、流行に似合わぬ小麦色の肌をしている。よく太陽の下に出て日焼けをしているに違いない。クララはそのことを魅力的に感じた。容貌は独特で、完璧ではないけれど、全体として完全なバランスを保っている。たくましい顎の線を引き立てる鋭い頬骨、いかにも貴族らしい鷲鼻《わしばな》、金色と緑色のまざった珍しい色合いの明るい目。活動的で健康的な男性。いま考えても無意味だけれど、クララはまたしても、なぜロンドンで彼と出会えなかったのかと思わずにはいられなかった。

そのとき、すべてが腑《ふ》に落ちた。クララが彼に〝サー〟と呼びかけたときに村人が笑った理由（サーは准男爵以下の位の男性に用いるもので、伯爵に対しては使わない）……彼がわずらわしそうに手を振っただけで村人が散っていったこと……クララが馬車にひかれそうになったのを見たとき、彼が即座に反応したこと……。

不意にふたりの目が合った。クララは伯爵をまじまじと見ていたことに気づき、あわてて視線をそらした。たちまち顔がほてる。クララの存在を認めたとき、彼と従僕との会話がぴたりと止まった。

「きみ」伯爵がざらついた声で尋ねる。「なぜここにいる？」

どぎまぎして声が出せずにいたクララを救ってくれたのは、ミセス・マローンだった。

「足りないメイドの職に応募してきた子です……アメリアからの推薦です、旦那さま」家政婦長は、縮れた赤毛をしわひとつない白い帽子におさめた肉づきのいい娘を示した。アメリアは疑わしげにクララをうかがい見て――あまりいい兆候ではない――伯爵に向き直った。

「旦那さま」アメリアはお辞儀をした。「妹のアビゲイルが彼女を強く勧めていました」

アシュワースはふたたびクララのほうを向き、使用人たちが見守る中で彼女をじっと眺めた。眉間のしわが深くなる。

「ミセス・マローン、この話は階上《うえ》のわたしの書斎で続けよう」彼はクララに目を据えたまま、家政婦長に告げた。そこでようやく目をそらして従僕に言う。「わたしの服をなんとかしてもらうのはあとでいい」

アシュワースが背を向けて階段をのぼりはじめると、使用人はそれぞれの位置に戻った。

ミセス・マローンは驚いた表情だったものの、すぐに冷静さを装い、クララについてくるよう合図して、伯爵のあとをアメリアとともに歩きだした。

階段をのぼり終えると、階上と階下の世界を物理的に隔てる緑色のベーズ張りの扉をくぐった。上流と下流の境界。クララは柔らかなベーズ生地を指でなぞり、シルバークリークの自宅で、アビゲイルに会うためにこっそりと階下へおりては叱られたことを思い出した。けれどなぜか、ここでは扉の向こう、上流の世界のほうで問題が待ち構えているという気がする。

不安に駆られながらも、クララは屋敷の外観と同じく内部も息をのむほど立派であることを見て取った。硬木の床は鏡のようにぴかぴかに磨かれ、扉は凝った彫刻を施された木の枠で囲まれて、異国風の骨董品やタペストリーが巧みに配置されている。これらの品が、何世代にもわたって受け継がれてきたのは間違いない。贅《ぜい》を尽くしたうえに神経の行き届いた内装のおかげで、屋敷の広大さにもかかわらず、部屋には家庭らしいくつろいだ雰囲気が漂っている。

伯爵は書斎に入り、光沢のあるオーク材の机の向こうに腰をおろした。室内は落ち着いた色合いの緑と青で仕上げられ、一方の壁には書棚が並んでいる。本をおさめたこれらの書棚をじっくり眺めることができたら、クララは幸せだっただろう――実家では、読書が大好きな趣味だった。たとえここで雇ってもらえることになっても本を読む機会は得られないだろうと思うと、胸が痛む。アシュワースの表情からすると、そもそも雇ってもらえるかどうかもわからない。

伯爵はクララに、困惑顔のミセス・マローンと不機嫌そうなアメリアのあいだに立つよう手で促した。彼の目の前に立ったクララは、ショールの端をもじもじといじった。何かひとつ不適切なことを口にしただけで、逃亡の機会を失い、両親と男爵のもとに送り返されるはめになるかもしれない。

アシュワースがアメリアを見た。「この女性を推薦されたのか？」

アメリアがお辞儀をする。「はい、旦那さま。エセックス州で働く妹のアビゲイルが、彼女を高く評価しています」そのあと、少しさげすむようにクララを見た。「ですが、わたし自身は彼女のことを何も存じません」

どうしてアメリアはこんなに冷たい言い方をするの？　ここに来てからの短時間で、何か彼女の気に障ることでもしたかしら？　アメリアをちらりと見ると、悪意のこもった目でにらみ返された。クララはうろたえた。この話し合いは望ましい終わり方をしないという気がしてきた。

「きみの妹はエセックス州のどの屋敷で働いているんだ？」

「シルバークリークのメイフィールド家です」

アシュワースがうなずく。「ああ、その名前は聞いたことがある。立派な評判の家族だ」

確認を求めるようにミセス・マローンに目をやると、家政婦長は顎を引いて小さくうなずいた。

その会話のあいだじゅう、クララは内心、激しく動揺していた。家出という大胆な手段に出た直後に自分の家族が話題になるのを耳にするのはつらいけれど、それより警戒すべきは、アシュワースが彼らを知っているということだ。でも、知っていて当然では？

伯爵の視線がアメリアに戻った。「ありがとう、アメリア。さがっていい」

アメリアはお辞儀をし、伏せた目でクララをにらみつけてから部屋を出ていった。扉が閉まると、伯爵はついにクララのほうを向いた。西に面した窓から琥珀色の光が差し込み、クララはたちまち彼の目に魅了された。とても温かみのある、活気にあふれた瞳。その色は、まるで生い茂る木々の隙間から注ぐ日光のようだ。

クララの口が乾いた。使用人たちは、どうしてこの人の近くでいつもどおりにふるまえるのだろう？

「きみの名前は？」伯爵の声は低く、珍しい色の目は鋭くクララを見据えている。さっきの料理人と同じく、彼女を値踏みしているようだ。だがクララはきまり悪さではなく、まったく別のものを感じていた。照れくささ。熱さ。どこかに視線を向けられるたび、その部分が熱くなる。そして視線は、あらゆる部分に向かっている。

彼に見られているだけで、とんでもない醜態を演じてしまいそうだった。

アシュワースは咳払いをして返事を待っている。もちろんクララはいろいろな名前を考えてきたし、どれも偽名としては適切なものだ。なのにいま、こんなふうに見つめられていると、頭の中が真っ白になった。

考えて。考えるのよ！

必死になってヒントを求め、書棚の本に目をやる。何か使えそうなものがないか探していると、くたびれた『イーリアス』が目に留まった。

「ヘレンです」そう口にした直後、歴史上最も男たちに求められた女性、ヘレネーに由来する名前を採用した皮肉を思って顔をゆがめた。

「わかった。それでヘレン、きみは推薦状を持っていないと理解していいのか？　単にシルバークリークで暮らすメイドによる推薦の言葉だけか？」伯爵が不審げに尋ねる。「首にされたのか？」

「ち、違います」無遠慮な質問に、クララはたじろいで口ごもった。

「前の雇い主は誰だ？」

汗が背中を伝い落ち、彼女は相手の視線を避けて床を見おろした。「その方たちがわたしに推薦状を出さないとお決めになった以上、その情報には意味がないと思います」

クララが目をあげると、伯爵は両眉を吊りあげた。彼は座ったまま背筋を伸ばし、ミセス・マローンはクララの背後で居心地悪そうにもじもじしている。

「なぜ辞めた？」

真実を少し脚色した嘘が、最も疑われにくいだろう。「わたしと屋敷の奥さまのあいだに意見の相違があったのです。わたしたちは袖を分かつこととし、奥さまはわたしが去るときに推薦状を出さないことになさいました」

「屋敷の女主人に反抗するとは、きみはいったい何者だ?」彼の声が低く響いた。

クララは母のことを考え、無言を保った。

アシュワースがクララを見つめた。それからミセス・マローンを見る。やがて彼はペンと紙を取り、何か走り書きしはじめた。

「断る」

それだけ言うとうつむいて仕事に集中し、会話を打ち切った。

その一語は静かな書斎に響き渡った。不採用になったことをクララが悟るのには、一瞬の間を要した。彼女とミセス・マローンはあっけに取られ、そのあとふたりはうろたえて口を開いた。

「お願いです!」クララは懇願した。「どうかお考え直しください……」

「ふだんなら、わたしはどんな問題においても旦那さまに同意いたします。でも、いまは人手が足りなくて困っているのです……」ミセス・マローンが続ける。

アシュワースがさっと顔をあげると、ふたりは黙り込んだ。

「つまり」彼はミセス・マローンに言った。「ちゃんとした推薦状を持たず、ひとりのメイドが推薦するだけで、前回働いていた屋敷で問題を起こしたと自認している女性を、われわれは雇わねばならない。きみはそう言っているのだな」

「わたしは一度も、自ら望んで問題を起こしてはおりません」クララは懸命に言い募り、訴えるように両手を伸ばした。アシュワースが彼女のほうに指を突きつけた。

「きみは黙っていろ」語気荒く言う。

彼の厳しい反応に、クララは唖然とした。涙がこみあげ、ごくりと唾をのみ込んで、背中で手を組む。

「はい」家政婦長が応える。「旦那さまのご指摘のとおりです。ですがメイフィールド家は高名な一家ですし、この若い女性のために偽りの推薦の言葉を発したとしたら、そこのメイドは首になる危険を冒していることになります」

そう、アビゲイルはあらゆる危険を冒してクララを推薦してくれている。彼らがこれ以上詳しいことを問いつめて大切な友人の地位をおびやかさないことを、クララは祈った。

伯爵がミセス・マローンの言葉について考えているあいだ、クララは沈黙を保った。彼は不機嫌そうで、クララのほうを見まいとしているようだ。永遠とも思える時間のあと、彼はペンを机に放り、ため息をついて豊かな髪をかきむしった。

「現在、使用人は何人不足している?」

家政婦長は指折り数えた。「三人です。メイドがふたりに、メイド頭ひとり。アメリアをメイド頭に昇格させることを考えていますが、そうしても結局メイドは足りません――この子を雇ったとしてもです」残念そうに首を横に振る。「とにかく、もっと使用人が必要なのです」

伯爵は疑わしげだ。「ここロートン・パークでは長年、舞踏会や晩餐会を開いていない。それほど使用人が必要とは思えないが」

「このお屋敷に伯爵閣下がお住まいでいらっしゃるかぎり」ミセス・マローンは厳しい口調になった。「邸内は掃除をして快適に維持されねばなりません。必要な仕事を果たすには数多くの使用人が必要です。西翼を閉鎖していても、非常に広いのですから」問いかけるように伯爵を見やる。「これまで旦那さまは、こうしたことに関してわたしの判断を尊重してくださいました。今後は尊重されないということですか？」

「いや、そんなことはない。きみの能力は全面的に信用している」伯爵がふたたびクララを指さしたので、彼女はたじろいだ。「信用できないのはその娘だ」

ミセス・マローンがうなずく。「ご懸念はもっともです。では、わたしがこの子について責任を持つことにしてはいかがでしょう？　能力を証明する時間を与えるのです。ふだんこのようなお願いはしないのですが、いまの状況ではこれ以上やっていけません」

アシュワースが決定を下すまでのあいだ、部屋には重苦しい沈黙が漂った。彼がまだ拒絶したがっているのは明らかだが、人手不足という現状とミセス・マローンの申し出を考えればできないだろう。拒絶の理由が自分自身にあるとは思いたくないけれど、正直なところ、彼がいやがっているのは推薦状のないことだけが原因ではない気がする。アシュワースはクララを嫌悪しているかのようだ。さっき示してくれた思いやりは消え失せ……いまは彼女に猜疑心《さいぎしん》を覚えている。

クララはため息をつき、自分の手を見おろした。運命がまたしても高貴な紳士によって決められようとしているあいだ、黙って立っているしかない。わたしの人生はつねに有力な男性によって定められるの？　その不愉快な思いに、心の中で悲しみと憤りがぶつかった。

伯爵は指で机の表面を叩いている。

「これからは試用期間と考えてくれ」やがて彼はクララと目を合わせた。「ミセス・マローンから、いや、誰からでもきみに対する不満がわたしの耳に入ったならば、きみは首だ。何かわたしの気に食わないことをしても同じだ」ハンサムな顔には険しい表情が浮かんでいる。

「わかったな？」

安堵感がクララの中を駆けめぐった。

アシュワース伯爵は譲歩してくれた。彼のおかげで、クララはこの屋敷にとどまって働き、ラザフォード男爵から身を隠していられる。伯爵の言葉は無情だけれど、彼が懸念を抱くのも無理はない。

「はい、承知いたしました、旦那さま」クララは感謝をこめて答え、肩の力を抜いて、自分の言葉を強調するように深くお辞儀をした。

アシュワースが不満げにうなずいた。顔はまだ深刻そうだが、目には何か別の、クララには理解しがたいものが浮かんでいる。それはまるで……心配？　でも、わたしは何をして彼を心配させたのだろう？

伯爵は唐突に、視線を書類に戻した。

「ミセス・マローン、ヘレンを部屋に案内してくれたまえ」

その言葉を聞いて、クララは今後自分がヘレンであることを思い出した。クララ・メイフイールドとは永遠にお別れだ。

おなかの中に恐怖がわき起こる。家政婦長が頭を傾け、進み出て肘に触れてきたので、クララははっとわれに返った。「はい、旦那さま。それでは失礼いたします」

ふたりは向きを変えて書斎を出た。ミセス・マローンが静かに扉を閉め、ふたりは廊下を通って使用人用区画へ戻った。クララがある扉から中をのぞき込むと、使用人用寝室に通じるらしい暗い階段があった。ミセス・マローンが立ち止まってクララのほうを向く。

「最上階まで行って、待っていてちょうだい」

「わかりました」階段をのぼろうとしたとき、廊下の向こうからアメリアが見つめているのに気がついた。そのあとミセス・マローンが扉を閉めると、クララは薄明かりの中にひとり取り残された。

興味を引かれたクララは扉の裏にとどまった。アメリアの腹立たしげな声はくぐもっているものの、木製の扉越しでもはっきりと聞き取れた。

「では、旦那さまはあの女をお雇いになったんですね」アメリアが不満げに言う。

「まあ……そういうことよ。だけど妙だわね」家政婦長が答えた。「旦那さまが他人にあそこまで愛想の悪い態度を取られるのは初めてだわ」

「第一印象が、かなり悪かったんでしょう」アメリアはほくそえんでいるようだ。

ミセス・マローンは一瞬黙り込んだ。「そうかもしれないわ。それとも、まったく別の原因があるのかも」

含みのある発言とともに会話は終わった。家政婦長の足音が遠ざかり、やがてアメリアは女性らしからぬ鼻息を吐いて歩み去った。扉の裏にひとり残されたクララは、ミセス・マローンはいったい何を言いたかったのだろう、と思案に暮れるばかりだった。

3

自分がたったいま、大きな過ちを犯したのはわかっている。

すぐさま彼女を完全に目の届かないところまで追い払うべきだった。彼女を求めているから――そう、ウィリアムはあの女性を求めていた。

ヘレンに惹かれていたからこそ、さっき村で間一髪、助けることができたのだ。通りの向かい側から見つめていなかったとしたら、彼女が道をそれて馬車の前に出たことに気づきもしなかっただろう。

よりによって馬車とは。

ウィリアムは目を閉じ、つねにすぐそこにいて、彼の正気を奪おうと待ち構えている記憶を頭から締め出そうとした。毎日、昼も夜もつきまとってくる幻想。手で顔をごしごしこすり、目を開けると、視線はただちにきらきら輝くブランデーのデカンターに向かった。一杯やりたいという衝動にあらがう。

額にしわを寄せ、村で見かけた女性が屋敷で彼を待っていたという偶然について考えた。そんなことが現実に起こる可能性は非常に低い。それでも使用人たちの中に彼女の姿があった。顔を赤らめ、口ごもり、胸が苦しくなるほど愛らしい姿で。たちまち、しっかり抱きしめたときの彼女の感触がよみがえった。彼女が息を切らせてウィリアムの胸に押しつけてきた背中の重み、彼の頰にかかったシルクのようなダークブラウンの髪、彼の手の下にあったウエストのなめらかな曲線……。

あのとき結局、ウィリアムは歩み去ることを余儀なくされた。あのアーモンド形の目にあまりに長いあいだ見入っているのは不適切だとわかっていたからだ。

それでも屋敷まで戻るあいだ何度も、振り返ってもう一度彼女を見ることを考えた……突然腹の中でわきあがり、口元まで出かかった質問を発することを。

〝きみは誰だ？〟

どんな答えが返ってこようと、ウィリアムはしばらく消えそうにない激しい欲望で彼女を求めている。この一年あまりで、彼の注意を引いたのはあの娘が初めてだった。事故のあとは悲嘆に暮れていた。悲しみに溺れそうになり、その後は何も感じられなくなった。たとえ不都合な欲求に引き起こされただけのものだとしても、少なくともいま何かを感じてはいる。彼の中では奇妙なほどの活気があふれている。それは、あのメイドとのたった一度の偶然の出会いが呼び起こしたものだ。

ウィリアムは椅子から立ちあがり、落ち着きなく歩きまわった。いま、彼女は同じ屋根の下に住み、働いている。なんとも皮肉なことに、ウィリアムは何事もないかのように平然として毎日を送らねばならない。見るたびに、抱きしめてキスをしたら彼女がどんな反応を示すか想像していることを隠して。

窓まで行って自嘲のため息をつく。そんなごまかしは通用するのか？　自分は半人前の男だ。醜態をさらす心配なく舞踏会に出席することも、まともな伯爵らしくふるまうこともできない。しばしば、なんの前触れもなく現れる狂気にとらわれてしまう。ただひとつできるのは、カントリーハウスに引きこもり、上流社会の詮索の目を逃れて屈辱的な苦悩に対処することだけだった。精神の回復に努め、自らに課せられた仕事を行うのが最優先事項だ。領地の管理という仕事をするはずだった家族は、みな亡くなってしまったのだから。

彼はうなだれて鼻梁《びりよう》をつまんだ。あのメイドについて夢想するのは身の破滅につながる。間違いなく自分を危険な状況に追い込んでしまった。ため息が出る。

わたしはばかだ。

ふっと頭の靄《もや》が晴れ、いまからでも遅くはないと思い直した。階下まで戻り、気が変わったのでヘレンを追い出すことにしたとミセス・マローンに告げればいい。理由をでっちあげよう。いや、理由など必要ない。何しろここは自分の屋敷であり、望みどおりにできるのだから。ヘレンを追い払えば、物事はこの一年半と同じく正常に進むようになると考えたとき、ウィリアムは安堵感に包まれた。

扉まで歩いていって取っ手をつかもうとする。しかしそこで手をおろし、机まで戻って、打ちひしがれた気分ですり減った端にもたれかかった。いまの案には思ったほど魅力を感じられない。

事故以来、自らになんの楽しみも許してこなかった。領地の運営方法を学んでいれば容易に忙しくしていられるので、机にかじりついて仕事に没頭した。悲しみを乗り越えて伯爵としての役目を立派に果たしていることを上流社会に見せつけるのではなく、彼らの前から姿を消すほうを選んだ。訪問者の名刺に返事は出さず、招待状は放置した。仕事上の用件には効率よく、けれども感情をまじえずに対処した。ロンドンで舞踏会に出席しようとして失敗するまでは、それでうまくいっていた。

だが長時間ひとり寂しく暗い思いや記憶に浸りきり、完全な狂気にとらわれてしまうのではないかと感じるときもある。何か別のことを――厄介なメイドのことでも――考えるのは、いい気分転換になるかもしれない。

ウィリアムはうなじをさすり、机を離れて書斎をあとにした。外の新鮮な空気の中を歩けば頭もすっきりするだろう。日光浴室に入り、開いた扉から出る。夜気が肌に触れて冷気を感じると、好都合にも過熱した体が冷えた。頭が徐々に、いつもの明瞭さを取り戻していく。

何も問題はない。ヘレンを避け、彼女がここで働いていることすら忘れるよう最善を尽くそう。どうしても近づかざるをえない場合は――めったにあってはならないことだが――彼女を完全に無視しよう。

それをきちんと実践していれば、いずれはヘレンに感じている魅力も消えてしまうはずだ。

ロートン・パークにおけるクララの最初の夜は、期待どおりに進んでいた。ミセス・マローンは必要な制服を渡し、部屋に案内してくれた。使用人用区画は屋敷の最上階にあり、男性は東側、女性は西側、クララに与えられた部屋は西の屋根裏部屋だ。狭いが居心地はそれほど悪くない。小さなベッド、簡素な整理戸棚、水差しと洗面器の置かれたテーブルがある。壁には小ぶりの鏡がかかっており、窓からは広大な領地が見おろせた。外を見ると、風景はまだ主に緑色だった。ほんの一部の木の葉が濃淡さまざまな金色や褐色に変化しかけていて、季節の変わり目が近いことを示している。

持ち物を丁寧に引き出しにしまったあと、ベッドに腰かけた。少しのあいだ完全な静寂の中にいると、今日一日分の緊張が一気に襲いかかってきた。家族から離れてなじみのない部屋にいることで、自分の置かれた境遇の厳しさを感じ、クララは泣きはじめた。とめどなく涙がこみあげ、息が苦しくなる。どうしようもなく感情にのみ込まれてしまい、両手に顔をうずめた。

数分後、ぶるっと身を震わせた。むせび泣きはおさまり、すすりあげるだけになった。「泣いてもしかたないわ」ルーシーと話しているのだと自分に思い込ませて声に出し、現実的な姉ならどんな助言をしてくれるだろうと考え、涙をぬぐった。「この状況でできるかぎりの努力をしなくちゃならないし、そうするつもりよ」

アシュワース伯爵との面談があれほど悲惨でなかったなら、もっと自分の言葉に確信を持てたかもしれない。でも疾走する馬車から救ってもらったあと、ちゃんとした推薦状も持たずに現れたなら、あまりいい第一印象を与えられないだろう。しかもクララを事故から救うとき、伯爵の体が守るように彼女を包んだことを忘れられないのだから、われながら手に負えない。正直なところ、社交シーズンのあいだ完全に無視されたあとでは、どんな男性であれ少しでも注意を向けられるのは驚きだった——屋敷で再会したとき、彼があれほど冷たく懐疑的な態度を示さなければよかったのにと思うばかりだ。

立ちあがり、アビゲイルの着古したドレスを脱いだ。部屋は蒸し暑いものの、もらったばかりの黒い制服を頭からかぶって腰まで引きおろしたときは身が震えた。小さなボタンをぎこちなくはめる。こういうことには慣れていない。白いエプロンを取りあげ、ウエストで紐を結んだ。最後に、豊かなダークブラウンの髪を簡単なシニヨンに結ってきつくピンで留める。いつもと同じく髪はおとなしくまとまってくれず、何本かの髪がピンから逃れて落ちた。熟練したアビゲイルでも、クララの髪を整えるのは至難の業だった。いまは不可能だ。彼女はため息をつき、使用人用の縁なし帽をシニヨンの上からかぶせた。

これでなんとかなるだろう。音をたてずに扉を開け、使用人用階段に向かった。階段は屋敷の西側に、一見してわからないように設置されている。多くの部屋に目立たない扉がついていて、居住者の邪魔をすることなく使用人が静かに出入りできるようになっていた。ミセス・マローンが寝室へ案内する前にざっと屋敷内の構造を教えてくれたけれど、きっと一週間ほどは何度も道に迷うだろう。ロートン・パークは控えめに言っても巨大なのだ。

廊下の両側の壁に取りつけられた突き出し燭台《しょくだい》のろうそくは足元をぼんやり照らす程度で、もう夜なので窓から光も入ってこない。階段は古びてきしみ、クララは暗い気分で、いままでにここから落ちた人はいるかしらと考えた。この屋敷の歴史の中では、犠牲者が出たこともあるに違いない。そうでないとしたら、クララが栄えある第一号になりそうだ。

三階から二階、一階を過ぎ、地下の使用人用食堂に通じる扉までおりたところで立ち止まる。時刻は遅く、夕食を逃したくはない。今朝早く食事をしたあと、食べる機会はなかった。なのに足が動かない。たぶん、ほかの使用人に会うのが怖いのだろう。彼らがみな、アメリアと同じような敵意ある反応を示すとしたら……。

分厚い木製の扉越しに、談笑する人々のくぐもった声が聞こえてくる。クララは冷たい真鍮《しんちゅう》製のノブをそっとまわして扉を開けた。黄色い光が階段にもれ、少し先の部屋から会話の声がもっと大きく流れてきた。

廊下に足を踏み出すと、背後の扉をばたんと閉めた。この音でクララがおりてきたことがわかるだろうから、姿を見せたとき、みなに驚かれずにすむだろう。やかましい話し声がぴたりとやみ、彼女はその場でかたまった。すると食堂から誰かがひょいと顔を出した。

「やっと来たね！」若い男性が言った。明るい青色の目をきらめかせ、愛想よくにっこりする。

親しげな顔を見て、クララはほっとして微笑み返した。「こんにちは。わたし、夕食を逃しちゃった？」

「危うく逃すところだった」男性は陽気に言って、廊下に出てきた。「だけどぼくが、きみは腹が減っているかもしれないから、もうちょっと置いておこうとみんなに言ったんだ」手を差し出す。「ぼくはマシュー。従僕だよ」

　クララは彼の手を見つめ、少したためらったあと握手をした。マシューが温かな手で力強く握り返してくる。彼女は、握手するのはふつうのことだというふりをしようとした。もちろん実際には違う。そもそもふだんは手袋をしているし、紳士がこんなふうに気軽に貴婦人と握手することはない。けれど、ざらざらした手に包まれたとき、クララは心安らぐものを感じた。

「わたしはヘレンよ」声が震えているのを心の中で罵る。

「うん、きみの名前はみんな知ってる」マシューが笑って応えた。「ここじゃ噂はすぐに広まるから」

　クララは彼の後ろから食堂に入っていった。長方形の木製テーブルにロートン・パークの使用人が勢ぞろいしている。ここでは人手が足りないからクララを雇ってほしいとミセス・マローンが伯爵に頼んだのは、もちろん聞いていた。それでも実際の人数の少なさにクララは愕然とした。執事がいないのは、これだけ大規模なカントリーハウスでは非常に珍しい。貴婦人付きのメイドもいないが、それは仕えるべきレディがひとりもいないからだろう。

「もう落ち着いた?」ミセス・マローンが空いた席に座るよう合図しながら、やさしく尋ねた。

「はい、ありがとうございます」クララは空腹を感じつつ、並べられた食べ物を眺めた。その日の食事の残りを集めたものらしい。薄切りにしたコールドビーフ、ゆで野菜、いままでおいしそうだと思ったことのないルバーブのタルト数切れ。けれども空腹感がためらいや恥ずかしさを押しやり、クララはありがたく皿に食べ物を盛って食べはじめた。マシューは彼女の食べっぷりを見てにんまり笑い、グラスにエールを注いだ。近づきすぎたら嚙まれると怖がっているかのように、冗談めかして一本の指でグラスを押してテーブルの上をクララのほうに滑らせる。彼女も不意に心が軽くなり、笑い返して食事に戻った。

テーブルについた使用人の自己紹介が始まる。最初はミセス・マローン。不機嫌なアメリアは予想どおり仏頂面を見せ、そっけなくうなずいただけだった。

チャールズはマシューの相棒の従僕だ。彼の銀色がかった金髪はマシューの茶色と対照的だが、身長は同じだった。もちろんそれこそが、従僕にとって最も重要な特徴だ——あとは形のいいふくらはぎ、と聞いたことがある。厨房のメイドのジリー、その隣に座る料理人ミセス・フンボルトにはさっき会っていた。クララが使用人に加わったいま、ミセス・フンボルトは警戒を解き、愛想よく好奇心あふれる表情でうなずきかけた。

もうひとりのメイドであるステラは、まじめそうな顔にやさしい笑みを浮かべている。だが皿洗いのメイドのテスに目を向けたとき、クララは驚きを隠せなかった。この娘は若すぎる。一四歳か、せいぜい一五歳くらい。ほかの使用人がくつろいで気楽そうなのに対して、テスは場違いでおびえているように見える。きっとつい最近、家族と別れてここへ働きに来たのだ。テス本人にはわからないだろうが、クララは彼女に共感を覚えた。

テーブルのまわりに集まった使用人たちに挨拶したとき、ひとつ欠けている職種があることに気づいた。好奇心には勝てずに尋ねる。

「アシュワース卿の従者はどこですか?」

ミセス・マローンがため息をついて頭上を仰いだ。「旦那さまは自立心を誇っていらっしゃるの。あなたにもすぐにわかるわ。従者がお仕えするのを拒んでおられるのよ。いまは伯爵家の当主なのだし、身支度よりも大事なお仕事があるのだから、従者をお使いになるようわたしもお願いしてきたの。でも、旦那さまは承知してくださらない。残念だけど、ご自分でなんでもおやりになるのよ」いらだたしげに鼻息を吐く。

クララは声をあげて笑いそうになった。伯爵が日常の身支度を自分でしているというのは驚きだ。毎晩、誰が翌日の服を用意し、上着にブラシをかけているのだろう? 本当に誰の手助けもなく入浴し、ひげを剃《そ》り、服を着ているのかしら? 突然、アシュワースが自分の寝室で上着を脱ぎ、日焼けした喉に巻いたクラヴァットをほどき、白いシャツのボタンを外している光景が脳裏に浮かんだ。熱が全身を駆けめぐり、彼女はエールにむせそうになった。

ロンドンで会った、尊大でめかし屋の貴族たちについて考える。彼らのほとんどは自分で歯を磨くことも、ましてやひげを剃ったり服を着たりすることもできないだろう。あの醜聞の前も、クララに求婚者がひとりも現れなかった多くの理由のひとつがそこにある。彼らはクララの嫌悪感を察知していたのだ。生きていくのに完全に他人に頼らねばならない男性がどれだけ偉そうに意見を主張しても、彼女はどうしてもそれを甘受できなかった。

もちろん領地を円滑に運営するために、貴族には使用人が必要だ。でも、クララはウェクスリー卿のことが忘れられなかった。彼は晩餐の席で、必要なときに口元をナプキンでそっと拭いてもらうため、従者をそばに立たせていた。そしてウェクスリー卿は食べるのが下手で、哀れな従者はその夜、何枚もナプキンを使うはめになった。それを思い出して、クララは身を震わせた。

興味深げにテーブルを見渡す。「旦那さまは、貴族としての評判などまったく気にしていらっしゃらないのですか？」

「いいえ、評判こそが旦那さまにとっていちばん大事なことよ。絶対に忘れないで」家政婦長はいかめしく言った。クララに向けた灰色の目が、ろうそくの明かりを受けてきらりと光る。「旦那さまは、すべての慣習に従われるわけじゃないわ。けれど伯爵家に唯一残されて跡を継いだ男子として、一族の評判を決して損ねないようにしていらっしゃるのよ」

場が静まり返る。もし自分がそんな境遇に置かれたらどう感じるだろう、とクララは考えた。家族がつらい状況に耐えるのは彼女も見てきた。でも家族が死ぬのを目の当たりにし、その後、家族に代わって自分が責任を持つことを強いられたら？　彼女は寒けを覚えた。

「アシュワース卿が命を取り留められたのはうれしかった。でも、最初はどうなるかわからなかったのよ」家政婦長が重々しく言った。「なんとしても爵位を維持するため、旦那さまは必死でがんばられたわ」

感情を抑えたせいで、ミセス・マローンの目が潤んだ。少しのあいだ、横を向いてすすりあげる。ありがたいことに、マシューが重苦しい空気を破り、親しげにクララの腕を軽く叩いた。

「でも旦那さまはすっかり回復して、いまはずっとよくなられたんだ。妹君も近々喪が明ける。そろそろ、すべてがいい方向に向かいはじめると思うよ」

「さっき、旦那さまは階下《した》へおりてこられたわね」クララはそこでいったん言葉を切った。「それはよくあることなの？　ほかのお屋敷で、そういうところは見たことがないけれど」

一同がうなずき、マシューは笑った。

「きみが思うより、ずっとよくあることだよ。ぼくは何度も旦那さまに驚かされた。この前も、ぼくとチャールズがトランプで賭けをしていたとき——」

「ご用があれば、旦那さまは呼び鈴を鳴らせばいいだけよ」ミセス・マローンが割り込み、マシューをちらりと見やった。「だけど、それよりご自身で階下まで来て、使用人に直接声をかけるほうが手っ取り早いとお考えなの」

クララは当惑していた。「どうして自ら、使用人と交流なさろうとするのですか？　たいていの貴族は使用人の存在すら認めたがらないのに」

「お寂しいのよ」沈黙を守っていたアメリアが口を開いた。さげすみの表情でクララを見る。「あなたがお相手してあげたらいいんじゃないの」

思いも寄らない発言に、クララはぽかんと口を開けた。意地悪な女性というのは、ロンドンの舞踏室にも、使用人用区画にも存在するのだろう。それでもアビゲイルの姉からそんないやみな言葉を浴びせられて胸が痛んだ。

マシューが言う。「おいおい、どうしたんだ、アメリア?」

ミセス・マローンが唐突に立ちあがった。

「アメリア、わたしの部屋に来て、いますぐに」アメリアがむっつりと立ちあがり、大股で食堂を出ていった。家政婦長はテーブルに残った者たちを見渡した。「みんな、ここを片づけてちょうだい。チャールズ、旦那さまが今夜もうご用事がないかどうか確認して。やることがすんだら、みんなさっさと寝なさい」彼女は背を向けて早足で歩み去った。

チャールズはすぐに上階へ向かい、残りの者は黙り込んだ。その後に続いた気まずい沈黙の中、クララはテーブルの傷だらけの表面を見つめた。ここへ来て最初の食事がこんなふうに終わったのは残念だ。ミセス・フンボルトが同情するように舌を打ち鳴らした。

「あの人のことは気にしないほうがいいよ。ときどきえらく不機嫌になるんだ」

「ひどく冷たい態度だったわね」もうひとりのメイド、ステラが言った。「心配しないで。初日の明日は、わたしと一緒に働けばいいわ」

クララがうなずいたとき、小さく冷たい手がそっと彼女の手に触れてきた。顔をあげると、若いメイドのテスが隣に立っていた。少女は片方の口角をあげて、かすかな笑みを見せた。

「大丈夫よ」小声で言う。「なんとかなるから」

寝室までの道のりは長く、階段は闇夜のように真っ暗だったが、ステラが持つ燭台のろうそくのおかげでずいぶんましになった。ゆっくり階段をのぼっていくとき、自分たちの影が壁で揺れ、謎めいて見えた。単に寝室に向かっているというより、秘密の会合にこっそり行こうとしているような感じがする。最後尾はアメリアで、ほかの人たちから少なくとも一階の半分くらいの距離を置いていた。彼女がさっきミセス・マローンに促されてクララに謝罪させられたせいで、気まずい雰囲気になっていた。

どうすればアメリアに好かれるだろう、とクララは思案した。それは無理かもしれない。だけどせめて、いまほど嫌われないようにできないだろうか？　何がそんなにアメリアの気に障ったのか、まったくわからない。それこそが最もクララの不安をかきたてていた。アビゲイルがいつも姉のことを好意的に話していたのを考えると、よけいに戸惑ってしまう。どうしていいか途方に暮れていたため、蝶番《ちょうつがい》が大きくきしんで扉から最上階の廊下へ入ったとき、クララはほっとした。

一同がおやすみを言ったあと、ステラがひとりずつ部屋まで送り——人手が足りないことの唯一の利点は、ひとりにひと部屋があてがわれることだ——ろうそくを灯し、また次の部屋へと移った。ステラはそれを使用人の序列に従い、アメリアから始めて——ミセス・マローンは地下に個室を持っている——順番にほかの人たちを送っていった。

「忘れないで」最後にクララの部屋まで来ると、ステラがささやいた。「朝は五時起きよ……部屋を出る時間になったら、扉を軽く叩くわね」

「身支度をしておくわ」クララは明るく聞こえるように努めた。早起きが苦手ではないけれど、それでも五時というのはかなり早い。

ステラが微笑む。「緊張しているみたいだけど、心配いらないわ。ずっと一緒にいてあげるから！」

そうして小さく手を振り、ステラは闇の中へ去っていった。

クララは足取りも重く部屋に入り、そっと扉を閉めた。燭台を机に置いて、ちらちら揺らめく薄暗いろうそくの光で新たな住まいを眺める。突然、どっと疲れが押し寄せてきた。五時はあっという間に訪れるだろう。

またしても小さなボタンの列と格闘した。慣れることで、もっと簡単に外せるようになればいいのだが。刺繍《ししゆう》にかなりの時間を費やしてきたけれど、それでもこの面倒な作業を苦もなくできるほど指は器用に動いてくれない。ようやく服を脱げたときには内心喝采した。コルセットを外し、スカートと下ばき《ドロワーズ》の紐をほどいて脱ぎ、脚に絡みつくしわくちゃのシュミーズ一枚という姿になった。寝間着は持ってこなかったので、これで寝るしかない。

ロートン・パークでの第一夜。自分がここにいることが信じられない。使用人用の帽子を脱いで豊かな髪を解放し、ベッドを見おろす。薄くて、実家のベッドに比べてかなり小さい。マットレスは古そうだが清潔で、晩夏の暑さを考えれば薄い毛布一枚で充分しのげるだろう。でも、もっと寒くなったときが気がかりだ。

窓まで行って開け、新鮮な夜の空気を入れた。そのとき視界の端に何かが見えた。眼下の芝生で、月光の細い筋のあいだの闇の中を動いている。人影だ。男性。

こんな夜遅くに、いったい誰が外にいるのだろう？　クララはまばたきもせずに闇を見つめた。その男性は自信ありげに早足で動いて陰から出た。月光が金髪を銀色に見せる。純白のシャツ、広い肩幅からすると、砂利道を横断しているのはアシュワース伯爵らしい。彼から見えないのはわかっているけれど、クララは窓から一歩さがって眺めた。やがて伯爵は屋敷の角を曲がって見えなくなった。

不意にクララの胸が熱くなった。自分の人生はなんと皮肉な展開を迎えたことか！　ラザフォード男爵から逃げるために、アシュワース伯爵にふさわしい結婚相手となれたはずの条件すべてを犠牲にしてしまった。悲劇的な過去と熱っぽいまなざしを持つ彼がいたなら、ロンドンの社交シーズンははるかに魅力的になっていただろう。ふたりがメイフェアで出会ってさえいれば……。

アシュワースとダンスすることを考えると体がほてった。ウエストをつかまれて抱き寄せられ、くるくる回転するときの彼の体の熱さが想像できる。あるいは、柔らかな月明かりの下、庭園で会い、屋内から流れてくる楽団のかすかな音を聞きながら熱烈にキスすることも……。

激しく頭を振り、そんな思いを強く抑えつける。この狭い屋根裏部屋で、そのような考えを抱いても意味がない。

クララは窓に背を向け、ベッドにもぐり込んだ。

4

ウィリアムは馬車の横に立ち、父が乗り込んだあと空を見あげた。頭上の漆黒の闇は、会合が長時間続いたことを示している。いまは小雨が降って道路を濡らしていた。

時刻は遅かったものの、一行は早くマンチェスターを出発して自宅に帰りたかった。兄のルーカスがウィリアムの腕を軽く叩いてにやりと笑い、馬車に飛び乗る。義弟のレジナルド・カートウィックもそれに続こうと踏み段に片足をかけたが、そこで止まった。

「どうかしたのか、ウィリアム？」

ウィリアムは無言で義弟を見つめた。もちろん答えは〝なんでもない〟だが、なぜかその返事が正しいとは思えなかった。しかし、それは単なる悪い予感だ。裏づけとなる論理的な説明が何もない以上、家族に対して不安を口にすることはできない。

「いいや」しばらくしてから答えた。「暗くなるのが早いことに驚いているだけさ」

カートウィックはうなずき、一緒になって空を眺めた。「嵐が来そうだな」雨を含んでふくらみ、近づいてくる分厚い雲を指さす。とはいえ、暗い中ではあまりはっきり見えない。

「まあいい。できるだけ急げばいいし、必要なら宿を取ろう」

「ウィリアム！　レジナルド！」ルーカスが馬車の中から呼びかけ、冗談めかして言った。「来月中には家に帰りたいんだがな」

カートウィックが微笑み、先に行くようウィリアムに合図した。父が口を開いたのは、全員が席につき、馬車が動きだして速度をあげ、がたごとと町を出てからだった。つい数分前に降りそうだった雨が、いまは強く屋根を叩いているため、父は大声を出さねばならなかった。

気楽な会話が続いた。カートウィックは妻のエリザから届いた最新の手紙の内容を披露した。夫婦の幼い娘は毎朝食べさせられるオートミールに飽きて、食べるのではなくオートミールでテーブルに絵を描くことにしたらしい。父は画布《カンバス》に朝食をのせて供したらどうかと言い、傑作ができたらロートン・パークの回廊に展示すると約束までした——その提案は爆笑を誘った。ようやく一同の笑いがおさまったあと、父は目下の議題を持ち出した。北部の紡績工場に投資すべきかどうか、だ。

「わたしは進めるべきだと思う」父は茶色の目で三人の反応をうかがった。「スキャンランの言ったことは理にかなっている。どう思うね？」

「ぼくは賛成です」カートウィックが躊躇《ちゅうちょ》なく応じた。

ウィリアムは兄をちらりと見て答えた。「もちろん、ぼくと兄上も、父上が安全確実だと考える投資に反対はしません。ただ、その前にもっとスキャンランと話し合いを重ねたいと思います。たとえば工場の労働環境、機械装置の技術などは、もう少し改善の余地があるかもしれません」

父は眉をあげ、顎ひげを撫でて考え込んだ。「なるほど。うむ、それに反対はしない。おまえたちふたりはどういうふうに考えているんだ?」

兄弟の返事はさえぎられた。道路に大きなへこみがあったらしく、馬車が一瞬、地面から浮きあがったのだ。最初は前輪、次に後輪が荒々しく着地する。会話が止まり、四人は黙って顔を合わせ、事態がもっと悪くなるかどうかを見守った。そのまま馬車が走りつづけたので、ルーカスはほっとして震える息を吐いた。

「いったん止まったほうがいいかもしれません。御者に調べさせて——」

ウィリアムの近くにある後輪の車軸が折れる大きな音は聞き間違えようがなく、彼の心臓が一瞬止まった。そのあと馬車が突然後ろに傾いたので、心臓は三倍の速さで打ちはじめた。車台が落ちて地面をこする。残りの車輪が大きな音で引きずられるのが聞こえた直後、車輪は完全に壊れた。カートウィックが悲鳴をあげる。ルーカスは父の体を支え、ウィリアムは必死に体勢を立て直そうとしたものの、後部座席に叩きつけられた。恐怖に見開かれた父の目、伸ばされた手が見える。

「ウィリアム!」

傾いた馬車に引っ張られて馬がバランスを崩し、金属が曲がったりガラスが割れたりする音の合間に、馬の狂ったようないななきが聞こえ……。

悲痛な叫びが喉をかすめて口から飛び出す。ウィリアムは悪魔の軍団と戦っているかのように、ベッドの上掛けと格闘した。汗でびっしょり濡れた上掛けから解放されてようやく暴れるのをやめ、寝室の真ん中で呆然《ぼうぜん》と立ち尽くした。くずおれて四つん這いになる。胸を大きく上下させて苦しげな呼吸をしながら、少しでも自制心を取り戻そうとした。

脱力感のあまり頭を働かせるのも苦痛だが、こういう夜には誰か頼れる相手がいればいいのにと思う。できれば妻が。彼をいたわり、悲しみに暮れたときに抱きしめてくれる人……震えが止まるまで、頭を撫でてくれる人が。

ヘレンの姿が脳裏をよぎった。ウィリアムはいらだってそんな思いをすぐさま振り払い、震える脚で立ちあがった。ゆっくりと自分の体の状態を確認したあと、つい取り乱してしまったことを振り返り、うんざりして窓に目をやる。まだ外は暗いが、鳥のさえずりがかすかに聞こえてきた。もうすぐ太陽がのぼるだろう。

彼はガウンを取ってはおった。いくら疲れていても、今朝はもう眠れそうにない。

クララとステラが暗い書斎に入ったのは太陽がのぼる前だった。まだ暖かな気候だが、夜明け前には気温がさがり、部屋は冷えている。ステラは急いで壁の突き出し燭台に火を灯し、一方クララは痛む腕で掃除用具をおろして、こわばった脚で膝立ちになって炉床に布を広げた。仕事はどれも骨が折れる。ステラは不器用なクララに困っているのではないだろうか？熟練したメイドなら簡単にできるはずの仕事にクララがもたついていることで、ミセス・マローンに不満を訴えるかもしれない――でもいまのところ、ステラは親切に励ましてくれるし、クララがぐずぐずしているときには手を貸してくれる。

早くもたこのできた手に汚れた手袋をはめながら、モーニングドレスを見おろした。プリント地の綿布のドレスは質素だけれど、いくら大きなエプロンをしていても生地を傷めないよう注意しないといけない。もし傷めたら、新たなドレスと取り替えてもらうために一カ月分の給金を失ってしまう。これまで、そんなことを考える必要に迫られた経験はなかったのに。

ステラがやってきて、隣にひざまずいた。クララに比べて、動きははるかになめらかだ。アシュワース伯爵はここにいないものの、上階で働いているときは極力口をきかないのが常識だと考えられている。ステラにうなずきかけられたクララはかたい針金のブラシをつかみ、鋳鉄製の炉床から焦げた炭や灰をかき出した。これはかなりの重労働だ。全身を前後に揺らし、その勢いでこびりついた燃え残りをはがす。黒いすすが汚れよけの布に落ちたり、空中に舞ったりして、クララは咳《せ》き込んだ。

炉床の手前部分の掃除を終えたとき、腕は痛みに悲鳴をあげていた。これでもまだ半分しか終わっていない。できるかぎり身を乗り出して後ろの部分を掃除し、すべての格子のあいだをきれいにした。ハミングするような音が初めて耳の中で響いたのは、そのときだった。手を止めて振り返り、耳を澄ませる。

「何か聞こえた？」ステラに尋ねる。

ステラの真剣な顔に笑みが浮かんだ。「あなたのうなり声やうめき声以外に？」

冗談めかして微笑み返したものの、心は落ち着かなかった。ふたたび暖炉の中にかがみ込んで掃除を続ける。何分ものあいだ、せっせと作業した。すると、またさっきの音がした。今度は甲高い。頭が押しつぶされそうに痛んだ。目を閉じて頭を振り、さっさと仕事を終えてしまおうと心に決めて歯を食いしばる。

唐突にステラが立ちあがった。暖炉の中まで、彼女のくぐもった声が響く。

「旦那さま！　こんな早くに起きていらっしゃるとは思っておりませんでした」

アシュワース伯爵が書斎に入ってきたらしい。そのとき、クララは暖炉からお尻を突き出していた。

あわててブラシを手からおろすと後ろにさがり、振り向いて気をつけの姿勢になった。伯爵は啞然としてふたりを見ている。身につけているのはゆったりしたズボンと、ウエストでゆるくベルトを結んだ黒いサテンのガウンだけ。いまベッドから出てきたばかりの様子で、金色の髪を乱してひげを剃っていない顔は、まるで海賊みたいに見える。こんな時刻に人に会うことは予測していなかったようだ。

幅広い胸は半分ガウンに覆われているものの、もう半分は開いた襟元から露出している。珍しい色合いの緑色の目には、心からの驚きが浮かんでいた。顔の無精ひげは光を受けてきらきらしている。そんな彼に魅せられて、クララは息をあえがせた。

いや、ガウン姿の伯爵を見たからというだけではない。実際に呼吸が苦しくなっている。

自分の顔に触れたあと、遅まきながら、手がすすだらけなことに気づいた。めまいを追い払おうと頭を振る。初め耳の中で聞こえていたハミングはどんどん強くなり、いまは悲鳴のように大きくなっていた。壁に黒い点々が躍っているのに気づいて、クララはうろたえた。

膝からくずおれるとき最後に見えたのは、伯爵の顔に浮かんだ心配そうな表情だった。床が近づいてきて、やがて彼女は完全に闇に包み込まれた。


クララははっと目が覚めた。生地の手触りからすると、部屋の奥にあるベルベット張りのソファに横たわっているようだ。手袋とエプロンはなくなっている。恥ずかしさで顔から火が出そうだった。仕事の疲れで気を失ってしまったらしい。

アシュワース伯爵の目の前で。

横に腰かけて手を撫でてくれているステラに目をやったあと、伯爵に視線を移した。彼は腰に手を当てて立ち、緑色の目でクララを見おろしている。怒っているのかどうかはわからない——そのとき突然、ドレスのボタンが開いてコルセットの紐がゆるめられていることに気がついた。顔が紅潮する。この部屋から逃げ出したい。人が恥ずかしさのあまり死ぬことがあるのなら、一刻も早くそうなってほしいと祈った。なんとか上体を起こし、ずり落ちないようドレスを押さえる。

「どうかお許しください、旦那さま」立ちあがろうとしながら、しどろもどろに言った。

「本当に申し訳——」

とは……。

「きみは立てるような状態じゃない」

「座れ」伯爵はそう命じたあと、声をやわらげた。

消えてしまいたいと思いつつ、クララはゆっくりソファに座り直した。視界はまだ少しぼやけているが、徐々に鮮明になりつつある。幸い、後ろ向きに暖炉の中に倒れ込むのではなく、前向きに絨毯に倒れたらしい。そしてなぜか床にはボタンが散らばっている。ということは……。

「わたしのドレス！」クララは叫び、指先で探ってボタンがなくなっているのを確認した。

「ごめんね」ステラが同情して言った。「だけど息ができるようにしなくちゃいけなかったし、ゆっくり外している時間もなかったのよ」身を乗り出してささやく。「あとで縫いつけるのを手伝うわ」

クララは微笑もうとした。「いいえ、いいの。助けてくれただけで充分よ。自分で縫うわ」

「まあ、助けたのはほとんど旦那さまだけど」ステラは敬意をこめて、後ろの伯爵をちらりと見た。「旦那さまが素早くあなたを受け止めてくださって、運がよかったわ。わたしひとりだったら、あなたはいまもまだ絨毯の上で倒れていたでしょうから」くすくす笑う。

伯爵が受け止めてくれた？　それに気を失ったわたしの体をステラがソファまで動かせたとは思えないということは、彼が抱えて運んでくれたの？　クララの中で恥ずかしさと怒りがせめぎ合う。女学生のように気を失って伯爵の足元に倒れた恥ずかしさ、意識がなくて彼に抱擁されたことを思い出せない怒り。たとえその抱擁が偶発的な出来事だったとしても。本当の意味での抱擁ではないとしても。

事情を知り、あらためてアシュワースを見あげた。見つめられて彼の表情が変化し、目の色が不穏に暗くなる。伯爵は唐突に咳払いをして扉に向かった。

「彼女は明らかに具合が悪そうだった。紳士なら、誰でも同じようにしただろう」なんでもないことのように言う。ノブに手をかけ、もう一度ふたりに顔を向けた。「さて、意識が戻ったようだから、わたしは失礼する」そしてクララに直接話しかけた。「きみは非常に事故に遭いやすいようだ。これからはもっと気をつけたまえ。きみが炉床を掃除するたびに、わたしはあわてて気つけ薬を取りに行きたくはない」

背を向けて早足で書斎をあとにする伯爵の後ろ姿を、クララはじっと見つめた。扉が閉まると、クララとステラは一瞬黙り込み、そのあと遠慮がちに笑いだした。

「いまのは……おかしかったわね！」ステラが笑いの合間に言った。

クララはなんとか平静を装おうとした。「たしかにね」笑いをのみ込んで、しゃっくりをしながら言う。「でも、何を言われても文句は言えないわ」

「そうよね」ステラは不安そうにクララを見やった。「前にも炉床を掃除していて気を失ったことはあるの？」

もちろん炉床を掃除すること自体、生まれて初めてだ。それにいちばん近い経験といえば、午後に暖炉の前のソファで行儀よく座っていたことだった。家出の準備をしているとき、使用人が具体的にどんな仕事をするのかアビゲイルに尋ねることはまったく思いつかなかった。

クララはそわそわしつつも平気な顔を装った。「ないわ、記憶のかぎりでは……」

ステラが笑いながら床に膝をつき、飛び散ったボタンを拾いはじめる。クララが手伝おうと立ちかけると手で制した。

「座って休んでいて」

「お願いよ。せめて、ドレスを着替えて炉床の掃除を仕上げるくらいはさせて」

「だめだめ。今朝はもう充分な騒ぎを起こしたでしょう。歩けるくらい気分がいいのなら、わたしの部屋から予備のモーニングドレスを持ってきて、わたしが掃除を仕上げるのを見ていてちょうだい。掃除が終わってもまだ気分がいいままだったら、あなたには手すり磨きをやってもらうわ」

クララは礼を言い、よろめきながら立ちあがったが、そのときある思いが浮かんだ。

「できれば……あの、入ったばかりで、伯爵とのことで地下の噂になりたくないから……」

ステラが手を振った。「わたしたちだけの秘密よ」にやりとする。「ただし、ふたりきりのときにしょっちゅうあなたをからかわない、という約束はできないけど」

「ありがとう」クララは安堵のため息をついた。「心から感謝しているわ。たとえあなたがわたしのボタンを全部飛ばしたとしても」

「あら」ステラはいたずらっぽく目をまわし、拾ったボタンをクララの手のひらに置いた。「わ、わたしがドレスを引きちぎって開いたとは言ってないわよ」

ウィリアムは廊下をずんずん歩いていった。書斎から離れるにつれて、安堵感が徐々に大きくなっていく。ヘレンの危機に対して、もっとうまい対処の方法もあっただろう。しかしあの瞬間は、ああすることしか考えられなかった。素手でドレスを引き裂いてコルセットをゆるめることしか。

さっきは単に、帳簿をつけるといった日常的な仕事で気を紛らわせたかったにすぎない。ところが現実には……。

自分の腕の中で意識を失っていたヘレンの姿を頭から追い出そうと、ウィリアムは頭を振った。彼女の体の柔らかな感触、服が開いているのに気づいたときの愛らしい頬の赤みを、なんとか忘れようとする。

ほかの貴族も、目の前でメイドが気絶して倒れたら同じような反応を示すだろうか？　おそらく示さない。だが、それだけなら気に病むこともない。最も懸念すべきは、自らの反応の激しさだった。村でのことが思い出される。ヘレンを事故から救うために道路を渡って突進したときのことが。あのときも自分を抑えられなかった。

そしていまは、意識を取り戻したヘレンを見つめたときに覚えた満足感に悩んでいる。倒れた彼女の露出した肌を余すところなく記憶にとどめようと食い入るように見つめたのも、なめらかな肌に触れた瞬間に自分の皮膚が焼けるほどの熱さを覚えたのも、不適切だった。

しかもまずいことに、もうひとりのメイド、ステラに彼の行動を目撃されてしまった。彼女が地下で無責任に噂を広げるような人間だとは思わないが、あのような劇的な事件を自分ひとりの胸におさめてくれるという保証もない。そして、そういう話はたちまちよその屋敷にも広がるものだ。

自室に着いたウィリアムは必要以上に勢いよく扉を閉めた。自己嫌悪で悪態をつき、いらいらと髪をかきむしる。朝のコーヒーを頼むため、呼び鈴の紐を引いてマシューを呼んだ。今朝のこれまでのことを考えると、上階にとどまってヘレンから離れているのが最も賢明な行動だろう。

その週の残りの日々は平穏無事に過ぎた。少なくとも書斎での悲惨な朝に比べれば。アシュワース伯爵の幼い姪、ロザモンドの到着に備えて、ロートン・パークはぴかぴかになるまで掃除された。ロザモンドは母親より数日早く、屋敷に着くことになっている。

彼女を出迎えるため、使用人はひとり残らず列をつくり、正面の私道に並んだ。その儀式張ったものものしさは、幼い少女というより王族のヨーク公爵夫人を迎えるかのようだ、とクララは思った。けれどアシュワース伯爵に残された数少ない家族は、この屋敷の人間にとっても非常に貴重な存在なのだろう。ミセス・マローンは誇りに輝かんばかりで、団子鼻をつんとあげ、使用人がちゃんと礼儀を守るよう監視していた。

九月末の午後の空気は冷たく、霧が立ち込め、吐いた息が白く見えるほど寒い。クララはほかの使用人とともに、冷たい手を従順に背中で組んで身じろぎもせず立っていた。だが玄関扉が開いてアシュワースが現れたとき、彼女は寒さを忘れた。彼は灰色のズボン、ダークブルーの上着、アイロンの当たった白いシャツ、濃紺のクラヴァットといういでたちだった。

暗い色合いの服装と対照的に、金色の髪は輝いている。目もくらむほど魅力的だ。

クララは視界の端で、伯爵が一瞬こちらのほうを見るのをとらえた。あまり友好的な表情ではない。目が合った次の瞬間、彼は真正面に視線を向けた。

クララの顔がほてった。幸い、誰もいまのやりとりには気づいていない。そのとき、ばねのきいた馬車が私道をこちらに向かってきた。屋敷の前まで来て止まる。後ろからは、大きな黒馬に乗った男性がついてきた。アシュワースは馬の乗り手にうなずきかけると、従僕を待つことなく馬車に歩み寄って扉を開けた。ひだ付きの黄色いドレスに身を包んだ小柄な少女が、待ち構える彼の腕の中に飛び込んだ。

「伯父ちゃま！」少女の細い腕がアシュワースの肩にまわされる。

ロザモンドは伯爵と似た明るい色の波打つ金髪を上下左右に揺らして、彼の首に顔をうずめた。高く抱きあげられると、短い脚をばたばたさせた。伯爵は少女を地面におろして膝立ちになった。少年のように屈託なく微笑んでいる。ついさっきまで厳粛な態度を保っていたのに、いまは幸せそうに目を輝かせていた。

クララの腹部がざわめいた。不意に、彼の表情をこんなにやわらげられるのが自分だったらいいのに、とありえないことを考えてしまう。

「やあ、わたしのロザ」伯爵は少女の髪を撫で、ボンネットをまっすぐに直した。「旅は楽しかったかい？」

「うん、伯父ちゃま」ロザは真顔で答えた。「ルイーズは寝てばっかりだったの」いま馬車をおりようとしている女性を指さす。「だから、わたしはドリーと遊んでた」伯父に見えるように柔らかな人形を掲げた。明らかに手づくりで、黒っぽい毛糸の髪をしてきれいなピンクのドレスを着ている。ドレスの裾がすり切れているのは、とてもかわいがられて、つねに持ち歩かれているからだろう。

伯爵は人形をじっと見つめた。「お人形もいい旅をしてきたかな?」

ロザは肩を落として唇をとがらせた。「ドリーも寝てたの」その返事は伯爵の笑いを誘った。

馬車の後ろからついてきていた男性が馬をおり、早足で伯爵に歩み寄った。長身で漆黒の髪、明るい青色の目をした、人目を引く男性だ。伯爵は立ちあがって握手をし、心をこめて相手の背中を叩いた。

「エヴァンストン、会えてうれしいよ」

「ぼくのほうこそ、きみに会えてうれしい」男性が笑った。「最初の三〇キロを過ぎてからは、馬車の後部を見るのに飽き飽きしていたからね」

エヴァンストンはロザと同行していた女性を手で示した。「アシュワース卿、こちらはルイーズ、ロザの新しい子守だ」

青白い顔の若い女性は、ふたりの男性の前で素早くお辞儀をした。ライトブラウンの髪が帽子のあちこちからはみ出し、鞄を胸にきつく抱いている。

伯爵が眉をあげた。「ロザが生まれたときから世話をしていたのはフローレンスだった。

彼女は辞めたのか?」驚いて尋ねる。

「違うよ」エヴァンストンが答えた。「だが運の悪いことに膝を捻挫してしまって、この旅には別の人間に来てもらわなくちゃならなかった。妹さんはハンプシャー州で領地の相続手続きがあって遅れるから、ぼくができるかぎりロザに付き添うことにして、ブライトンで落ち合ってここまで来たんだ」

アシュワースの顔に影がよぎったが、それはすぐに消えた。この表情の変化は、いまエヴァンストンが口にした相続の問題が原因だろうか、とクララはいぶかしんだ。

伯爵が振り返り、屋敷の玄関を向いた。「中に入って、くつろいでくれ」彼は姪の手を取り、一行は屋敷のほうに歩きはじめた。ロザは人なつこい小さな目で使用人を眺め、ひとりずつに微笑みかけた。ほとんどの使用人は前を見据え、微笑み返したいという衝動に抵抗するため少女を見てもいない。目を合わせるのは非常に無礼だからだ。でも、クララは我慢できなかった。ロザがこちらを向いたとき、衝動的に笑みを返してしまった。少女は伯爵の手を振りほどき、驚いたことにまっすぐクララめがけて走ってきた。隣に並んでいるステラが驚いて息をのむ。

「あなた、わたしのお人形にそっくり!」ロザは楽しそうに言い、クララのほうに人形を高く掲げてみせた。「お名前、なあに?」

クララは無用な注目を集めてしまったことに恥じ入って顔をほてらせ、ミセス・マローンをちらりと見た。家政婦長は前方に視線を据えたままだが、機嫌を損ねているのは明らかだ。

アシュワースがしぶしぶという様子で振り返り、道をそれた少女をつかまえに来た。

　ほかにどうしようもないので、クララはやさしい笑顔で少女を見おろした。「ヘレンと申します、ロザお嬢さま」小声で言う。「かわいいお人形ですね。似ていると思ってくださって光栄です」

　列の向こうから、アメリアが鼻を鳴らす音が聞こえた気がした。

「ふたりとも黒い髪と黒い目！」少女がクララのドレスを見て顔をしかめる。「だけど、あなたもピンクのドレスを着なくちゃ」すぐ後ろまで来て立ち止まった伯爵のほうを振り返った。「伯父ちゃま、この人、わたしのお人形と同じくらいきれいだと思わない？　ピンクのドレスをあげてくれない？　そしたらお人形と同じ格好になるもの」

　エヴァンストンは道の向かい側でくすくす笑っている。伯爵の啞然とした表情を面白がっているらしい。クララの顔が真っ赤になった。これまで子どもと親しくしたのを後悔したことはなかったけれど、これは唯一の例外になりそうだ。いま、全員の目はアシュワースに注がれ、答えにくい質問への返事を待っている。

　伯爵は少女の前でひざまずいて目を見つめた。「たしかにこの人形はきれいだと思うよ」心をこめて言う。そしてロザを抱っこして、即座に立ちあがった。そこでクララと目が合った。例によって、彼が怒っているのか、動揺しているのか、そもそも何か感じているのか、彼女にはわからなかった。アシュワースの目に表情はなく、顎はこわばっている。見つめ合っているとき、ふたりのあいだに奇妙な電気のようなものが走った。伯爵を居心地の悪い状況へ追い込んだ罪によって、クララはこの場で首にされるのを覚悟した。けれども彼は無言で背を向けてエヴァンストンとともに屋敷へ向かい、子守も急いであとを追った。

彼らの姿が見えなくなるやいなや、ミセス・マローンがクララを手招きした。表情は険しい。

「どうしてミス・カートウィックに微笑みかけたの？」

クララは後悔して目を伏せ、自分の靴の先を見つめた。「わかりません」率直に答える。「本当に申し訳ありません。伯爵閣下やそのご家族と目を合わせてはなりませんでした」

「思いきってあなたを雇ったことを後悔させないでちょうだいね」ミセス・マローンがそっけなく言う。

アメリアが横を通っていくとき意地悪な笑みを隠そうとしているのを、クララは見て取った。逆にマシューは同情の視線を向けてきた。

ほかの使用人たちが屋敷に入っていくあいだ、クララと家政婦長は外に残っていた。「そういう教訓は、これまで雇われていたところで学んでいるものと思っていたわ。貴族の方と、とりわけ人目がある場所で交流するのは許されないのよ」ミセス・マローンは批判的な目でクララを見ている。

クララはおとなしく下を向き、声を震わせまいとした。伯爵に解雇されるのを恐れていたけれど、ミセス・マローンの反応までは予測していなかった。「どうかお許しください。もう二度といたしません」

「ええ、そうね。だって今度こんなことがあったら、残念だけど辞めてもらわなくちゃいけないから」家政婦長は灰色の目で冷たくクララを見据えた。「わかった？」

「はい、わかりました」小声で答える。

話が終わるとミセス・マローンはくるりと背を向け、実用的な靴で砂利を踏み鳴らして、早足で屋敷に戻っていった。

それから数日間、クララはできるだけ目立たないようにした。アシュワース伯爵や彼の家族に対して愚かなことをしてはならない。首にならないためには、しきたりを守らねばならない。職を失えば、家に帰らざるをえなくなる――そこではいったい何が待ち構えているだろう？

あいにく、ロザはクララの努力などおかまいなしだった。巧みに子守の目を盗んで逃げ、クララに会いに来た。ほかのどの使用人よりも、クララを気に入っているようだ。

ある日クララが応接間で埃を払っていて振り返ると、ロザはすぐ後ろにいて、自分の人形を使ってテーブルの脚の埃を払っていた。別のときには、クララが四つん這いになって玄関ホールの大理石の床を拭いていると、またしてもロザが来て同じように四つん這いになり、スカートをぐっしょり濡らしていた。

クララはロザに、お嬢さまは上階で伯爵閣下と子守と一緒にいるべきであって、働いているメイドのところにいてはいけない、と熱心に説明した。マシューに助けを求めると、彼はいつになくきわめて真剣な面持ちで、上階にいることの重要性を少女に伝えてくれた。ロザは目を大きく見開いてうなずいたものの、結局またこっそりおりてくるのだった。

ついにミセス・マローンが、伯爵と話し合って解決策を探ると言った。ロザの子守がもっとうまく少女の世話をしてくれるのがいちばんいいのに、とクララは心ひそかに思ったが、自分がそんなことを口にできる立場でないのはわかっていた。

その夜遅く、クララは使用人用食堂のテーブルを拭いていた。夕食は終わり、ほかの使用人とともに階上へ行く前に片づけをしていたのだ。すっかり疲れ果てていた。ベッドにもぐり込んで、また明日の早朝に目覚めるまで数時間の眠りを貪りたい。実家でのゆったりした暮らしは遠い昔の話。いまは真夜中に眠りに落ち、まだ暗いうちに起きだして、凝って痛む体が睡眠を求めて悲鳴をあげるのを聞きながら新たな重労働の一日を始めている。その日その日を切り抜けるだけでもかなりの精神力が求められることを思うと、それを平気な顔で行っているロートン・パークの使用人たちへの尊敬の念は増すばかりだった。

最後の食べ物のかけらをごみ箱に放り込み、疲れた目をあげたとき、ぎょっとしてごみ箱を倒しかけた。アシュワース伯爵が戸枠にもたれて立ち、腕組みをして無言でこちらを見つめていたのだ。

「失礼」彼はそう言って体を起こした。「仕事を邪魔する気はなかった」

当惑したクララは急いで布巾をテーブルに置き、低くお辞儀をした。

「旦那さま」緊張して言う。手が震えないよう、きつく握り合わせた。「何かご用でございますか?」

「きみと話し合いたいことがある」真剣な口調だった。「ただちに解決しなくてはならない問題だ」

不安でクララの喉が詰まった。伯爵にはいろいろと迷惑をかけてきた——そしていまはロザのことがある。きっと彼は解雇すると言いに来たのだ。涙がこみあげたが、それが頬を伝い落ちないようにこらえた。

「はい、旦那さま。わかっております」完全に落ち着きを失う前に言ってしまおうと、早口になった。「ご説明くださる必要はありません。わたしが最善を尽くしたことだけは、わかっていただきたいと思います……」

伯爵の横を急いで通り抜け、廊下に出て上階へ向かおうとした。ところが彼は振り返ってクララの腕をつかみ、強く、だがやさしく食堂に引き戻した。彼女を見おろす顔には戸惑いが浮かんでいる。

「ヘレン……やめてくれ。わたしは解雇を申し渡しに来たわけじゃない」

クララは目をぱちくりさせた。「ち——違うのですか?」

「ああ、違う」アシュワースの手は、まだ彼女の腕をつかんでいる。温かく、強く。「だがたしかに、きみには問題を起こす癖があるな」彼は緑色の目を楽しげにきらめかせ、ひと呼吸置いてから適切な言葉を探した。「姪はきみを気に入っている。そしてわたしは……きみが仕事熱心だと思っている」彼は手をおろし、ようやくクララを解放した。彼女はつかまれていた場所を手で覆った。そこにはまだ熱い感触が残っている。

彼女は恥ずかしくなった。「お許しください。わたしはてっきり――」

「ああ、てっきり首にされると思ったらしいな」伯爵の口の端にかすかな笑みが浮かんだ。

「さて、話し合いたいのはロザのことだ」彼はクララのためにテーブルから椅子を引き出し、自分はその向かいに腰をおろした。

彼女は唖然として座り込んだ。まだ職を失っていないことに感謝し、アシュワースのふるまいに困惑している。とはいえ、彼にこれほどじっと見つめられているとき、そもそもまともに考えるのは難しい。

アシュワースは椅子にもたれてため息をついた。

「どうやらルイーズは子守としては失格らしい」そっけなく言う。

その率直な物言いにクララは思わず笑ってしまい、いま初めて叱責される心配なく伯爵とまともに目を合わせることができた。彼が見つめ返す。部屋の温度がかなり上昇した気がする。彼女は咳払いをした。

「旦那さま、わたしたちはそれぞれ考えて同じ結論に達していたようです」

伯爵はうなずき、テーブルの上で両手の指を組み合わせた。クララは手を伸ばしてその上に自分の指を置きたい衝動と闘った。そんなことをしたら、彼はどんな反応を示すだろう？わたしを押しのける？　あるいは抱き寄せて……。

「そしてまた」彼の言葉に、クララは夢想から引き戻された。「ロザが問題児であることも明らかだ」

「いいえ、そんなことはありません。好奇心のある子どもなら当然予想されるようにふるまっておられます。唯一の心配は、お嬢さまの行動が旦那さまの気に障るかもしれないことです」

「なるほど」伯爵はクララを眺めながら考え込んだ。「いちばんいいのは、少なくとも母親が来るまでは、きみができるかぎりあの子の相手をしてやることだと思う。正直なところ、わたしがつねにあの子を監視しておくのは不可能だ。そして現時点では、理由は自分でもよくわからないが、わたしはルイーズよりきみのほうをはるかに信頼している。それは」かすかに微笑んでつけ加える。「きみがロザのそばで暖炉掃除をしていないかぎり、ということだが」

先日の出来事を指摘され、クララは恥ずかしさに微笑んだが、そのあと顔をしかめて彼の発言の意味を考えた。伯爵は首をかしげて彼女の反応を見守っている。

「それは無理な願いだろうか？　きみが断るなら、それはそれでかまわない」

彼はクララを信頼していると言ってくれた。二週間もしないあいだに目の前で馬車にひかれそうになったり、絨毯の上で倒れたりしたメイドへの言葉としては、かなりの賛辞だ。もちろん、ルイーズに比べればましという程度だから、その信頼は思ったほど絶大なものではないのかもしれない。

それでもクララは安堵していた。「お嬢さまと一緒にいられるなら幸せです、とりわけ旦那さまにお認めいただけるのなら。でも、ルイーズはどうするのですか？」

アシュワースの顔が険しくなる。「さっき、きみに会いに来る前にルイーズとは話をした。わたしの一存で決められるのなら、ルイーズには出ていってもらうところだ。しかしながら、彼女を雇ったのは妹であり、勝手に首にはできない。今週末にエリザが到着したら、この問題を話し合うつもりだ」彼は立ちあがって椅子をもとに戻し、表情をやわらげた。「それまでは、ロザがきみのところに来たら面倒を見てやってくれ」

クララも立ちあがり、お辞儀をした。「わかりました」

意外にも、伯爵はすぐに立ち去ろうとしなかった。テーブルの向こう側から、考え深げにクララを見つめている。そして一歩、二歩、テーブルをまわり込んできたところで足を止めた。彼の体から発散される熱が感じられる。相手の意図がわからず、クララは不安に駆られて見あげた。

これほど近くにいながら平然としているのは不可能だ。アシュワース伯爵はいいにおいがする――これまでに会ったどんな男性とも違う。ロンドンの貴族のほとんどは強いコロンを過剰に振りかけているけれど、伯爵はひげ剃り石けんと清潔なリネンのかすかなにおいがするだけだ。それに彼自身の男らしい香りが加わると、ほとんど抵抗できなくなる。クララは彼のシャツをつかんで引き寄せ、そのにおいを吸い込みたくてたまらなかった。

けれどもそうはせずに黙って見あげていると、伯爵が小さく笑って頭を振った。

「きみのことで、ロザは間違っていたな」低い声はクララの背中を撫でる指のように感じられた。彼は我慢できないかのようにおずおずと手を出し、親指と人さし指で彼女の髪をひと房つまんだ。そのほつれ毛はちゃんと帽子の下におさめておくべきだったのに、どこかの時点でピンから逃れていたものだ。

「旦那さま？」クララはぼうっとしていた。

「きみの髪。きみの目。少しも黒ではない」

やがて伯爵は炎に触れたかのようにびくりとして手を離し、背を向けて足早に食堂を出ていった。

5

クララとロザとルイーズは、屋敷の裏にある森を目指してゆっくりと歩いていった。太陽の弱い光が朝靄を貫いて草を薄明るく照らし、まだ残っている露の玉をきらめかせている。クララは自分のスカートを見おろし、草原を歩いているあいだに裾の数センチが湿り気を帯びて重く黒っぽくなっているのに気がついた。子どもらしくはしゃいでいるロザはすでに何度も草むらで転んでいて、ドレスには緑色の筋が何本もついている。洗濯担当のメイドの怒りを買わないためには、クララがあとでその汚れを落とさねばならないだろう。それでも、少女が無邪気に跳ねまわるのを責めるつもりはない。

深呼吸して、季節の香りを吸い込んだ。近くの煙突から吐き出された煙のつんとしたにおい、冷たい秋風に吹かれて腐敗しつつある木の葉の甘ったるい香り。子ども時代が思い出される。家が思い出される。

動揺が顔に出たらしく、ルイーズが不思議そうなまなざしを向けてきた。

「具合でも悪いの？」心から気遣っているというより、礼儀として尋ねているだけのような口調だ。でも、そのほうがいい。少しでも同情を示されたら、落ち着きを装った態度が崩れてしまう。自分ではない人間のふりをしているとき、そうなったら厄介だ。

クララはロザの素早い動きから目を離さずに答えた。「なんでもないわ。ちょっと目に埃が入っただけ」

その答えに納得したらしく、ルイーズはまた歩きだした。少女はふたりの前でくすくす笑いながら跳ね、しょっちゅう立ち止まっては、遅咲きの雑草を地面から抜いたり虫を観察したりしている。

「見て！」不意にロザが叫んだ。「ミミズさん！」振り返ってふたりに手を差し出す。小さな指にはさまれて、ピンク色をした太いミミズが逃げようと身をくねらせていた。ルイーズはぞっとした顔で縮みあがったが、クララは進み出て、好奇心いっぱいの少女の横でひざまずいた。

「あら、本当ですね」ロザのつかまえた虫をじっと見る。「それも大きくて元気そうなミミズ。でも、見つけたところに戻してあげましょう。土を元気にしてくれますから。ミミズにはとても大切なお仕事があるんですよ」

ロザはびっくりしてクララを見た。「そうなの？」尊敬のまなざしで身を乗り出し、くねくねする生き物を草の茂みと茂みのあいだに置いた。ミミズはすぐさま安全な土の中にもぐっていった。ロザはうれしそうに手を叩き、クララに抱きついた。「またお仕事に戻っていった！」

クララは少女をぎゅっと抱きしめた。「ええ、そうですね。よくできました！」立ちあがってロザの手を取り、先に行っていたルイーズに追いつこうと足を急がせた。

三人は東の広い原生の森へ行くため、二〇分前に屋敷を出ていた。妖精の存在をかたく信じるロザは、期待に胸躍らせている。不思議な生き物をおびき寄せられることを願って、朝食のクランペットの一部をドレスのポケットに忍ばせてきた。

森の入り口で、クララとロザはルイーズに追いついた。子守は入るのをしぶったが、クララは踏みかためられた道を進んで森へ入っていきたいと思った。道の両側に並ぶハシバミやカバの木は一〇月を迎えて美しく紅葉している。アシュワース伯爵やその兄妹《きょうだい》が幼い頃に同じ道をたどってこの森を探検したところが思い浮かび、クララは困惑して頭を振った。どれだけ避けようとしても、彼はつねに頭の片隅にひそんでいるようだ。

「森に入ってもいいの、ヘレン？」ロザがきらめく瞳で見あげてきた。片手はクララの手をしっかり握り、もう片方はポケットに入れて、クランペットのかけらをつまんでいる。クララは笑って、小さな手をぽんぽんと叩いた。

「ええ、もちろんです。せっかくここまで来たんですから」ルイーズを見ると、彼女はスカートをつまみあげ、ブーツについている何かを眺めている。嫌悪の表情からすると、靴に付着したのはあまり好ましいものではないらしい。

「あなたは一緒に来る？　それともやめておく？」クララはにやりとするまいとした。ロザはそこまで気を遣うことなく、ルイーズがブーツを草にこすりつけて汚れを取ろうとしているのを見て遠慮なく笑った。

「行きますよ……もう……運が悪いったらありゃしない……」ルイーズは最後にもう一度草で靴の裏をこすったあとスカートをおろし、むっつりしてふたりと合流した。三人が森に入っていくと、気配に感づいた野ウサギが目にも留まらぬ速さで逃げていった。

「妖精さん……」少女がうやうやしく呼びかけたので、クララは微笑んだ。ルイーズは恐ろしく退屈そうだ。三人は木立の中を進んでいった。まわりでは鳥たちが舞い、鳴き声をあげている。

クララはふと、シルバークリークの実家の屋敷を囲む荒野をルーシーとともに冒険したことを思い出した。厨房でもらったおいしいお菓子をいっぱいに入れたピクニック用の籐《とう》かごの揺れが、この腕に感じられそうだ。背の高い草をかき分け、身を乗り出して野の花のにおいをかぐときのルーシーの声が聞こえてきそう……。

「きっと妖精はいますよ」そっと言い、記憶を払いのけようとした。いまでも姉が恋しくてたまらない。でもメイドのヘレンに、クララ・メイフィールドの思い出に浸る余裕はない。

「妖精の隠れ家を探しましょうね！」

森の奥へと入っていく。木がさらにうっそうと生い茂るようになるにつれて、午前半ばの陽光は弱まっていった。突風が吹いて木々のてっぺんが揺れ、木の葉が頭上から舞い落ちる。妖精探しの一行にとって、今日は絶好の涼しい日だ。

日々の仕事によってクララの肩は凝り、裕福な資産家の娘だったときより間違いなく筋肉はついている。けれどもいま、枝の隙間から細く差し込む日光を浴びようと思いきり顔をあげたとき、張りつめた筋肉が弛緩《しかん》するのが感じられた。すがすがしい散歩ができる機会は逃したくない。こういうことを求めていたのだ。

前方の茂みがざわざわと鳴った。クララはロザの腕に触れてしゃがみ込み、指を立てて自分の唇に当てた。ロザは伯父の目より色濃いけれど同じくらい美しい緑色の目を大きく見開き、興奮した様子で口を開けた。ルイーズはあきれ顔で後ろに立っている。ざわめく音は続き、少し右へ移動してさらにしばらく続いたあと止まった。三人が茂みを見つめていると、やがてキタリスがキーキー鳴きながら尾を激しく振って飛び出した。三人はびっくりして悲鳴をあげたが、リスが岩に飛びのって座り込み、毛むくじゃらの白い胸の下で不思議そうに前脚を曲げるのを見て笑いだした。リスのふさふさした立派な耳は頭の上でぴんと立ち、とても堂々として見える。

「こんにちは！　ごちそうはいかが？」ロザがクランペットのかけらを慎重にリスのほうに放ると、リスはそれをつかもうと即座に岩から飛びおりた。小さな前足で拾いあげ、においをかぎ、ためつすがめつ眺めて、食べられそうだと判断した。すぐさま口に入れてもぐもぐし、数秒で食べ終えるとロザに向き直って、きらめく黒い目で見つめてきた。ロザはためらいなく、新しい森の友だちにひとつかみ投げてやった。

「お嬢さま」クララは声をかけた。「妖精のために、ちょっと残しておかなくていいんですか？」

少女が振り返ると、金髪が風になびいた。「だけど、リスさんはすごくおなかがすいてるみたいだもん!」さらに投げてやると、リスはすぐに地面に口を近づけてひとつ残らずかき集め、またしても立ちあがって期待するようにロザを見た。

「ヘレン! ロザお嬢さま! こっちですよ!」少し離れたところからルイーズの声が響いたので、リスはびっくりして逃げ去った。

クララがロザを連れて落ち葉の中を進むと、子守は低くて古い石壁の向こうにいた。

「何かしら」クララはロザを抱きあげて石壁の向こうへおろした。ルイーズは地面の何かを指さしている。

「妖精の王国への入り口を見つけました!」彼女は叫んだ。

クララは驚き、笑みを浮かべた。ルイーズがこの遊びに興味を持っているとは思っていなかったのだ。

ロザが息を切らせてルイーズに歩み寄った。ルイーズが立っているそばには、地面から短く突き出た石の円筒があり、古い木の蓋がかぶせられている。クララには、それが何かすぐにわかった。井戸だ。もう使われていない古井戸。ルイーズをにらみつけ、ロザを自分のスカートまで引き戻した。

「違います、お嬢さま、これは入り口ではありません」それから子守に向かって言う。「どうしてそんなことを言うの? 古い井戸のそばで遊んでいたら、落ちてけがをするかもしれないじゃない」

ルイーズがばかにするように言った。「付き添いがいないわけじゃないもの。危険はないわ」

「子どもにそんなことを言うのは無責任よ」クララは言い返した。

ロザを抱きあげて壁の向こうに戻し、自分も飛び越えてロザの手をしっかり握ると、もと来た道を帰りはじめた。ルイーズはついてきてもいいし、ついてこなくてもいい。クララにはどうでもよかった。

「井戸の近くで遊んではいけませんよ。危険です」早足で明るい草原に向かう。「わかりましたか？」

「うん。だけど、もう妖精さんにあげる食べ物がなくなっちゃった」ロザが悲しそうに言った。

「妖精さんは自分でなんとかできます。わたしが心配なのはお嬢さまのことです」

空は暗くなっていたものの、ふたりは雨が降りだす前に屋敷まで戻れた。ロザのドレスも髪も、冒険によって小枝や泥だらけになっている。クララが自分のドレスを見おろすと、同じように乱れていた。少女を促して勝手口をくぐらせ、狭い階段から子ども部屋に通じる廊下に入った。汚れた格好を見られずにすんだことにほっとして子ども部屋に入り、後ろを向いて急いで扉を閉める。

「伯父ちゃま！」ロザがうれしそうに叫んだ。

クララはぎくりとした。きっと聞き間違いだ。しばらく扉を見つめたあと、ゆっくりと振り返った。

だが、やはりそこにいるのはアシュワース伯爵だった。クララにちらちら目をやりながらしゃがみ込んで、汚れた格好の姪を抱きしめている。

この数日間、クララはできるかぎり伯爵を避けて、とてつもない欲望――彼をひと目見たい、なんとかしてそばにいたいという衝動――を抑えようとしてきた。なのに、いま彼を見たとたんに全身がほてり、あわてて扉まであとずさりした。アシュワースの髪は乱れて額にかかっている。姪を抱きしめているたくましい腕を見て、クララは息をのんだ。

伯爵はクララから目を離さないまま、眉間にしわを寄せてロザを抱き、立ちあがった。

「具合でも悪いのか？」彼はクララに歩み寄った。

今日、その質問をされたのは二度目だ。本当に自分は具合が悪いのかもしれない。元気なふりをするのが下手なのかも。

「そうなんです、旦那さま。申し訳ありません――走って戻ってきたので、まだ息が切れています」彼女は嘘をついた。予想外にアシュワースを見た衝撃から立ち直るのにもっと時間が必要なだけだと白状したら、ばかみたいに思われるだろう。

すると彼はまたしてもクララを驚かせた。あとずさりして離れたり、いまの説明に納得して彼女のことを忘れてしまったりするのではなく、何も言わずに手を差し出したのだ。

クララは黙ったまま、上品で長い指に見入った。夢であるかのように、自分の手が伸びて彼の手に置かれるのが見える。ロンドンで何シーズンかを過ごす中で若者とも老人とも踊ったけれど、ほんの少し手が触れただけで、ここまで強く感情を揺り動かされたことはなかっていた。

た。伯爵の素肌は燃えるように熱い。彼はクララの手をしっかりと握った。目をあげると、アシュワースはいつも彼女と一緒にいるときに見せる、あの考え込むような表情で見おろしていた。

クララは彼の顔に目を走らせずにはいられなかった――長いまつげ、力強い顎の線、魅力的な口の曲線。いま彼が頭をさげてきたら、とても抵抗できそうにない……。

伯爵がはっと息をのむ音が聞こえた。クララの思いを読んだかのように。

いたずらっぽい笑い声に、彼女はわれに返った。空想にふけっていて、ロザの存在をすっかり忘れていたのだ。少女はすぐそばで、アシュワースのもう片方の腕に心地よさそうに抱かれている。

クララの唇から神経質な笑いがもれた。ロザは笑顔でふたりを交互に見たあと、視線をクララで止めた。

「ヘレン、変な顔！」大声で言う。

伯爵は姪の発言を無視して、クララを窓際の椅子まで導いた。クララは座るなり手を引き抜き、礼儀正しく両手を膝の上で組んで震えを隠した。彼がクララの手を放すのをしぶっていた気がしたのは、思いすごしだろうか？　全身がしびれていて、正常に判断できない。

「ありがとうございます」クララの声の震えは明らかだった。「手を貸してくださって感謝いたします」

ロザが伯爵の耳に口を寄せた。「ヘレンはついさっきまで元気だったのよ、伯父ちゃま」

ささやき声は充分によく聞こえた。

クララは穴があったら入りたかった。幼児に言われたこととはいえ、率直な言葉に胸が苦しくなった。恥ずかしさで顔がほてる。たぶん真っ赤になっているだろう。けれども伯爵は紳士らしく話題を変えてくれた。

「いいときに森から帰ってきてくれたね」彼は首を伸ばしてクララのほうを振り返った。「だが、人数が減っているようだ。誰か妖精に連れ去られたのかな?」心配を装って尋ねる。

「ルイーズもすぐに戻ってきて仕事につくはずです」クララは答えた。「森を出てくるとき、後ろのほうを歩いていました」

「ルイーズは妖精の国の入り口を見つけたの!」ロザは叫んだが、クララの険しい顔を見て手をぴしゃりと口に当てた。アシュワースは当惑し、まずは姪、次にクララに目をやり、眉をあげて説明を求めた。クララはため息をついた。

「ルイーズが見つけたのは古い井戸です。石壁の東側にあって、板で覆ってありました」

伯爵はぽかんとしたあと、記憶をよみがえらせて表情を変えた。かがみ込んでロザを床におろし、背筋を伸ばして小さくため息をつきながら頭を振る。

「まだ崩れていなかったとは驚きだな」彼はひとりごとのように言った。「わたしと兄は、よくその古い井戸のそばで運試しをしたものだ」そこで言葉を切り、つかのま物思いにふける。亡き兄の追憶に浸っているのだろう。

やがて伯爵はゆっくりと顔をあげ、クララと目を合わせて咳払いをした。

「きみに旅の予定を知らせに来た」彼はふたたび話題を変えた。「きみに直接の関係はないが、今日の午後、商用でヘイスティングスまで短い旅に出る。一週間ほど留守にする。エヴァンストン卿も同行する」

ロザが伯父の脚に抱きつき、不満そうにわめいた。

「いや！　わたしを置いてかないで！」

彼は姪の腕をほどくと、ひざまずいて、額が接するまで引き寄せた。

「すぐに戻るよ」やさしく言う。「それまではヘレンとルイーズが安全に守ってくれる」アシュワースは金色と緑色のまざった目をクララに向けた。「ちゃんと面倒を見てもらえるからね」

彼が穏やかな言葉とやさしい抱擁でロザの不安をなだめているのを見て、クララの胸は熱くなった。たくましく力強い男性が幼い子どもを慰めようとしている光景は、紛れもなく魅力的だ。

伯爵はロザの額にそっと口づけ、また立ちあがった。「一時間以内に村に向けて出発する。南へ向かう前に、村で少し用事があるんだ」

クララも椅子から立ちあがった。「ミセス・マローンからは、旦那さまのご旅行の話を聞いていませんでした。ミセス・マローンはご存じなのでしょうか？　使用人はお見送りすべきですか？」

アシュワースは大きく首を横に振った。「自分の屋敷を出ていくときに仰々しい見送りは不要だし、エヴァンストン卿にも必要ない」かすかに微笑んで続ける。「ミセス・マローンには今朝早く話しておいた。きみたちが出かけていたあいだに」

不意に扉が開いてルイーズが現れた。汚れた帽子を手に持ち、スカートは落ち葉だらけだ。伯爵を見たとたんに不機嫌な仏頂面は消え、彼女はぎこちなくお辞儀をした。

「失礼いたしました、旦那さ――」

「遅かったな」伯爵が冷たくさえぎる。「すぐにロザを身ぎれいにしてもらいたい」

ルイーズはもう一度あわててお辞儀をした。「承知いたしました」

彼女はロザを子ども部屋から連れ出した。きれいな服に着替えさせてくれるだろう。そのときクララは伯爵とふたりきりで向き合っていることに気づき、息をのんだ。彼が口元に小さな笑みを浮かべてさりげなくこちらを眺めているので、まためまいを覚えた。モーニングドレスがくしゃくしゃに乱れているのが恥ずかしくてたまらない。さらに屈辱を与えるかのように、一枚の木の葉が帽子からはみ出した髪から絨毯までひらひらと落ちた。

「失礼しました」クララはもごもごと言って片手で頭を押さえ、木の葉を拾うために身をかがめた。葉に触れた瞬間、手伝おうと手を伸ばしたアシュワースの指先が彼女の指をかすめた。うろたえて目をあげると、隣でしゃがみ込んでいた彼の途方もなくハンサムな顔がすぐそばにあった。さっきのような面白がる表情は浮かんでいない。いま、彼はクララの目、髪、口を見つめている……不可解な、けれど間違いなく興味を引かれた表情で。

クララの心臓がものすごい勢いで早鐘を打ちはじめた。

あわてて立ちあがる。アシュワースのほうは特に動揺した様子もなく、木の葉をそっとつかむと体を起こした。さりげなく葉をクララに差し出す。

「きみもその服を脱いだほうがいいんじゃないかな」

言葉自体はまったく他意のないものだった。だがクララの目に向けられた彼の視線は、まったく別のことを示唆している。

こんなふうに注意を向けられるのはうれしいけれど、使用人の中で自分ひとりが目立ってはいけない。クララは自らを戒めた。彼女はもはやクララ・メイフィールドではなく、ここはロンドンの客間ではないのだ。どんな意味においても、伯爵と親しくするのは絶対に許されない。たとえ彼がクララを魅力的だと思っているとしても。たとえ伯爵が彼女とともに過ごすことで、自分の抱える問題から気をそらしたがっているとしても。

クララは笑顔になって、アシュワースの手から木の葉を受け取ろうとした。彼に触れたり目を合わせたりしないよう、細心の注意を払いながら。

「ありがとうございます」

伯爵はうなずいたあと、つかつかと廊下を歩み去った。けれど、その前に一瞬だけ振り返ってクララにそっと目をやったのを、彼女は見逃さなかった。

クララは急いで身なりを整え、午後の仕事に備えてエプロンを身につけた。使用人用食堂に駆け込む。前をよく見ていなかったので、マシューとぶつかってしまった。彼は笑ってあとずさりした。片手に伯爵の靴を、もう一方の手に靴磨き用の布を持っている。

「ほら！　言っただろう、チャールズ？　女の人はぼくを愛さずにいられないってね！」彼は肩越しに後ろを見て、相棒に話しかけた。

明るい銀色の燭台をふたつ持ったチャールズがやってきた。「どうやったらそんな魅力に対抗できるだろう？」絶望したように言う。「女性は文字どおり、きみに体を投げ出すんだ」彼はわざと悲しげに頭を振ってみせたあと、背筋を伸ばして希望に満ちた表情をクララに向けた。「ぼくもここにずっと立っていたら、女の人がぶつかってくるかな？」

クララが笑って冗談を返そうとしたとき、アメリアに乱暴に肩で押しのけられた。

「女の体であんたとぶつかる部分は、わたしのこぶしだけよ」アメリアがぶっきらぼうにチャールズに言う。次にマシューへ攻撃の矛先を向けた。彼は降参するように両手を――そして伯爵の靴を――あげ、壁まであとずさりした。

「それと、あんた！」アメリアが言いかける。

だが彼女がそれ以上続ける前に、マシューは濃い青色の目をきらめかせてにっこりした。

「ぼくの首を引きちぎろうとしているときのきみがどんなにきれいか、もう言ったっけ？」

即座にアメリアは力を抜いた。ほんの一瞬微笑んだあと、眉をさげる。今度は振り返ってクララを見た。

「何を見てるの？　どうしていつも問題を起こしてばかりなの？」ぶつぶつ言いながらクララを押しのけてもと来たほうに戻り、少し足を止めて壁の傾いた絵をまっすぐに直したあと、廊下を歩いていった。

マシューは両手をおろし、恐怖を感じているかのようなまなざしでアメリアの後ろ姿を見送った。「残念だよな、あの子がときどきけだものみたいに凶暴になるのは」彼は頭を振り振り、廊下をゆっくりと進みはじめた。

マシューはアメリアを怖がっているかもしれないけれど、それでも彼女が腰を振って歩み去るのを見つめずにいられないようだ。彼にどう思われているのかアメリア本人はわかっているのだろうか、とクララは考えた。でも、アビゲイルの姉のことはもう考えたくない。とりわけ、アメリアのほうはクララを嫌っているのだから。クララは困惑して眉間にしわを寄せ、さっきアメリアが直していった額縁に近づいて、二本の指先で動かして傾けた。斜めになった絵に満足して笑みを浮かべたあと、かがみ込んでバケツとブラシを取りあげ、階段をのぼった。

ロザに邪魔されないときはいつもそうであるように、一日はゆっくり過ぎていった。少女と過ごす時間は、使用人なら本来は得られないぜいたくだ。ときどき、そういうふうに日課が破られることには感謝している。今日の午後は玄関ホールの床を掃き、絨毯を掃除し、家具や照明器具の埃を払って忙しく過ごした。

終わったときには腰が凝りかたまっていた。明日の朝には痛みが出るに違いない。ここに来てから毎朝そうなのだ。体を起こして背中をそらし、指で筋肉の凝りをほぐす。日光は弱まっていて、ミセス・マローンはもうすぐ部屋に明かりをつけるように言うだろう。クララは道具をまとめて階下に向かった。

まもなく、夜に備えて、踏み台の端に立ってよろめきながらバランスを取り、体を伸ばして壁の突き出し燭台を灯す作業を始めた。あまり身長が高くないため、この作業は大変だ。踏み台にのっても、充分に近づけないことがある。今夜アシュワース伯爵とエヴァンストン子爵は不在だが、ミセス・マローンは予定外の客が訪れたときに備えて、人から見える場所には明かりをつけるよう言い張っていた。

クララが最後のろうそくを灯して踏み台からおり、部屋を見渡したとき、あわてたような足音が聞こえた。音は大きくなり、客間に近づいてくる。やがて扉が勢いよく開くと、髪を振り乱したルイーズが現れた。大きくぜいぜいと息をついている。

「いなくなっちゃったの！」彼女は動揺して叫んだ。

「誰が？」クララは目を丸くした。「ロザお嬢さま？」

「そう。屋敷の中は調べたのに。一時間も探しているのよ！」

クララの血が凍りついた。「一時間？　それで、いまになって助けを求めに来たの？　一時間もたってから？」

ルイーズが後ろめたそうに目をそらす。「自分ひとりで見つけたかったの、ほかの人を巻き込む前に……」

「そう」クララは冷たく言った。この無能な子守は騒ぎを起こすのを避けようとしたあげく、状況を悪化させただけだった。「そもそも、どうして見失ったの？」

ルイーズが足を踏み鳴らす音が部屋に大きく響いた。大人の女性がこんな癇癪《かんしゃく》を起こすのを見たのは初めてだ。

「探すのを手伝ってくれるの、くれないの？　ごちゃごちゃ質問する前に、とにかく助けてよ！」

たしかにクララも、事態の原因を知るより一刻も早くロザを見つけたかった。質問はあとでいい。「ええ、もちろん手伝うわ。あなたは屋敷の上の二階分を調べて。わたしは一階と地下を探すから」いったん言葉を切る。「それとも、お嬢さまが外へ行った可能性もあるの？」

「いいえ、ないわ。あの子はきっとどこかのテーブルの下に隠れて、わたしをばかにして楽しんでいるのよ」ルイーズは愚痴っぽく言いながら大股で部屋を出ていった。どうして少女が屋敷の外へ出ていないと断言できるのだろう？　ロザはまだ幼く、探検や冒険をしたい年頃だ。クララは屋内を捜索する前に、まず出口を調べることにした。

屋敷のいちばん奥から始めて正面のほうへ進みながら、舞踏室や音楽室の両開きの扉をくまなく見ていく。どれも手を触れた形跡はない。朝食室に入って、そこの扉を調べた。それもきっちり閉まっている。だが図書室を調べようと後ろを向いたとき、テラスに通じるガラス扉が目に留まった。

夕暮れの日光が小道を弱々しく照らしている。クララはガラス扉に歩み寄って上の掛け金を外し、ノブをまわして外に出ると、薄暗い中に足を踏み出した。テラスの石畳を見ながら歩いていったとき、赤黒いものが目に入った。血? ひざまずき、ねばねばしたものを指先でなぞる。いや、血ではない。

ジャムだ。

立ってテラスを見まわすと、道に沿ってタルトのかけらやジャムが落ちている。クララは早足でそれをたどって庭園を抜け、屋敷を出て草原に向かうところで足を止めた。

ロザは勝手口から出たに違いない。募る恐怖を覚えつつ、クララは森を見た。そのとき、大きな雨粒が近くの地面を打ちはじめた。

6

　クララは走りだした。激しい雨にスカートはぐっしょり濡れて脚にまとわりつく。速度をあげて屋敷の東側にまわり、厩舎に向かった。顔を流れ落ちる冷たい雨粒を手でぬぐい、前がよく見えるようまばたきをする。

　中庭は水浸しだった。濡れネズミになって厩舎まで行き、扉を押し開けて駆け込んだ。干し草と馬の強いにおいに襲われてたじろぎ、前のめりになって息をついた。「オスカー？」苦しい息の合間に呼びかける。声を大きくした。「馬を使いたいの……」

　干し草用の熊手を持って現れた馬番の少年は、びっくりしてクララを見つめた。わけがわからないという顔で、青い目を見開く。

「あんた、メイドじゃないのか？」彼はいぶかしげに尋ねた。

　息を整えたクララは、壁際に並べて吊りさげた革の鞍《くら》のほうへと早足で向かった。ひとつの鞍をおろしたとき、オスカーがあわてて駆けてきた。

「おい！　触るなよ！　何を――」振り向いた彼女ににらまれて、少年は黙り込んだ。

「旦那さまの姪御さんが勝手に森まで行ってしまって、アシュワース卿とエヴァンストン卿はおふたりとも商用で出かけておられるの」鞍を持って厩舎の中を歩き、馬房をのぞき込んで、いちばん役に立ちそうな馬を探す。「いますぐ馬が必要なのよ。どれがいいか、あなたのお勧めを教えて。時間がないの」

その要求に応えた場合の結果を考えながら、オスカーはクララの顔から靴まで見おろしていった。「そりゃ無理だよ。お許しもないのにあんたを馬に乗せたら、おいら首になっちまう」

「もちろん、ふつうはそうよ」クララはいったん譲歩した。「だけどいまは、あなたが馬を使わせてくれなくて旦那さまの姪御さんの身に何かあったら、それこそ仕事を失うわよ。それより、少しはわたしを信じたほうがいいわ」

少年は気乗りしない様子でクララを見ている。彼を味方につけないかぎり、馬を手に入れるのはかなり難しそうだ。彼女は背筋をぴんと伸ばし、いらだちにこぶしを握りしめた。

「わからない？　わたしだって、ここにいることで自分の首を危険にさらしているの。馬が必要だと思っていなかったら、ここには来なかったわ」

その説明に少年は納得したようだったが、それでも同意してうなずいたとき、まだ不安そうではあった。小麦色の髪をかきむしってぶつぶつ言う。「そう言われたら、おいらにゃなんにも言えねえよな」

彼はきらめく黒い目をした美しい葦毛《あしげ》の馬のところへクララを案内した。彼女にちょうどいい大きさに見える。シルバークリークに残してきた自分の馬、フェロミーナが思い出された。

　オスカーはクララが手に持った鞍を見おろした。

「あの——横乗り鞍のほうがいいんじゃないか？」居心地悪そうにきく。

　この状況の皮肉を考えまいとしながら、彼女は少年に顔を向けた。「わたしが貴婦人に見える？」

　彼は賢明にも返事をせず、急いで馬に鞍をつけてクララを座らせた。いまはいているスカートは乗馬には不向きで、鞍までめくれあがってしまう。オスカーはその不適切な姿勢と脚が露出しているという事実に気づかないふりをし、すぐさま背を向けると馬に頭絡と手綱をつけた。

　準備ができるやいなや、クララは馬を中庭に向けた。厩舎を出るときいったん速度を落としてランタンを取り、振り返ってオスカーを見る。

「誰かひとりを馬で村まで行かせてちょうだい……アシュワース卿はまだ村にいらっしゃるかもしれない」暗くなりつつある地平線に目をやったとき、顔に影がよぎった。「わたしがしばらくたっても帰らなかったら、もっと大規模な捜索隊が必要になるわ」

　そして彼女は手綱を振ってかかとで馬の腹を蹴り、猛烈な速度で草原を駆けていった。

　森まで来たところで、いったん速度をゆるめた。つい数時間前には魅力的だった小道は、いまは暗くて危険そうだ。木々は森の入り口の両側に陣取る邪悪な門番を思わせる。クララは身震いし、ロザをくるむのに毛布かマントを持ってくればよかったと思った。この三〇分で気温はかなりさがっている。

「ロザお嬢さま！　聞こえますか？」

森は静かだ。人間には無関心らしい。

何か動きがないかと、薄暗い中に目を走らせた。ときどき音が聞こえ、視界の端をおびえた動物の影が横切る。そのたびに心臓が喉元までせりあがった。幸い、いま乗っている馬はとても穏やかな気質で、そういう音や動きがあっても小さくいななくだけだった。クララは身を乗り出して、馬の頭をやさしく撫でた。

「いい子ね。もうすぐ着くわよ」

馬は歩きつづけ、クララは少女を呼びつづけた。ひとけのないひっそりした森の中で、声が大きく場違いに響く。狼狽した心は馬を全速力で走らせて急いでロザを見つけろと命じているけれど、理性は暗さを増す闇の中で少女を踏みつぶすことを恐れていた。だからゆっくりした一定の速度を保ち、返事があることを願って呼びかけつづけた。

やがてランタンの光が前方の石壁を照らした。鼓動が速まる。ぎこちなく馬をおりると、近くの木の丈夫そうな枝に震える指で手綱をくくりつけた。地面に倒れた木の幹や落ちた枯れ葉などを踏み越えて、慎重に壁まで歩み寄った。

「お嬢さま！　ヘレンです。ここにいらっしゃいますか？」

崩れそうな石壁を越えたとき、あたりは静まり返っていた。井戸は六メートルほど左側のはずだ。だから慎重にそちらへ向かった。心臓はどくどくと音をたてている。最終的に何を見つけることになるかと思ったときの不安は、頭から追い出した。

「ロザお嬢さま！　出てきても大丈夫ですよ！」いまや声は震えている。

夕闇の中で、井戸の黒い輪郭をなんとか見分けられた。もっとよく見えるところまでじりじりと近づいていったとき、驚いてかすれた叫び声をあげた。恐怖におびえ、こぶしを口まで持っていく。蓋にしている木の板の半分が割れ落ちていて、とがった切れ端はにやりと笑う腐った不ぞろいの歯のようだった。穴はちょうど幼い少女が通るくらいの大きさだ。

クララは地面にひざまずいた。熱い涙が頬を流れ落ちるのをぼんやりと意識する。這っていって井戸の中をランタンで照らそうとしたものの、深すぎて明かりは底まで届かない。

「ロザお嬢さま！」絶望で顔がくしゃくしゃになる。小さな命の火が消えたと考えるのはあまりにもつらく、呼吸が苦しくなるまで泣きじゃくった。

どうにか泣きやんで息を整えようとしたとき、かすかな音が聞こえた。自分の泣き声とよく似た声、遠くのこだまのような声。すぐさま身を乗り出したが、声は井戸から聞こえてくるのではないように思えた。声を殺して震える脚で立ちあがり、もっとよく聞こうと首を伸ばした。泣き声が大きくなる。やがて石壁の向こうに目をやったとき、うずくまって壁に寄りかかった、震える人影が見えてきた。クララは湿った森の空気を吸い、気持ちを落ち着かせて呼びかけた。

「ロザお嬢さま？」声は平静だった。

人影が泣きやんで顔をあげた。クララがランタンを掲げると、たしかにそれはロザだった。人形をしっかりと抱いている。クララは何も考えずに壁を飛び越え、少女をひしと抱きしめた。

「ああ、よかった！　井戸に落ちたのかと思いました！　わたしが呼ぶ声は聞こえなかったのですか？」

少女はすすりあげ、息をつこうとした。「聞こえたけど、怖くて声が出なかったの。そのあと返事しようとしたら、ヘレンが泣きだしたから、もっと怖くなった」闇の中で目を大きく見開く。「わたし、叱られる？」

クララは震える声で笑わずにはいられなかった。少女の濡れた髪を撫で、愛情をこめて見つめる。「いいえ、そんなことありませんよ。お嬢さまが無事で、本当にうれしくてなりません！」そこで心配の表情になった。「痛いところはありませんか？　おけがは？」

「あの上を歩こうとしたとき、脚をけがしちゃった」ロザは井戸を覆う割れた板を指さした。

クララは目を丸くした。「それでも落ちずにすんだんですね……」少女の脚をそっとつかんで調べる。板が皮膚を裂いたところが真っ赤な傷になっていた。傷口からまだゆっくりと流れつづけている血は、闇の中では暗く不気味に見える。けれど幸い、傷は皮膚の表面にとどまっているようだ。

クララは背中に手をやってエプロンの紐をほどいた。手早く頭から脱ぎ、ロザの脚にきつく巻きつけて縛る。

「おうちに帰りましょうね」

立ちあがってロザも立たせると、抱きあげて馬のところまで戻った。手綱を木からほどいて少女を鞍に座らせ、その後ろに乗る。軽くかかとで腹を蹴ると馬はすぐさま反応し、泥を踏み鳴らしながら雨の中を歩きはじめた。

ロザを無事に救い出して抱きしめているうち、世界はまた正常に戻ったと感じられた。クララは震える少女に少しでも自分の体の熱を伝えようと、きつく抱き寄せた。この子がもう少しで井戸に落ちたかもしれないと思うと耐えられない。

この状況にアシュワース伯爵がどんな反応を示すかは想像もできなかった。うまくいけば、クララがとっさの判断で馬を使ったことは許してくれるかもしれない。でもルイーズとともにロザのお守り役を仰せつかっていながらこんな事態になったことを考えると、今後この子と一緒に過ごす特権は取りあげられるだろう。

森の中の移動は、来たときよりずっと短時間に思えた。すぐに馬は木立を出て、ロートン・パークのそばの草原に入った。遠くで、闇の中を複数のランタンがこちらに向かってくるのが見える。闇は完全にこの地を覆っており、月光は弱くてほとんど照明の役を果たしていない。クララの体は冷えきっているし、ロザもきっと同じだろう。乾いた服と暖炉で燃える炎のことを考えると、疲労と期待に包まれる。クララは湿った髪を顔から払った。ずいぶん前にピンから外れて落ちていたのだ。

光はどんどん明るくなり、やがてランタンを持った人々の姿も見えてきた。こちらに向かって馬を飛ばしている。彼らと合流したとき、ひづめの音と人々の話し声で急にやかましくなった。クララの乗った馬がおびえて後ろ脚で立つ。そのとき力強い手が手綱を握ったので彼女が目をあげると、伯爵がすぐ横にいた。緑色の目は苦悩で暗くなっている。

「伯父ちゃま！」ロザが叫んだ。少女が急にクララの腕の中で身をくねらせたのを、アシュワースの目がとらえた。

「ロザ、ああ、神よ……」彼は即座に馬からおり、手を伸ばしてそっと少女の体をつかんだ。クララが手を離すと、彼は姪を力強く抱きしめた。

すぐ後ろでエヴァンストンも馬をおり、重々しい表情でクララに歩み寄った。

「手を貸そう」

いまの姿勢からレディらしくおりることは不可能だ。片方の脚で馬の体をまたぎ、泥が飛んだのを見て顔をしかめ、横を向いてエヴァンストンの肩に手を置いた。彼はすぐにクララを馬からおろして地面に立たせた。情けないことに脚が震え、彼女はエヴァンストンの腕につかまって体を支えなければならなかった。マシューとチャールズが、紳士ふたりの後ろで馬に乗っている。見るからに心配そうな表情だ。クララが彼らにうなずきかけると、ふたりもむっつりとうなずき返した。

クララとエヴァンストンは、まだしっかり抱き合っている伯爵と姪に歩み寄った。子爵は友人の肩に手を置いた。

「アシュワース」小声で言う。「この子を屋敷に連れて帰ろう。医者が待っているはずだ」

伯爵はようやく体を離すと、少女の顔を両手で包んで左右に動かし、けががないかどうか確かめた。そして口を開いたとき、その声は感情にのまれてかすれていた。

「大丈夫か？　けがをしたのか？」

ロザがすすりあげた。そのときクララは、少女の顔が引っかき傷だらけなのに気がついた。

「大丈夫、ヘレンが見つけてくれたから。森にいるのは怖かった。ちっとも思ったみたいに楽しくなかった」痛みに顔をゆがめ、傷ついた脚に触れる。「脚が痛い」

ロザはまだ話しつづけているが、伯爵は手をおろして少女の脚を持ちあげた。即席の包帯をじっと見たあと、クララを鋭く見据えた。「重傷か？」

「そうではないと思います。きれいに消毒して包帯を巻いておけば治るでしょう」

アシュワースはロザの顎に手をかけてそっと顔をあげさせ、ささやきかけた。「脚はちゃんと手当てしてもらうよ」

エヴァンストンがロザの濡れた髪をくしゃくしゃと撫でる。子爵もこの少女が大好きらしく、アシュワースに比べてはるかに屈託なく愛情を表している。するとロザは小さな腕で子爵の首にしがみつき、彼を驚かせた。直後に、少女は彼のマントにしっかりとくるまれた。エヴァンストンが申し訳なさそうにアシュワースに目をやる。

「いま、この子を引きはがしたくないんだ。ぼくの馬に乗せて連れて帰っていいかな？」

伯爵はうなずいた。「もちろん」笑顔で答える。「ロザもそのほうがよさそうだ」

そして彼はクララに向き直り、体に目を走らせた。不意に彼女は、濡れた服がぴったり張りついていることを意識した。エプロンはないので、それで体の線を隠すこともできない。どうすればいいかわからず、唇を嚙んでうつむく。すると驚いたことに、伯爵が自分のマントの紐をほどきながら近づいてきた。クララが呆然と見あげると、彼は身をかがめて分厚いマントを彼女の肩にはおらせ、体をすっかり覆ってくれた。彼の体温がまだ残っているマントはとても温かい。

「きみさえよければ、わたしと一緒に乗って帰ってもいい」まだ感きわまってかすれている伯爵の低い声を聞いたとき、クララの全身に心地よい炎が走った。

彼の広い胸にしっかりと抱きしめられたらどんな感じだろう……たくましい体に包まれたら……それを想像して、ごくりと唾をのみ込む。

だからこそ、同意することはできない。結果的に何も得られないのを知りながら、この男性と体を接するというぜいたくを味わうのは、正気を危険にさらすだけだ。

クララは顔をあげた。「ありがとうございます。ですが、ひとりで乗って帰れます」言葉が喉で詰まりかけた。

目を見開いたアシュワースの表情には、さまざまな感情がまじっていた。彼女が読み解こうとすると、それらは瞬時に消え去った。

「きみのいいようにすればいい」口調こそ礼儀正しかったが、彼は何か強い感情を抑えつけているかのように歯を食いしばっていた。

辛抱強く待つ葦毛の馬までクララに同行して、右手をつかんで乗るのを助ける。またしても脚が露出し、クララはスカートを引きおろそうと無駄な努力をした。

自分の馬に乗るために背を向けたとき、アシュワースは微笑んでいたようだった。

屋敷に戻るなり、クララは乾いた服に着替えた。濃いピンク色のモーニングドレスを着て濡れた髪をシニヨンにまとめ、階下におりる。かなり元気にはなったが、それでもまだ骨まで冷えきっていた。ステラはクララを暖炉の前に座らせて、湯気の立つ紅茶のカップを持たせた。紅茶と暖炉のおかげで、体はずいぶん温まった。ステラが向かい合う椅子に腰をおろした。

「お医者さまは、もうロザお嬢さまを診察したわ」声をひそめて言う。「気になっていたんでしょう？　お嬢さまは大丈夫よ」

緊張が解け、クララは安堵の息をついた。

「よかったわ」外の廊下からささやき声がしたので座ったまま振り返ると、ほかの使用人たちがクララを遠巻きにしてひそひそ話していた。彼女は小さく笑った。「いまわたしと話をする勇気があるのは、あなたひとりみたいね」

ステラはにっこりして、いたずらっぽく目をくるりとまわした。「そうかもしれないわね。だけど旦那さまは、あなたに紅茶を持ってきたくらいで、わたしを首にはなさらないでしょう。たとえあなたが旦那さまの馬を勝手に使ったとしても」

「旦那さまはわたしを首になさると思う？」不意に狼狽を覚えて、クララの心臓が狂ったように打ちはじめた。

「今回はたぶん大丈夫よ。あなたの考えは正しかったもの。やり方はまずかったかもしれないけど」ステラは気の毒そうにクララを見つめた。「といっても、実際どうなるかはわからない――」

ざわざわという音がした。廊下に集まった使用人たちが姿勢を正したのだ。アシュワース伯爵が客間に入ってきた。クララとステラが立ちあがって出迎える。彼はクララを見据えていた。ふだん輝いている金髪はまだ雨で濡れたままで、いまは色濃くつやめいている。クララはその髪に指を滑らせたいという不可解な欲求を覚えた。

気がつけば伯爵は……彼を凝視するクララを見つめていた。

じっと見ていたのを知られてきまり悪くなり、彼女は咳払いをした。「旦那さま、わたしは――」

「書斎で話そう」伯爵が低い声で言う。

顔から血の気が引くのを感じ、クララはステラを見やった。「承知いたしました」急に恐怖に襲われる。ステラは力づけるようにうなずきかけたあと、伯爵のほうを向いた。

「わたしはほかの使用人のところに戻ります」

「ああ、そうしてくれ、ステラ」

彼はステラの横を抜けて客間を出た。クララもそのあとを追った。ほかの使用人たちの興味津々のまなざしを浴びながらも、胸を張って歩く。誰もが見ていないふりをしているが、アシュワースはいらだったように足を止めた。

「きみたちはさがっていい」

一同は散っていった。マシューとチャールズはある方向へ行き、アメリアとステラは反対方向へ逃げていく。伯爵はあきれたように小さく頭を振りながら、ふたたび書斎へと歩きはじめた。

クララは遅れないよう早足でついていった。今夜は何ひとつ間違ったことをしていないし、そのことに誇りを持っていよう。彼女のおかげで、伯爵の姪は無事に家まで帰れたのだ。叱責されたり解雇されたりするのなら、断固として抵抗するつもりだった。

伯爵に促されて書斎に入ると部屋の真ん中で立ち止まり、彼が扉を閉めるあいだ、まっすぐ前を向いていた。最悪のことを覚悟してはいたが、肘に触れられたときはびくりとした。「座りたまえ」耳のそばでささやかれたとき、彼があまりにも近いため、動悸《どうき》が激しくなった。

そわそわとまわりを見て、立派な革張りの椅子に腰をおろす。伯爵はサイドボードまで歩いていき、グラスに酒を注いだ。クララは彼が飲み終えて話が始まるのを、つらい思いでじっと待った。やがてガラス製のデカンターの蓋が閉まる音がした。伯爵は自分の机の前まで歩いていくと振り返り、くだけた様子で寄りかかってクララと真正面から向き合った。

彼の両手には、それぞれブランデーグラスが握られている。クララは啞然として、伯爵がグラスのひとつを差し出したときにはうつむいた。

きみのだ」低い声だった。「体が温まる」

彼女はおずおずとグラスを受け取り、渦巻く琥珀色の液体に見入った。紳士がブランデーを飲むときの格好をまねてグラスを唇まで持ちあげ、ひと口飲んでみる。焼けるような熱さが喉を通って腹に入り、息をあえがせて咳き込んだ。潤んだ目で非難するように伯爵を見あげた。

「すまない」彼は面白がっていた。「注意しておくべきだったな」

アシュワースは自分のグラスを持ちあげて傾け、中身を飲み干すと、横の机に置いた。長い指で机の端をつかんでクララを見つめる。けれども彼女は、その平然とした表情とは裏腹に伯爵の指が震え、顎の筋肉がぴくぴくしているのに気づいていた。冷静さを装っているものの、実際には今夜の出来事にかなり動揺しているらしい。

「今夜はロザを無事に連れ帰ってくれたことに感謝する」彼が言い、クララはブランデーをまた少し飲んだ。

「とんでもありません。わたしはかなり運に恵まれていたようです。ひとつ間違えば、まったく違う結果になっていたかもしれません」

アシュワースはクララから目をそらし、うつろなまなざしで自分のブーツを眺めた。ひとつ間違っただけで結果がどれほど変わりうるかを考えているのだろう。机の端をつかむ彼の指に力が入って指の関節が白くなり、クララは驚いて顔をあげた。

伯爵は苦痛に耐えるかのように目をぎゅっと閉じ、黙ったまま横を向いてクララから顔をそむけた。彼女はゆっくり立ちあがってグラスを置いた。どうすればいいかわからない。下手なことをすれば、いま以上に困った立場に陥るかもしれない。それでも、どうにかして彼を助けたい――何から助けるのかはわからないけれど。クララは思いやりをこめてささやいた。

「旦那さま?」

アシュワースは唇をぎゅっと引き結び、絶望したように頭を振った。何が起こっているのか突き止めようと、クララは懸命に思案した。唯一考えられる結論は、今夜の出来事がもっと昔の事件の記憶をよみがえらせたのだろうということだ。彼女自身が目撃したことはないが、故郷エセックス州の連隊に所属して戦争に参加した兵士たちが、戦後も心の傷によって苦しんだという話は聞いたことがある。

恐ろしい馬車の事故も、戦争と同じように心の傷を残すのだろう。

少なくともいまだけは警戒を忘れ、クララは一歩近づいて、アシュワースの肘のすぐ上に手を置いた。彼の腕はかたいが、体のその他の部分と同じく震えている。それを感じて彼女は胸が苦しくなり、さらに手に力を入れて顔を寄せた。

「わたしでお力になれることがありますか?」そっと尋ねる。

彼が不意に目を開け、空いているほうの手でクララの手をつかんだ。つらそうに大きく息を吐く。

「やめろ」アシュワースの暗い目が、彼女の目のすぐ前にあった。彼は手を離そうとせず、クララは肌で感じる手の熱さに進んで身をゆだね、その場にじっと立っていた。村で命を救ってもらったときと同じ幸福感が、目もくらむほどの勢いでよみがえる。手を引き抜くべきなのはわかっているけれど、もっと身を寄せたいとしか思わなかった。なんらかの方法で、苦悩する伯爵の気をそらしたい。彼の額が汗でかすかに光っているのが見え、額や唇や首の塩気を味わいたくなった。顔を近づけて……。

アシュワースが机から離れ、クララは脚の裏側が椅子にぶつかるまでよろよろとあとずさりした。あっけに取られて彼を見つめる。もう少しで伯爵にキスをするところだった。さらに悪いことに、それは彼が無力な瞬間だった。この力強く有能な男性が感情をむき出しにして無防備になったのを見たことで、こんな反応を示してしまったのだろう――なんとかして彼を慰めたいと思ったのだ。でも正直に言うなら、彼と近づくたびに、いつも同じくらい強く心を動かされている。

アシュワースが顔から表情を消し、疲れ果てたかのように机の端に寄りかかった。口を開いた彼の声は、眠りから覚めたばかりのようにかすれていた。

「今度きみの目の前でわたしがあんなふうになったときは……手を触れるな」

クララはすぐさま、鋭い屈辱に胸をえぐられた。「わかりました。差し出がましいことをして申し訳――」

彼はかぶりを振った。「きみが悪いことをしたわけじゃない。ああいう状態になったときは、どんな反応を示すか自分でも予測できないからだ」

「まあ」クララは驚いた。ついさっき感じた苦痛が、おなかの中で温かく心地よい喜びに変わる。伯爵は怒っているのではなく、彼女の身を案じているだけだった。

アシュワースは疲れたように目をあげて、こめかみをさすった。「いまここで目にしたことは忘れてほしい」ため息をつく。「そして、このような恥ずかしい出来事は口外しないでいてくれるとありがたい」

「お気になさらないでください。でも、もし旦那さまが誰かに話をしたいとお思いになったら、つまり、それが助けになるのであれば――」

彼の戸惑った顔を見て、クララはあわてて口をつぐんだ。自分の立場を思い出し、膝の上で手を組む。ふたりは友人同士ではない。伯爵は雇い主であり、彼女は今夜すでに一度規則を破ってしまったのだ。彼が値踏みするように見つめながら机に身を乗り出してクララのグラスを取り、もう一度渡してくれたので、彼女はほっとした。

「先ほどの話に戻るが――そのとおり、ひとつ間違えばロザは取り返しのつかないことになっていたかもしれない。きみがいなかったら、たぶんそうなっていただろう。エヴァンストン卿が子守に事情を聞いた。彼女は非常に興味深い話をしたよ」

クララの息が止まり、グラスをつかむ指から急に感覚が消えた。「興味深い話？」

「彼女によれば、ロザはきみが相手をしているときに逃げたそうだ」

クララは呆然とした。何を言われるかといろいろ予想はしていたけれど、こんなことは考えもしなかった。「嘘です！」ようやく口から出た声は怒りで震えていた。

「きみの話は違うということだね？」

憤りを静めようとしているあいだ、全身が震えていた。耳の中で血がどくどく流れる音がする。怒りをこめてアシュワースを見あげたあと、あえて横を向き、呼吸に意識を集中させた。感情をこめた緑色の目で見つめられているとき、自制心を失っても得られるものは何もない。それでもすぐには返事ができなかった。

「きみはときどき、まったく使用人らしくないふるまいをすることがあるな」

クララは目をむいた。実際に触れられたかのように、彼の視線が感じられる。状況がよくないのはわかっていた。まったくよくない。

「旦那さま、わたしは――」

「もっと行儀のいい使用人なら、今夜きみがしたことをできたと思うか？」

彼女は言葉に詰まった。ほかのみんなと違うところを見せたくはないけれど、使用人の誰かがクララのような行動を取ったとは考えられない。

「わ……わかりません」

「よく考えてみたまえ」伯爵の顔はまだ少し青ざめているが、さっきよりはずいぶんましになった。彼はサイドボードまで行ってグラスを置いた。「わたしがあの子守の言うことを信じない理由を教えてあげよう」また机まで戻り、その向こう側にある椅子に腰をおろして、引きしまった腹部の上で両手を組む。「第一に、ルイーズはロザを見張っているはずのときに居眠りしていた、とロザ自身が言っている」

それを聞いてクララは安心し、椅子に深く座り込んだ。

「第二に、あの時間、きみの主な仕事はロザの世話ではなかった。たとえルイーズがあの子の世話をきみにゆだねたのだとしても、最終的な責任は彼女にある」怒りがアシュワースの顔をよぎった。「あの女は解雇した。エヴァンストン卿は現在、できるかぎり迅速に彼女をこの領地から出ていかせるために必要な手配をしてくれている。もっと早く首にしておけばよかったと悔やむばかりだ」彼は無念そうにため息をついた。顔をあげて尋ねる。「単なる好奇心からきくが、どういういきさつできみがロザを見つけることになったのだ？」

これ以上問いつめられたら、冷静でいられなくなりそうだ。非難は免れたものの、クララの手はまだ震えていた。話しはじめたとき、声も震えているのに気づいて恥ずかしくなった。

「ルイーズはロザお嬢さまを自分ひとりで見つけられなかったので、わたしの協力を求めてきたのです。その時点で、お嬢さまの行方が知れなくなって一時間が経過していました」

アシュワースの視線は揺るがない。「それで、なぜ外を探そうと考えた？」

クララはきまり悪そうに身じろぎをした。「今朝、森まで冒険をして、ロザお嬢さまが妖精の国の入り口を見つけたと子ども部屋で話されたのは、旦那さまもご記憶かと存じます。屋敷の出口を調べていたとき、お嬢さまのお好きなタルトのかけらがテラスに落ちているのに気づきました。それが森まで続いていたので、きっとそちらに行かれたのだと……」

「井戸に行ったのだな」伯爵の声は険しい。「だからメイドであるきみは馬番を言いくるめて馬を出させ、ひとりで嵐の中、馬に乗ってあの子を見つけに行ったわけか」彼は信じられないという顔になった。「そういうことだな？」

警戒で首がぴりぴりとしびれた。もっと慎重に行動しなければ、目立ちすぎてしまう。

「旦那さま、どうぞご理解くださいⅰ……ふだんのわたしなら、決してそんなことはしません
……こんな状況でなければ……」口ごもりながら言う。

「わかっている、今回は緊急事態だった」彼は机の向こうから、重々しい表情でクララを見つめた。「きみの取った手段は許されるばかりでなく、必要なものだった。そして」口調をやわらげる。「きみが自分の身の安全とここでの職を危険にさらして、姪を見つけて無事に連れ戻してくれたのは充分承知のうえだ。それについては心から感謝している」いったん言葉を切った。「しかし……」

伯爵が咳払いをして顔をそむけたとき、クララの抱いていた安心感は消え失せた。

「残念ながら」彼は小声で続けた。「そういう行動を見過ごすことはできない」クララの驚きを察して顔をしかめ、淡々と言う。「この屋敷では不服従が罰せられない、と使用人に思わせるのはまずい。たとえ、その不服従が最善の目的のために行われたのだとしても」

その言葉に、彼女は顔を殴られたような衝撃を受けた。もちろん伯爵の考え方は理解している。彼は秩序を維持したがっているのに対し、クララはこの屋敷に混乱をもたらしたのだから。そう思ってみても、苦痛がやわらぐわけではない。

「わかってくれるかな？」

「たいていの場合であれば、旦那さまのおっしゃることはごもっともだと思います。それで

も——なぜ旦那さまにわたしを罰するお心があるのかわかりません。わたしが規則を破ったことによって、幼い子どもの命が助かったのですから」クララは不満をこめて答えた。涙がこみあげて下を向く。腹立たしさとともに手の甲で涙をぬぐい、彼の目の前で弱さを見せた自分を罵った。

顔をあげたとき、アシュワースは机をまわり込んでこちらに来ようとしていた。真剣な表情には憂いが見える。クララはなぜか、静寂の中で響くふたりの息遣いの音を意識した。彼はクララの椅子の横で片膝をついた。

「わたしの心は、この決定となんの関係もない」静かに言う。「これは決まり事なのだ。きみが危険を冒したことには感謝するが、それでも雇い主として、わたしは毅然《きぜん》とした態度を取らねばならない」彼は頭を振った。「きみのおかげで、わたしは困った立場に立たされている。そしてきみには大いに恩義を感じている」その声には心からの感謝がこもっている。

クララは突然、手を伸ばして彼の顔を撫でたいという衝動に襲われた——どういう形でもいいから、彼に触れたい。

「今後もロザお嬢さまに会うことはできますか?」

伯爵の唇に小さな笑みが浮かんだ。「あの子をきみから引き離しておくのは無理だろうな」

クララの肩から少し力が抜けた。自分の手を見おろす。

「では、わたしはどんな罰を受けることになるのですか?」ささやき声で尋ねた。

一瞬の沈黙が流れたあと、アシュワースはため息をついた。「きみは一カ月間、日曜日に休みを与えられない。明日からだ」

彼女は不満に思ったが、もっとひどい罰を与えられる可能性もあったのだ。小さくうなずき、グラスを持ちあげて残りのブランデーを飲んだ。今回は熱い感覚を楽しみながら。

ふたりは立ちあがり、クララはいま使ったふたつのグラスを回収した。

「これはわたしが階下へ持っていきます。もうわたしにほかのご用がなければ、ということですが」ほんの少し皮肉な口調になってしまった。そんなつもりはなかったのだが、疲れていて不機嫌になっているし、これほど伯爵の近くにいると感情が千々に乱れてしまう。

「ヘレン」アシュワースが警告するような口調になった。けれども目を合わせると、いまのクララの発言が異なる意味合いを彼に伝えてしまったという気がした。彼の金色がかった緑色の目はクララの全身を見おろしたあと、すぐに上へ戻った。ふたたび視線が合ったとき、彼女の息が止まった。恐怖と興奮が同じくらい胸の中にあふれる。

そうよ。お願い……そうよ。

伯爵の顔が瞬時に後悔の表情に変わった。深呼吸をしてクララに背を向ける。

「おやすみ」険悪な声音のつぶやきが、会話に終止符を打った。

7

ヘレンが出ていって扉を閉めると、ウィリアムはほっとしてため息をついた。危うく、彼女を罰する理由として持ち出した雇い主と使用人のあいだの不可侵な規則を、彼自身が破るところだった。ヘレンが規則に反したことを責める一方で、あらゆる規則を無視して彼女を壁に押しつけ、自分の腕の中でその気になって応じるまでキスをしたとしたら、なんという偽善だろう?

ただし、もしそういうことが起これば、ヘレンが受け身でいるとは思えない。ウィリアムに手をつかまれたとき、彼が苦悩にさいなまれているという理由があったにもかかわらず、ヘレンの瞳には情熱の炎が燃えあがったのだ。ロザを失いかけたという恐怖——ウィリアムにとってはあまりに現実的な可能性——が消えたばかりだというのに、彼は問題の深刻さに意識を集中するどころか、ドレスを引き裂いたらヘレンはどんな反応を示すかを想像してばかりいる。

うめき声をあげ、手で顔をごしごしこすった。こんなことではだめだ。だからこそ、ヘレンを追い払うべきだったのだ。彼女のそばにいるのは危険すぎる。ヘレンが近くにいるときに体を貫く火花、ウィリアムの前で彼女が示すためらい。ふたりが惹かれ合っているのはとつくにわかっているし、それだけでも充分に問題だ。しかし、さっきヘレンが気遣いを示したことで、ウィリアムは心の傷が引き起こした自失状態から救われた。そればかりか、目の前の美しい女性が慰めを与えてくれていることを痛いほど意識させられた。これはよくない。慰めにはさまざまな形がありうるが、反抗的なメイドの慰めほどそそられるものはない。

彼は目をしばたたいた。どれくらいのあいだ、女性とベッドをともにしていない? かなり長期間だ。しかし、ひとりの女性に対してこれほど強く惹かれた覚えはない。情熱的に交わった相手であっても。これまでの経験は、この……まったく彼にふさわしくない魅力的なメイドへの欲望に比べたら、どれも凡庸に感じられる。

家系に唯一残された男子として信念を曲げるわけにはいかないし、曲げるつもりもない。メイドとたわむれたりしたら、自分と相手双方の名誉を傷つけ、亡くなった者も含めた自らの家族への責任を果たせなくなる。伯爵位に必要なのは高貴な血筋の行儀がいい妻であり、そういう妻を娶るつもりだ。いずれは。

ウィリアムは窓まで行ったが、暗くて外はよく見えなかった。ガラスに走る雨の筋だけが、外の天気を示している。ため息をついて冷たい窓ガラスに額を押しつけ、目を閉じた。ヘレンに罰を与えるのがいかにつらかったか、彼女は知るよしもない。とりわけ、罰について考えたとき、ヘレンをベッドに連れ込むことを思ってしまったのだから……。彼女がウィリアムの下で身をくねらせて最後までいかせてと請うまで、容赦なくいたぶる。ヘレンが充分に苦しんだと判断して初めて、自らを彼女の中にうずめ、ともに満足を得る……。

またもやうめいて窓から離れ、扉に目をやった。この部屋を出てトーマスに会いに行こう。こんな思いを抱いて、ここにひとりでいるのはよくない。

クラヴァットをまっすぐに直し、扉まで行った。ノブの冷たい金属を握ろうとしたとき、急に扉が開いた。目の前にトーマスが立っていた。ウィリアムの気に入らない表情だ。

「きみを探していたんだ」トーマスは言った。「メイドとの話し合いはどうだった？　ここへ来るときにすれ違ったんだが、動転しているようだったぞ」

ウィリアムは顔をしかめた。「うまくいったとは言えない。今夜、彼女は正しいことをしたのに、わたしはそれに対して罰を与えねばならなかった」

トーマスが眉をあげた。「それは違う」淡々と言う。「きみは規則を破ったことについて彼女に罰を与えた。彼女の行動が正しいか否かは関係ない」彼は幅の広い肩をすくめた。「そうするしかなかったんだ。それに彼女をお払い箱にしたわけじゃないんだろう」

ウィリアムは悄然《しょうぜん》としてうなずいた。トーマスが眉をさらに高くあげ、相手をもっとよく見ようと廊下まであとずさりした。

「ひどい顔だな。どうしたんだ？」

いらいらと友人を見やる。「姪は命の危険にさらされ、わたしは自ら進んで姪を助けてくれた唯一の人間に罰を与えねばならなかった。動揺するのに、それ以上の理由が必要か？」

トーマスはしばらく無言だったが、やがて笑みがゆっくりと顔じゅうに広がった。「わかったぞ、どういうことか」開いた手のひらを上に向け、いたずらっぽく言う。「あのメイドは美人だし、しかも情熱的だ」彼は少し間を置いた。「ベッドに連れていって、もやもやを晴らせばいいじゃないか」

ウィリアムは鋭く友人を見据えた。「きみは自分の屋敷内の問題を、そんなふうに解決するのか？」皮肉たっぷりに尋ねる。

「それで解決できるときはね」子爵の笑みがますます大きくなった。「よければ、ぼくが代わりに彼女をベッドに連れていってやるよ。そうしたら、きみの興味も――」

ウィリアムは突進して、トーマスを廊下の向かい側の壁に押しつけた。驚きの小さな声がしたので、ほかにも人がいることがわかった。友人のシャツから手を離して振り返ると、アメリアが紅茶のトレイを手に数メートル先で立っていた。ウィリアムは低く悪態をついて手をおろした。こんな場面を見られたことに腹が立つ。

アメリアがあわててお辞儀をした。

「だ、旦那さま、ロザお嬢さまに紅茶をお持ちするよう言われましたので、その……」気まずそうに黙り込む。

「わかった」ウィリアムはさえぎった。「きみの代わりに、わたしが持ってあがろう。どうせ姪のところへ行くつもりだった」

トーマスが心配そうな表情で彼の腕をつかんだ。

「おい、ウィリアム、ぼくは単に冗談で言っただけで……」

ウィリアムは友人の手を振りほどいた。「だったら、もう二度とそんな過ちは犯さないことだな」肩越しに言いながら、うろたえたメイドからトレイを受け取り、大股で階段に向かった。

日曜日。アシュワース伯爵はすっかり元気を取り戻した姪を連れて村まで出かけ、クララはほかの使用人たちが休みをもらって出かけてしまう前に急いで用事をすませようとしていた。もちろん彼女自身は、罰として屋敷を出られない。正午に図書室でミセス・マローンと会って、今日やっておくべき追加の仕事について指示を受けることになっている。

客間の骨董品のちり払いを終えると、疲れてため息をついた。ミセス・マローンと会う時間まであと五分あるので、掃除用具をまとめて急ぎ足で階下に向かう。地下におりたところで渋面のアメリアとすれ違った。彼女はつやのある赤毛を引き立てる深緑色の散歩用ドレスをまとっていて、手にはクリーム色のボンネットを持っていた。

これが初めてではないけれど、アメリアがこれほど不機嫌な顔をしているのをクララは残念に思った。あんな陰気な表情をしていなければ、もっと美人に見えるだろうに。クララが角を曲がったとき、アメリアが後ろから呼びかけた。

「ヘレン！　もうミセス・マローンに会った？」

クララは足を止めて振り返ったが、そのとき後ろから来た馬番の少年とぶつかりかけた。少年は彼女と目を合わせるのを避けた。クララは首を伸ばし、アメリアのほうを見た。

「いいえ、まだ会っていないわ」ゆっくりと答える。「どうして?」

　アメリアはボンネットを頭にかぶり、顎の下で丁寧に紐を結んだ。「今日、図書室であなたと会うのはやめにしたそうよ」

　クララは驚いてアメリアを見つめた。「そうなの?」

「ええ。今朝早くに出かける用事ができたらしくて、もう屋敷にいないのよ」

「だったら、わたしは階上の自分の部屋で待っていたらいいの?」不安になって尋ねる。

「それでいいんじゃないかしら」アメリアは早足で厨房を抜けて勝手口に向かい、会話を打ち切った。

　クララは掃除用具を物置に戻した。アメリアが親切にしてくれたのは、これが初めてだ。おかげでミセス・マローンを待って無駄な時間を過ごさずにすんだ。使用人用階段をのぼり、二階への入り口で立ち止まる。そのまま三階まであがるのではなく、木製の扉に手を置いて少しためらったあと、ノブをまわして開けた。

　目の前にはロートン・パークの巨大な回廊が広がっている。日々の仕事の中で、ここを通る機会はあまりない。ホルステッド家の宝物が保管されている部屋の維持管理は、主にアメリアが担当していた。けれどもクララは、貴重な油絵、胸像、彫刻などの立派な展示物を鑑賞したくてたまらなかった。この新たな貧しい生活では、もうそんな機会は得られないのだ。

　南側の壁沿いをゆっくりと歩きながら、画家の目を通して写し取られた、豪華な正装に身を包んで威厳たっぷりに見つめてくる歴代の家長を眺めた。当代家長が第五代アシュワース伯爵であり、彼の兄のルーカスは爵位を継ぐ前に亡くなったことは知っている。では、父親のロバートは第四代だったはず。彼らを初めて見て、クララは畏敬の念に打たれた。

ロバートは上品でまじめそうだ。息子のウィリアムが金髪で、目は美しい緑色なのに対して、父親は豊かな茶色い髪と、それと同じ色の目をしている。髪や目の色は違っても、父と息子の身体的な類似点を見て取り、クララはにっこりした——同じたくましい体格、魅力的な唇の曲線、強いまなざし。

さらに足を進め、兄の絵を見る。肖像画の下にある真鍮製の銘板には、第七代ストラタム子爵ルーカス・ホルステッドとあった。筋肉質で運動選手のような体形のアシュワース伯爵に比べて、ずんぐりしている。髪は弟の金色より色が濃く、父親の茶色に近い。その率直そうな表情に、クララは好感を覚えた。現在の弟ほど心を閉ざしていない。苦悩にさいなまれていない。

美しい女性の肖像画が目に留まった。アシュワース伯爵夫人マリア・ホルステッド——現当主の妹、エリザの出産で亡くなった母親だ。金髪、大きな青い目、魅惑的な謎めいた美しい笑みを持つ、真のイングランド的美女。愛する家族をそんなに多く失うのは、なんと悲惨なことだろう。ここロートン・パークは、長年悲劇に見舞われているのだ。

その隣の絵を見たとき、クララは啞然とした。美しく若い女性となったロザが、本物そっくりの色合いで描かれている。波打つ金髪、誠実そうな澄んだ緑色の瞳。ロザの母親、エリザベス——エリザ——に違いない。ホルステッド家の子どもたちはみな、魅惑的な緑色の目をしている。両親のどちらとも異なっていることを考えると、不思議な遺伝だ。

現伯爵の妹は美しい。彼女は近々ロートン・パークに来ることになっている。対等な人間、友人として会えればいいのに、とクララは残念に思った。エリザの表情には、本来の状況ならきっと仲よくなれただろうと感じさせるものがある。

ほかの肖像画にも目をやり、クララは戸惑って首をかしげた。現伯爵の肖像画はどこだろう？　壁のさらに上方を見たとき、少年時代の彼の絵があった。でも、アシュワース伯爵となった現在の彼を描いたものがないのは妙だ。

扉がばたんと閉まる音に振り返ったクララは、マントを着たミセス・マローンがあきれた表情で入ってきたのを見てぎくりとした。こんなに早く外出から戻ってきたのだろうか？　クララは急いでお辞儀をした。

「この回廊でのんびりして、わたしを午後じゅう待たせるつもりだったの？」ミセス・マローンが詰め寄った。「規則を破ったことで罰を受けている人間にあるまじき態度ね」

弁解しようと口を開けたものの、言葉は出なかった。もう一度試みる。

「だけど——アメリアが……」そこまで言ったとき、真相を悟ってぴしゃりと口を閉じた。

アメリアが親切にしてくれたのではないことに、すぐ気がつくべきだったのだ。でも、いまさら後悔しても遅い。腹は立つけれど、アメリアを非難することと口をつぐんでいることのどちらが得策か、よく考える必要がある。いずれ彼女の友情が得られるか否かは、挑発されたときにクララが思慮深く対処するかどうかにかかっている。

アメリアの名前を聞いて、ミセス・マローンが目を伏せた。おそらく彼女も真相に気づいたのだろう。けれどもクララには、騒ぎを起こすことでアメリアを満足させるつもりはなかった。家政婦長と目を合わせる。

「申し訳ありません。時間を忘れていました」嘘をついた。

ミセス・マローンはクララをじっと見つめた。彼女がその嘘を信じたかどうかはわからない。だが家政婦長は背を向け、使用人用の扉へと歩きだした。

「一時に村で友だちと会う予定なの」ぶっきらぼうに言う。「あなたに仕事を説明するだけの時間はあるわ。だからさっさとしましょう」


クララは図書室を眺め、うんざりしてため息をついた。柔らかな安楽椅子に腰をおろし、アシュワース伯爵の何百冊もの蔵書の中から一冊を選んで午後じゅう読みふけることができたら、どんなにいいだろう。

でも現実には、これらの本を並べ直すことになっている。言語別に、そして著者名のアルファベット順に。そのためにはすべてを書棚から出して分類し、正しい場所に入れ直すという面倒な作業が求められる。使用人の多くはまったく、あるいはほとんど字が読めない。だからクララにこの仕事が与えられたのだ。

空気中には古い紙のにおいが漂っていた。クララは自分のまわりに積みあげた本の山を見渡した。ほとんどはドイツ語やフランス語の本だが、ロシア語やイタリア語も少しある。それ以外の言語の本もまざっているものの、おそらくそれらは内容というより希少価値ゆえに集められたのだろう。いまから暗くなるまで、これらの重い本の分類を行うことになるのだ。

本を置き、床に手をついて背中をそらし、凝りをほぐそうと首をまわした。緑色のベーズ張りの扉の向こうからロザの声が聞こえてきて、姿勢を正す。声は廊下から階段を下に向かい、消えていった。おそらく少女と伯爵が村から戻り、午前中ゆっくりしていたミセス・フンボルトは階下で午餐を用意しているところだろう。ロザはミセス・フンボルトが何を料理しているか知りたがっているに違いない。

廊下から足音が響いた。図書室に近づいてくる。クララがエプロンを撫でつけてしわを伸ばし、ほつれ髪を帽子の中にたくし込もうとしているとき、扉が開いた。つかつかと入ってきたアシュワース伯爵が、乱雑な本の山を見て立ち止まる。クララを見たとき、彼の目は楽しげにきらめいていた。

「これは、物事はなかなかうまくいかない、という実例かな?」

いつものとおり、彼は途方もなく魅力的だ。クララはふんと鼻を鳴らして作業に戻った。

「そういう見方をなさりたいのなら、そのとおりです」ぶつぶつと言い、新たな一冊をイタリア語の山の上に置く。「ですが、多くの本を言語ごとに分類するためには、いったん全部出さなくてはなりません」

「非常に賢明なやり方だな」陽気で軽い口調。アシュワースはフランス語の山から一冊を取り、毛足の長いベルベット張りの袖付き椅子に腰をおろした。「わたしはロザと一緒に村から戻ったところだ」

「まさか歩いてではないでしょうね？」ロザの脚のけがを心配して、クララは尋ねた。伯爵にぶっきらぼうな非難の言葉を浴びせたことをすぐに後悔したものの、彼は憤慨していないようだ。ちらりとクララのほうに目をやったが、その皮肉めかしたまなざしに、彼女の鼓動が少し速くなった。

「わたしをどういう人間だと思っているんだ？」

「それに関して意見を言える立場ではございません」ラテン語の本をぱらぱらとめくりながら、事務的な口調で答える。

アシュワースはかすかな笑みを浮かべた。分厚い本を手の中で引っくり返して表紙を眺める。「それでもきみは意見を言うだろう、言いたいときには」

クララは声をあげて笑った。「旦那さまこそ、わたしをどういう人間だとお思いなのですか？」

「ふむ、いい質問だ。それについてはまだ考えているところだよ」

彼女はすぐさま真顔になった。無理だと思いつつも、伯爵が近くに座っていないかのようにふるまおうとしつつ仕事に戻る。床に座り込んだクララのところまで、ひげ剃り用石けんのいいにおいが漂ってきた。彼に見つめられていないふりをしようとしたけれど、実際見られているのはわかっている。しばらくのあいだ、自分の心臓が打つ大きな音以外に聞こえるのは、本を動かす音とページをめくる音だけだった。

「その仕事を楽しんでいるか?」やがてアシュワースが沈黙を破った。「楽しんでくれると思っていたんだが」

信じられない思いで、クララは彼を見つめた。

伯爵はわたしが楽しむと思って、意図的にこの仕事を割り当てたの? それともからかっているだけ?

「本当にそう思われたのですか?」

アシュワースは椅子にもたれた。「どう思う?」

彼女は肩をすくめた。「そうかもしれないとは思います。ですが、もし旦那さまが望みを聞いてくださるのでしたら、わたしは庭園の散歩を選んだでしょうね」

彼の笑い声が響き、突然うれしくなって、クララは顔を赤らめた。その響きには彼に似合わない奔放さが感じられた。それを引き出してしまったことに、なぜか恐縮する。

「そうさせてやってもいいが、それだと罰にならないだろう」

クララはうつむいて微笑んだ。「そうでした。旦那さまはわたしを罰したいとお思いなのでしたね」

それに続く沈黙は、彼女の発言が予想外だったことを示唆していた。視線をあげると、伯爵はなぜか目をきらめかせてこちらを見つめている。

下腹部が熱くなり、クララの息が止まった。甘美な熱が体のあらゆるところに広がる。

アシュワースが咳払いをした。

「それはなんの本かな？」

クララは手に持っている重い本の存在を忘れかけていた。深呼吸をして気持ちを落ち着かせ、首を傾けてページをめくる。ぱらぱらと見ただけで、この本がワーテルローの戦いについて書かれ、ナポレオンと勝利者ウェリントン将軍の戦略を比較していることはわかった。

「ええと」彼女は無知を装った。「フランス語は読めません」本をぴしゃりと閉じ、期待するように伯爵のほうへ差し出す。「教えていただけます？」

彼が本を受け取るとき指が軽く触れ合い、クララはついさっきと同じぞくぞくする感じに見舞われた。つかのま、伯爵の視線が自分にとどまっているのがわかる。やがて彼は下を向いて本を見た。

「これはナポレオン戦争についての本だ。具体的にはワーテルローの戦いについて」アシュワースは本を閉じて返そうとしたが、クララは首を横に振った。

「少し朗読してくださいませんか？」

彼はクララを見おろしたあと、本に目を戻した。「いいだろう」ふたたび本を開く。

適切な一節を探して、人さし指で本のページをなぞった。そのちょっとした仕草の何かにクララは興奮を覚え、体温がとんでもなく上昇したように思えた。人さし指で肌をなぞられるところが想像できたからかもしれない。うなじ、鎖骨、背中……。

みだらな思いを抑えようと目を閉じる。やがて彼の咳払いが聞こえた。

「ジェム・ル・ファソン・ドン・ヴ・ソウリエ」低く官能的な声で、なめらかに読みあげる。

クララが驚いて目を開けると、彼はまっすぐこちらを見つめていた。彼女は一瞬、また伯爵の目の前で気を失うのではないかと恐れた。きっと聞き間違えたのだ……。

危うく正体をさらすところだったことに気づく。いけない！ 伯爵はクララがフランス語がわかると見抜いているのだろうか？ クララは顔に偽りの笑みを張りつけ、懸命に彼の恥ずべき言葉の意味を理解していないようにふるまった。

「どういう意味ですか？」無知を装って言葉を絞り出す。

尋ねられて、アシュワースは少し後ろめたそうな顔になった。「〝軍隊は度重なる襲撃に耐えた〟という意味だ」そっけなく答える。だが、目には真の感情が表れていた。

クララは咳き込んだ。伯爵がこれ以上長くここにいたら、とんでもないことになってしまいそうだ。「旦那さま、こんな調子で続けていたら、明日の朝になっても仕事が終わりそうにありません」出ていってほしいと願って見あげる。

彼もクララが焦っている理由を理解したらしい。同じように感じているのかもしれない。

「ああ、そうだな。わたしは失礼する」

小さくうなずいて背を向け、図書室を出る。最後に一度振り返ってちらりとクララを見たあと、伯爵は静かに扉を閉めた。

彼はたったいま、クララに甘い言葉をかけたのだ。別の言語、彼女が知らないと思っている言語とはいえ、甘い言葉には違いない。彼の完璧なフランス語が耳の中でやさしく響いている中で、どうして仕事に集中できるだろう？

〝きみの微笑みが大好きだ《ジェム・ル・ファソン・ドン・ヴ・ソウリエ》〟

クララはいらだちとともに一冊の本をフランス語の山の上に放ると、前かがみになって両手で顔を覆った。

図書室の床に座り込んで何時間も過ごしたおかげで全身がこわばっているのを感じつつ、クララはろうそくを持って狭い階段をなんとかのぼり、自分の部屋に戻った。時刻は遅く、体は疲れきって、精神的にも消耗している。いまの望みは、小さなベッドで数時間安らかに眠ることだけだ。

部屋は寒い。昼間は夏を思わせるほど暖かかったのに、いまや外には冷気が居座っている。クララは急いでシュミーズ姿になると頭からピンを抜き、首まわりを温めておけるよう豊かな髪をおろした。上掛けの下にもぐり込み、快適さを求めて体をもぞもぞさせる。けれども薄い毛布一枚では、とても温まらない。実家で使っていた分厚い毛布の柔らかな重みが恋しい。震えながらため息をつき、曲げた脚を胸につけて身を丸めた。

廊下に面した扉が開く音を聞いて、枕から頭をあげる。ステラだったら、予備の毛布の置き場所を教えてもらえるかもしれない。ベッドから這い出して冷たい床を歩き、扉を開けて闇をのぞき込んだ。ろうそくの明かりで照らされたアメリアの顔が、暗い廊下からにらみつけてくる。いかにも彼女らしく。

クララは心からに見えるよう微笑みかけた。彼女を陥れようとしたことで、アメリアに満足感を覚えさせたくはない。

「あら、おかえりなさい」愛想よく挨拶する。「外出は楽しかった?」

アメリアはたじろぎ、戸惑ってクララを見つめた。「あの、ええ、そうね、楽しかったわ」おずおずと答える。

クララは満面の笑みを見せた。「外は気持ちのいいお天気だったんじゃない?」

またしてもアメリアはたじろいだ。クララの友好的な表情が本物かどうかわからず、当惑しているようだ。「そうね、だけどいまは寒いわ」ゆっくりと言う。

「本当よね」クララは自分の体に腕をしっかりとまわした。「さて、わたしはもうベッドに入るわ。おやすみなさい」相手の困惑を楽しみながら、そっと扉を閉める。

引き出しを開けて、モーニングドレスとイブニングドレスを出した。少しでも冷気を遮断するために二枚の服を薄い毛布の上に広げ、満足の笑みを浮かべてベッドの中で丸くなる。いろいろあったけれど、結局のところ、今日はいい日だった。

8

クララは口で息をしようとしながら、ステラの辛抱強い指導のもとで家具用光沢剤を調合していた。これは亜麻仁油、蜜蠟《みつろう》、テレビン油をまぜたもので、刺激の強いにおいに胸がむかむかする。部屋が寒くてよく眠れず、疲れは取れていないけれど、呼んでもいないのにアシュワース伯爵が夢に登場したせいで体はやけに熱くなっていた。

「待って、テレビン油をそんなにたくさん入れちゃだめ」ステラが早口で言う。クララはすぐさま手を引っ込めて、薄い色の油の投入を止めた。「ええ、それでいいわ」ステラはうなずいたあと、不思議そうにクララを見あげた。「ゆうべ寒かったの？　あまり寝ていないみたいね」

クララはテレビン油の瓶を脇に置いて蜜蠟を取った。「ええ、まあ」あいまいに答える。「すぐ元気になるわ」とはいえ、これからの長い冬のことを考えるとあまり自信はない。ほかの使用人が平気だとしたら、自分だけ毛布の追加を頼むのはためらわれる。でも問題なのは、クララの部屋の位置ではないだろうか。屋敷の中央部から最も遠く、現在使われていない西翼にいちばん近い。数少ない暖炉からの熱は、彼女の部屋まで届かないのだ。

ふたりは慎重に作業を続けた。必要に応じて量を調節しながら材料を加え、木製のスプーンでゆっくりかきまぜる。長時間の作業の末、ようやく光沢剤がちょうどいい濃さになったと判断したステラは、確認してもらうためにミセス・マローンを呼びに行った。大きな鍵束がうるさく鳴る音と廊下を調子よく歩く足音から、家政婦長が厨房からこちらに向かってくるのがわかる。やがて、髪をきつく引っつめ、きちんとアイロンをかけた黒いドレス姿のミセス・マローンがステラとともに現れた。クララをちらりと見てからバケツをのぞき込み、スプーンを持ちあげて光沢剤を検分した。

「初めてにしては、とてもよくできたわね」そっけなくうなずく。「それをここにある瓶に分けて入れてちょうだい。その瓶のひとつを使って、あなたたちふたりで書斎の家具を磨きなさい」そのあと、少し考えて顔をしかめた。「いえ、書斎はだめ。いま旦那さまは土地差配人と会っていらっしゃるから。客間をお願いするわ」

クララとステラは頭をさげた。「わかりました」

伯爵が領地やそれにまつわる問題にどう対処しているのか、クララは興味を覚えた。父は何箇所もの領地を所有していて、その中には非常に大規模なものもある。とはいえ、父自身は建物を維持管理したり、賃貸料を集めたりする実務を行っていない。両親はいつも、土地差配人が領地を見てまわるのにクララがついていきたがることにあきれていた。けれども彼女は、領民が何を求めているかを知る最善の方法は直接会うことであるのを実地に学んでいた――地主階級に一般的な考え方ではない。人嫌いのアシュワース伯爵も彼女の両親と同じように考えているのか、ぜひ知りたい。

あの男性には無関心でいるという決意を思い出し、クララはきつく自分を戒めた。もう一〇〇万回目も同じことをしている気がする。やさしくささやかれたフランス語の言葉は忘れなければならない。

家政婦長が去ると、クララは仕事に精を出した。スプーンで光沢剤を小さなガラス瓶に分けて入れ、蓋をきつく閉めて、瓶の外にこぼれた分をきれいに拭き取る。ステラはテレビン油、亜麻仁油、蜜蠟をそれぞれもとの場所へ戻しに行き、そのあと戻ってきてクララを手伝った。鼻から空気を吸い、満足そうに吐く。

「ちゃんとまざったあとは、そんなに悪いにおいじゃないわよ」

クララは疑わしげにステラを見て、おそるおそる鼻から吸ってみた。幸い、彼女の言うとおりだった。蜜蠟がテレビン油の鼻につくにおいをやわらげている。それでも、においはまだかなり強い。いま着ているドレスに何日もにおいが残るだろうと思うと悲しくなった。かつて着ていたドレスの上品な花の香りが懐かしい。

とはいえロートン・パークで雇われてから、これまで当然のように感じていた屋敷内のにおいの原因がわかったことは興味深かった。家具用光沢剤、絨毯を掃くときにまく茶葉、シーツの糊《のり》。そういったさまざまな香りがまざって、さわやかで洗練された空気が生み出される。アビゲイルとはずっと親しくしていたけれど、クララ自身はそういう印象を維持するのに重労働が必要であることはよくわかっていなかった。

シルバークリークに残してきたアビゲイルや家族のことを考えると、胸が締めつけられた。なじみのある香りがさまざまな記憶を呼び起こす。厨房で紅茶を飲みながらアビゲイルとくすくす笑ったこと。寝る前に母に髪を編んでもらったこと。暑い夏の日に果樹園で姉と追いかけっこをしたこと。ルーシーが駆け落ちしたと知ったときの、父の打ちひしがれた顔……。

クララは目を閉じた。自分はヘレンでなければならない。ヘレンの記憶は、この屋敷とそこにいる人々にまつわることにかぎられている。それだけだ。

小さなため息が出た。

「頭痛？」ステラがきいた。「わたしの部屋にヤナギの皮の粉があるから、あげるわよ」

「いえ、いいの」クララはまたかがみ込んで作業を再開した。「ちょっと疲れているだけだから」

瓶詰めを終えると、瓶はひとつを残してトレイに並べられ、物置の棚に置かれた。ステラは残ったひとつを磨き粉やぞうきんやブラシなどの入った道具箱におさめた。クララが道具箱を持ってふたりで物置を出たあと、階段でアメリアと行き合った。すすで黒くなった分厚いエプロン姿で、汚れた道具やブラシを入れた重い道具箱を運んでいる。ステラはそのまま階段をのぼりつづけたが、クララは足を止めて、アメリアが通りやすいよう壁際に寄った。

「おはよう」愛想よくうなずきかける。

アメリアはびっくりしてクララを見あげたが、すぐに目をそらして気まずそうに通り過ぎていった。挨拶はしなかったものの、悪意をこめた怖い顔もしていない。昨日、アメリアの挑発に乗らなくてよかったとクララは思った。いつの日か彼女が打ち解けてくれて、仲よくなれればいいのだけれど。友人にはなれなくても、せめて友好的に。

ステラがあきれて頭を振る。

「どうしてあなたがアメリアに愛想よくするのかわからないわ」

クララは苦笑した。アビゲイルのことを考え、彼女の姉がいつか機嫌を直してくれることを願う。「あの人にも愛想よくする機会を与えているのよ」

「わたしに言わせれば、それは無駄な努力ね」ステラは言った。

使用人用階段は、冷たい秋の日には寒くて薄暗い。ふたりは足音を忍ばせてのぼり、一階の客間に通じる扉の前で立ち止まった。クララはノブをつかんで扉を少し開け、のぞき見てまわりに人がいないのを確かめてから、道具を持って出ていった。

明るい緑色の目が見返してきた。

クララは驚いてステラのほうにあとずさりし、危うく道具を落としかけた。ロザがぴょんぴょん跳ねまわっている。

「ヘレン、見いつけた！」少女は楽しそうに笑った。

ステラがクララをまっすぐ立たせてくれた。「お屋敷の中をおひとりでうろうろなさってはいけませんよ、ロザお嬢さま」

少女はクララから離れて客間に走り込み、ソファに突っ伏した。「伯父ちゃまには言わないでね」淡い青色のクッションに顔をうずめる。「お話し合いは退屈なの！」

「そうでしょうけれど、お嬢さまがいなくなったとお気づきになったとき、伯父さまがどんなにご心配なさるか想像してください。何しろ先週、あんなことがあったばかりなんですよ」クララは厳しい顔になった。「行きましょう。わたしが書斎までお連れします」

ロザのためだけを思って、そう申し出たわけではない。アシュワース伯爵に会えると思うと、興奮が全身を駆けめぐっている。熱心さを悟られないように願いつつ、ステラにちらりと目をやった。「すぐ戻るわね」

書斎の前まで行ったときには、彼に会うことを思って心臓が早くもどきどきしていた。だから扉が勢いよく開いて伯爵が飛び出し、ぶつかってきたときは、びっくりして飛びあがりかけた。

アシュワースが驚きの声をあげ、倒れないようクララを支える。片手は腕を、もう一方の手はウエストをつかんでいた。クララをもっとまっすぐ立たせようと彼がさらに引き寄せ、ふたりは一瞬見つめ合った。

ここが舞踏室だったら、別の人生だったら、ふたりはダンスをしていたかもしれない。

でも、違うのよ……。

クララは絶望に駆られた。こんなに接近していたら、伯爵を異性として意識せずにはいられない。ふだんでも惹かれる思いを無視するのは難しい。彼の手が体に触れているいまは不可能だ。アシュワースはクララを自分の胸にしっかりと抱き寄せている。体をまっすぐにしよう、距離を置こう、とにかく何かしようともがいたあげく、クララは結局さらに彼と触れ合うことになってしまった。あわてて手を動かしたことで、指は彼の腕、腹部、背中をかすめ……。

ふたりが接近しすぎていることに気づいたアシュワースに押しのけられ、彼女はまたしても倒れかけた。彼はしまったという顔で、ふたたびクララを支えた……今回はもっと適切な距離を置いて。伯爵の後ろに土地差配人と思われる男性が立っており、面白がるように一連の出来事を見守っていた。

「ヘレン、いったいどういう……ロザ」アシュワースが怒りもあらわに、もじもじしている姪をにらみつけた。「先週あんな目に遭いながら、おとなしくしていろというわたしの命令に逆らったのか？」

そのとき初めて、クララは伯爵の目の下にくまができていることに気づいた。薄く無精ひげが生え、疲れきった顔をしている。ロザの行方不明事件が、いまだに彼を苦しめているのだろうか？　あるいは、ほかに何か悩みがあるのかもしれない。知りたい……でも、どうしたらわかるだろう？

「旦那さま」クララは懸念を隠そうとして、素早くお辞儀をした。「ロザお嬢さまは、わたしを探して客間にいらっしゃったのです。書斎をお出になっていたのはほんの数分ですし、すぐにお連れしました」

彼の険しい顔がクララに向けられる。彼女は怒りを浴びせられるのを覚悟して身をかたくしたが、伯爵は表情をやわらげた。

「ありがとう」クララと目を合わせたまま言う。

彼女の腹部がざわめいた。

アシュワースは目をそらし、膝立ちになってロザの肩をつかんだ。「どんなときでも、おまえの無事を確認しておきたいんだ」真剣な顔で話しかける。

ロザは伯父を見あげると、首にしがみついた。彼は小さく笑って少女の波打つ金髪を撫で、立ちあがって土地差配人のほうを向いた。

「中断して申し訳ない、パクストン。だが、話はほとんど終わっていただろう。ダンビーとハワードの農場での洪水についてわたしが心配していることを伝えて、解決策を探ってくれ」

パクストンがお辞儀をした。「承知しました。ただちに取りかかります」

立ち去るとき、その土地差配人は肩越しにクララをちらりと見た。彼女は笑顔で見返したが、伯爵に顔を戻したときに笑みは消えた。彼は無言でたたずみ、奇妙な表情でパクストンの後ろ姿を見つめている。やがてクララに向き直った。

「うちの土地差配人を知っているのか？」

クララは驚いてアシュワースを見た。もしかして彼は……嫉妬している？

ありえない。ばかげた考えだ。でも伯爵の顔に浮かんだ表情の意味は、いくら見つめてもわからない……。

「いいえ」気まずさに顔がほてった。「今日初めてお会いしました」

アシュワースが応える前に、ステラが廊下に現れた。少し困ったような表情を浮かべている。

「失礼します、旦那さま。客間でヘレンを待っていたのですが、なかなか戻らないので心配になって……」

伯爵がステラを見たとき、クララはまたしても彼の美しい顔に緊張と疲労が刻まれていることに気づいた。何かが彼を悩ませている。自分が力になれればいいのだけれど。

「今日はヘレンが必要だ」彼はまたクララを驚かせた。その言葉に言外の意味はないはずだが、それでも喜びで背筋がぞくぞくした。「書かなくてはいけない手紙があるし、村のそばの洪水への対処方法も考えねばならない」彼は苦笑して姪を見た。「だが、ロザは保護者が目を離すことなく見張っておく必要がある」

「わかりました、わたしがお嬢さまのお世話をいたします。朝の仕事のあいだ、一緒にいていただきます」クララはステラのほうを向いて、ロザを押し出した。「先に行っていてくれる？　わたしもすぐに行くから」

ステラは当惑しながらもうなずき、お辞儀をして少女とともに歩きだした。ロザは後ろに向かって手を振り、ふたりは角を曲がって見えなくなった。クララは怖じ気《おけ》づくまいとしながら、驚いた顔の伯爵に向き直った。勇気を失わないよう自分を励まし、声を落として話しかける。「旦那さま、少し内密にお話しさせていただけますか？」

生意気な行動なのはわかっている。でもいまは、そんなことを気にしていられない。

伯爵は眉間にしわを寄せ、困惑してクララを見ていた。緑色の目は、彼女に魅せられていながら自制していることを告げている。自分がふたりのあいだの境界を越えようとしていることを、クララは知っていた。

やがてアシュワースが一歩さがって手を前に伸ばし、クララに書斎へ入るよう促した。心臓が激しく打ってまともに考えることもできなかったが、すでに分別は無視すると決めたのだから、これ以上悪い状態になることはないはずだ。

部屋の中央まで行くと、扉が閉まる音を聞いて振り返り、アシュワースと向き合った。意外にも彼は扉のすぐ内側にとどまり、少し離れたところからクララを眺めている。でも、警戒されるのはしかたない。彼女の行動はあまりに異例なのだから。

クララは咳払いをした。

「旦那さま、健康状態に問題がおありではございませんか?」

アシュワースはゆっくりとノブから手を離し、不可解な表情でまじまじと彼女を見つめた。何週間も、いや、何カ月も、愛する人や友人からそのような質問を受けていなかったのだろう。

彼は首をかしげて不思議そうにクララを見た。「わたしは不健康に見えるか?」

クララは唇を噛んだ。それどころか、とても健康に見える。思わず彼の体を上から下まで眺めてしまい、顔がほてった。

「はい……いいえ……というか、旦那さまはひどく苦しんでおられるように見えます。何か問題があるように」

アシュワースが足を踏み出した。「わたしは伯爵領の責任者だ。問題ならいくらでもある」いったん言葉を切る。「きみがそんなことを気にする理由は……」

「気にするべきでないことはわかっています」びくびくしながら言った。「ですが――気になってしまうのです」

彼は黙って考え込みながら、クララの全身に目を走らせた。視線が帽子から顔、濃いバラ色のモーニングドレスを通り、エプロンをかすめて、頑丈な黒い靴で止まる。ふたたび顔をあげると、そのままクララの目をとらえた。

「気遣いには感謝する。だが安心したまえ、心配はない」伯爵はさらに一歩、クララに近づいた。「せっかく見かけについて話し合っているのだから、わたしからも言わせてもらうが、きみは今日疲れているように見える」口角をあげてかすかに微笑む。「何か問題があるのか？」

彼女は驚いて口を開けた。「お見事ですわ、旦那さま。わたしの質問に答えるのを避けて、逆に質問をしてこられるとは」少しためらったのちに続けた。「ではお答えしますが、寝不足で疲れています。わたしの部屋は、夜は氷室のように寒くなるので」

アシュワースが目をぱちくりさせた。今度は本当に心配そうな顔になる。「そうなのか？」

「はい。でも、そんなことはどうでもいいのです。旦那さまがわたしに悩みを打ち明ける必要はありません。ただ、わたしは――」

「さっきも言ったが」彼がさえぎった。「気遣いには感謝している。だが個人的な問題を話し合うのが礼儀作法に反していることは、きみもわかっているはず――」

「いつもはこれほど礼儀作法に固執なさらないのではありませんか？」

伯爵があっけに取られて目を見張ったので、クララはこの会話が許される限度を超えてしまったことを悟った。

うつむいて、彼を避けるために部屋の端を通って扉へ向かう。「生意気な態度をお許しください。差し出がましいことを申したのは間違いでした」

すれ違うとき、アシュワースが彼女の手首をつかんで止めた。

「さっきのは侮辱か？　それとも単なる感想か？」

クララは唾をのみ込み、慎重に考えて答えた。「侮辱ではございません。それどころか、貴族がしきたりを進んで破ろうとするのはすばらしい性質だと思っております」アシュワースの視線が、彼女の顔から自分がつかんでいる手首に向かった。次の瞬間、彼はそっと手を離した。彼の手の熱を失って、クララは落胆を覚えた。

アシュワースがあとずさりしながら、誘うように両腕を広げる。

「せっかく礼儀作法を無視しているのだから、ほかにききたいことがあればきいたらどうだ？」そして賢明にもつけ加えた。「答えるかどうかはわたしが決めるが」

クララは黙って考えた。触れられたせいで、まだしびれている手首を手で覆う。ゲームはすでに始まっている。いま終わらせる必要はあるだろうか？

「あります。ひとつ」深呼吸をした。「あの土地差配人に、洪水を起こした農場の問題を扱った経験はありますか？」

「なんだって？」彼の声は低い。おそらく戸惑っているのだろう。

「土地差配人は、どれだけ実績があってもしょせん使用人にすぎません。旦那さま、すなわちアシュワース伯爵ご自身がお訪ねになって洪水の解決策について話し合う機会があれば、領民は喜ぶはずです」

なんとか言葉は絞り出したものの、クララはどうしようもなく震えはじめていた。手の震えを隠すためにきつくこぶしを握り、しっかりと体の脇に押しつける。

アシュワースは身じろぎもせずに立ち尽くしていた。クララがたったいま、ロシア語のアルファベットを暗唱したかのように呆然として。ようやく口を開いたとき、口調は平静だったが、声はかすれていた。

「ヘレン、きみは洪水を起こした農場について何を知っているというんだ？」

彼女の背中を一滴の汗が流れ落ちた。

アシュワースが返事を求めて近づいてくる。クララは大きく息をつきながら、落ち着きを保とうと努めた。「わたしは――あの、父が、そういう問題を扱った経験があるのです」

「きみの父親が？」彼は興味を引かれたようだ。

「はい」クララは急いで答え、話題を変えようとした。「よけいな口出しはしたくないのですが、実際にお会いになることで、領民との結びつきを深められると思うのです」

　伯爵が眉をあげる。「なぜわたしの問題にそれほど関心を持つ？」

「ありません。関心はございません」しどろもどろになった。「わたしはただ、平民として考えているだけです。平民としてお話ししているだけで……」

「平民として話している」彼は口をはさみ、さらに一歩近づいた。「平民なら、口をつぐんでいるべきときを知っている。しかしなぜか、きみは知らないようだ」もう一歩。クララの頭の中で警鐘が激しく鳴りだした。

　伯爵の言うとおりだ。いま、自分はクララ・メイフィールドとして話している。すぐに意識を変えなくてはならない。彼が触れ合うほど近くに来る前に。

「もちろん正しいのは旦那さまです」これで会話が終わることを願って言う。「わたしはただ、お力になりたかっただけです。使用人として許される一線を踏み越えてしまいました」

　アシュワースが面白がるように息を吐き出した。「きみの悪い癖だな」口調をやわらげて続ける。「それで、きみならどんなふうに力になれるんだ？」

　彼が最後の一歩を踏み出した。クララは背中が壁とぶつかるまで、相手の歩みに合わせてあとずさりしていたことに気づいていなかった。彼とはもう数センチしか離れていない。体から発散される熱が感じられる。目の高さにある広い胸を見ていると、不意に伯爵があまりに大きすぎ、あまりに近すぎるように思えた。

　アシュワースには、これまで会ったどんな男性も及ばない官能的な優雅さがある。クララは無意識のうちに手を伸ばし、彼の胸に指先を当てた――反射的に身を守ろうとしたのか、誘おうとしたのか、自分でもわからない。彼は身をかたくして目を閉じ、歯のあいだから小さく息を吐いた。

その反応を見たとき、疑いは消え去った。伯爵は触れられることを望んでいる。クララは手のひらをローン地のシャツに押しつけ、柔らかな生地とかたい筋肉の対照的な感触を味わった。

これまでは未経験なせいで男性に対して臆病なのだと思い込んでいたけれど、自分にふさわしい相手と出会っていなかったのが原因の一部だとわかった。いま、アシュワース相手に手をさまよわせていると、体じゅうを炎が駆けめぐる。彼のこわばった顎と握りしめたこぶしは抵抗を示しているものの、触れるのをやめさせようとはしない。だからクララは続けた。

わたしなら、どんなふうに力になれるかですって？

アシュワースはそう尋ねた。いま、彼女自身もそれを知りたくてたまらなかった。

指で青いサテンのクラヴァットをなぞると、彼が喉の奥で低くうなった。

その音が野火のごとくクララの中に広がっていく。すべてを忘れ……自分が誰か、誰のふりをしているのかを忘れ……彼女は爪先立ちになって、伯爵に唇を重ねた。

9

まずいぞ。

ウィリアムは目を閉じて大きく息を吐き、体の中で暴れる欲望を抑えつけようとした。聖人というわけではないが、この夢のような感覚に身をゆだねたら最後、どちらにとっても不都合な結果になるのはわかっている。だがヘレンは唇をそっと彼の唇の上で動かしながら、手で広い胸をやさしく探っている。予想どおり、ウィリアムの脳の原始的な部分が懇願しはじめた。

一度だけだ。

濡れた甘美な唇をそっと嚙むと、ヘレンがうめき、彼の体の奥にまで火をつけた。こぶしをさらに強く握りしめる。

彼女に触れるな。触れるんじゃないぞ。

ヘレンを押しのけろ。引き離すべきだ。それなのに、気がつけば彼女の手に屈服していた。結果を恐れると同時に、もっと触れてほしいと願っている。

クラヴァットを軽く引っ張られ、何も考えられなくなって、さらにきつく目を閉じた。クラヴァットをほどいて首から外してほしい。この場で彼女に服を脱がされるところが容易に想像できる。

低いうめき声が聞こえ、それが自分の口から発せられたことに遅まきながら気がついた。

自制しろ。

取り返しのつかないことになる前に、自らを律しなければならない。伯爵として、ウィリアムが一緒になるべき相手はメイドではない。見境なく女性とたわむれるのは、亡き父の息子、亡き兄の弟として恥ずべきことだ。

それに自分が雇っている使用人を誘惑するなど言語道断だ。そんなふうに考えない貴族もいるが、ウィリアムは違った。どれだけ耐えがたい欲望を抱いていても、責任感を放棄してヘレンの名誉を傷つけるつもりはない。たとえ彼女のほうが、それを求めているとしても。

ヘレンの甘い香りが漂ってくる。わずかに家具用光沢剤のにおいがまざった香り。彼女の甘い味に、ウィリアムは体に電流が走ったような衝撃を受けた。彼がいままで抱いたどんな妄想も、実際の彼女の完璧な魅力には遠く及ばなかった。

自制するんだ！

おのれを抑えようという努力で、体はぶるぶる震えている。執拗に口を探られてヘレンは身を震わせ、ウィリアムがそれに反応してさらに探索を続けると、やがて彼女は唇を開いて舌を受け入れた。またしても彼の全身に炎がめぐり、ヘレンの体を壁に押しつけてすべてを奪ってはいけない理由を忘れそうになる。欲望に抵抗すべく身をかたくしたとき、彼女がうめいてウィリアムの上着をつかみ、自分のほうに引き寄せた。彼は柔らかな胸のふくらみを感じて、われを忘れかけた。

やめるんだ――。

ヘレンの両方の手首をつかみ、顔をあげてキスを中断する。視線をあげた彼女の顔が真っ赤になった。うつろな目は茶色と呼ぶには濃すぎるものの、黒よりもはるかに温かみがある色で、白い肌とくっきりした対照をなしている。同じく表現しがたい色をした髪がひと房、いまいましい帽子からこぼれて色白の頬に落ちた。

ヘレンが欲しい。

それでも、決して彼女を自分のものにはできない。

「ヘレン……」感情がこみあげ、声がざらついた。ウィリアムが咳払いをすると、彼女は一瞬心配そうに目を見つめたあと視線を口におろした。もう一度、キスをしたがっているようだ。すでにキスで腫れて赤くなった唇で。彼もそれを望んでいた。

だめだ！

ふたたびキスをしろと叫ぶ本能にあらがい、ヘレンから離れてあとずさりした。さっと背を向けて大股で部屋を歩き、机の向こうに腰をおろして、落ち着きなく髪をかきむしる。

ウィリアムがなめらかな机の表面をぼんやり眺めているあいだ、ヘレンはじっと立っていた。彼女を追い払わねばならない。破滅させるのを避けるためには、彼女の心を傷つけなくては。

ウィリアムは深呼吸をした。「きみの気遣いは不要だ」深刻な顔で言う。こんなことを言わなくてはならない自分が憎い。「ステラが客間で待っているぞ」

息をのむ小さな音が書斎の静寂を破り、ウィリアムの胸は苦痛に切り裂かれた。

わたしは最低の男だ。

スカートの衣《きぬ》ずれの音がして、ヘレンが走り去るときに起きた弱い風が感じられた。彼女が出ていって扉が閉まると、ウィリアムは両手に顔をうずめた。

〝きみの気遣いは不要だ〟

クララはぼんやりしたまま、仕事をぎこちなくこなしていった。アシュワース伯爵はきっぱりと拒絶した。彼女のキスに反応を示した直後に。

あまり男性と接した経験がないのは事実だけれど、相手に求められているのはわかる。伯爵が最初は抵抗していたのに、慎重に築いた自制心がキスのたびに崩れていったことを思うと、クララの顔は赤くなった。でも、自分は勘違いしていたのだろう。おそらくあのキスは、彼が数多くの女性としてきたであろう――たぶん間違いなく――ほかの無意味なたわむれと違いはなかったのだ。そう思うと涙がこみあげた。

下を向き、凝った彫刻が施されたローズウッド材のテーブルの脚を磨くことに集中する。客間の奥でせっせと窓を拭いているステラに、動揺を悟られてはならない。

ステラがふと頭をめぐらせ、南側の曲線を描く砂利敷きの私道に面する窓から外に目をやった。少しのあいだ見つめたあと、振り返ってクララのほうを向く。

「旦那さまは今日どこかへお出かけになるとおっしゃっていた？」

「いいえ」クララは答えながら立ちあがった。「さっきパクストンに領民と話すために村へ向かうよう命じたけれど、それ以外は特に何もおっしゃっていなかった気がするわ」

窓まで行くと、馬に乗ったアシュワース伯爵が目に入った。いかにも決意を胸に秘めている風情だ。これだけ遠くからでも、乗馬服に身を包んだ姿は凛々《りり》しく見える。たくましい脚にぴったり張りつく膝丈ズボン《ブリーチズ》から目が離せなくなる前に、クララは視線をそらした。同僚のメイドの前で、敷地の門から出ていく彼に対して無関心を装う。「どこへ行かれるにしても、長くお留守にはなさらないと思うわ。日帰りでちょっと村にいらっしゃるだけじゃないかしら」

クララはテーブルに戻り、思いが危険なほど伯爵のほうへ向かうのを防ぐため、全精力を仕事に注ぎ込んだ。午後の作業が終わると、厩舎を訪ねることにした。ロザを助けるため騒ぎに巻き込んでしまった、馬番のオスカーに謝らねばならない。寒さよけに薄いマントをしっかり体に巻きつけ、裏の勝手口を出て中庭を横切った。

ロートン・パークの花園は冬に備えて花がすべて抜かれている。敷地を囲む森を眺めると、秋の明るいオレンジ色や褐色が暗い茶色になっているのがわかった。枯れ枝にはほとんど葉が残っておらず、豊かな色彩はどこか物寂しい美しさに変化している。季節の移り変わりを目にするくらい長くここにいるのが信じられない。両親のことを思うと胸がちくりと痛み、娘が長いあいだ行方知れずであることを彼らはどう感じているだろうと考えた。

罪悪感を振りほどき、うつむいて足を速める。厩舎の入り口からのぞいて中に入り、暖かさにほっとした。ふつう、これほど立派な屋敷に住む伯爵なら、六〇頭ほどの馬を飼っていてもおかしくない。けれど狩りといった娯楽で客をもてなすことに関心のないアシュワースが所有しているのは、たったの二一頭。その馬たちの多くも、たいていのカントリーハウスに比べればほとんど乗られていないのではないか、とクララは思った。

「こんにちは」大きな木製の扉のそばで立ち止まって呼びかける。空気中には、切った干し草や馬のなじみのあるにおいが漂っている。オスカーが干し草用の熊手を持って、馬房のひとつから出てきた。またもやクララと向き合ったとき、大きな青い目にはあまりうれしくなさそうな驚きが浮かんだ。

「やあ。なんの用だい？」警戒して尋ねる。

彼女はオスカーのほうへ歩いていったが、途中で足を止め、あの寒い嵐の夜に乗った美しい葦毛の馬の鼻面を撫でた。馬が応えて小さくいななく。

「この前のことで謝りたいの。あなたを困らせるつもりはなかったのよ」

少年がやれやれという顔で微笑んだ。今回もまた型破りな要求をされるのかとおびえていたのだろう。彼は小さく首を横に振り、目にかかった金髪を払った。

「いいよ。おいらも首にならずにすんだし。だって、それで旦那さまの姪御さんが助かったんだから」きまり悪そうにクララを見る。「あんたのほうは罰を受けたんだってね」

「ええ」彼女はにっこりした。「それでも危険を冒した価値はあったわ。そうでしょう？」

「だよな」

近くの馬房から小さないななきが聞こえ、クララは門の向こうをのぞき見た。ぶちのある小さな馬が大きな黒い目で見返したので、喜びのあまりはっと息をのんだ。「まあ、かわいい！」ひと呼吸する。「名前は？」

「ゴリアテ（旧約聖書に登場する巨人の名前）だよ」オスカーは熊手で干し草をかき寄せはじめた。

クララは笑いだした。「まあ、誰がゴリアテなんて名前をつけたの？」

オスカーがいぶかしげに見つめてくる。「旦那さまだよ、もちろん」

彼女は笑みを消し、興奮を抑えようとした。あの伯爵にユーモアの感覚があるとわかったことで、どうしてこんなに気持ちが高ぶるのかわからない。けれど、いつも厳格な彼が子馬に不似合いな名前をつけて面白がっているかと思うと、胸が高鳴る。

そんなこと考えるのはやめなさい。ばかね。

身を乗り出してゴリアテを撫で、手を舐《な》められると笑い声をあげた。そのとき中庭でくぐもった馬の足音がして、オスカーとクララは手を止めて顔を見合わせた。

「あんたはここを出ろ」少年が焦ったようにささやいた。

「落ち着いて」彼女は笑うまいとした。「旦那さまがまだわたしを信頼して姪御さんと一緒にいさせてくださるなら、馬と一緒にいるのも許してくださるわ」

オスカーが厩舎の扉まで駆けていくと、そこにいたのはアシュワース伯爵ではなく、その友人のエヴァンストン子爵だった。彼は優雅な身のこなしで馬をおり、オスカーに手綱を渡したあと、近くにクララがいることに気がついた。

「やあ、ヘレン！　また会えてうれしいよ。またしても馬を盗みに来たのかい？」

彼女は目を合わせないようにして微笑んだ。「いいえ、子爵閣下。今日は違います」

エヴァンストンが誘惑するような目つきでクララを眺める。でも、きっと彼はたいていの女性に同じような態度を示すのだろう。使用人たちの噂が真実なら、この子爵は機会さえあればいつも快楽にふけっているらしい。それはクララにとって驚きではなかった。ロンドンで社交シーズンを過ごしていたとき、彼が女性を征服したという武勇伝はいろいろ耳にしていたからだ。ただし実際に会ったことはなかったけれど。

「きみにとって重要な知らせがある」エヴァンストンが言った。

いったいなんだろう？「なんでございますか？」

「伯爵のために風呂を用意したほうがいい」

クララは当惑し、咳払いをしてきき返した。

「なんとおっしゃいました？」

彼女のきょとんとした顔を見て、エヴァンストンが笑った。低い声が厩舎の壁にこだまする。

「われらがアシュワース伯爵は今日一日、年がら年じゅう起こる洪水の問題を解決するために領民たちと排水路を掘っていたらしい。哀れなパクストンにも手伝わせてね。たまたま村を通っていたときに見かけたんだ」子爵は頭を振った。「頭から足まで泥にまみれていたよ」

衝撃と驚きでクララはその場に立ち尽くした。あんぐりと口を開ける。

「びっくりしたようだね」エヴァンストンが苦笑した。「使用人に言って、風呂の用意をさせてくれるかい?」

彼女はさっとお辞儀をした。「承知いたしました」背を向けて早足で厩舎をあとにするとき、面食らっているオスカーとぶつかりそうになった。

急いで屋敷の勝手口に向かうあいだ、頭の中をさまざまな思いが駆けめぐった。伯爵はクララのよけいな助言を称賛したわけではないものの、それでも心に留め、自ら肉体労働まで行った。もちろん、彼が村じゅうの人々の見ているところで溝を掘るなんて突拍子もない話だ。そんな伯爵にあるまじきことをしたという噂は、間違いなくロンドンの社交界まで届くだろう。すでに彼に憤慨している人々もそれを耳にすることになる。クララは差し出がましい口をはさんだりすべきではなかった。でも伯爵が問題解決に当たってそれほど無分別な行動に出るなんて、誰が予想できただろう?

クララは重い扉を二度叩き、返事を待つことなく厨房に飛び込んだ。ミセス・フンボルトとジリーが驚いて顔をあげる。ふたりは小麦粉まみれになって、今夜のために必死でパイ生地を伸ばしていた。

「ミセス・マローンは?」クララは息を切らした。

ジリーが目を丸くして廊下の奥を指さす。「お部屋よ」クララは礼を言い、家政婦長の部屋に向かった。ミセス・マローンは紅茶を飲みながら、来週のメニューを検討していた。

「お邪魔して申し訳ありません。外でたまたまエヴァンストン卿とお会いしたのですが、アシュワース卿はお戻りになったらお風呂に入られるだろうとのことでした」

ミセス・マローンは冷たい灰色の目でクララを見つめ、ティーカップを受け皿にきちんと戻した。「旦那さまは何をしていらっしゃったの？」

クララはもじもじと両手を組み合わせた。「あの、ずっと排水溝を掘っておられたようです。子爵閣下は村を通りかかったとき、それをごらんになったとか」

家政婦長が不満げに口をとがらせた。「つまり、村を通った人間なら誰でも旦那さまを目にしたということね」唐突に立ちあがるとクララを押しのけて使用人用食堂に向かう。そこでは使用人の大半が静かに衣服の繕いや靴磨きをしていた。ミセス・マローンはけたたましく手を叩いて、みなの注意を引いた。アメリアは針で指を突いてしまい、いらだちに息を吐いた。

「チャールズとマシュー、旦那さまのお部屋まで浴槽を持っていって。アメリアとステラとヘレンは、お湯のバケツを階上まで運んでちょうだい」背中をそらし、廊下の奥にいるジリーに声をかける。「かまどで入浴用のお湯を沸かして、いますぐに！」

ただちにジリーの「はい、わかりました！」という返事が食堂まで届いた。

全員が割り当てられた仕事のために動きだすと、ミセス・マローンは食堂を出た。従僕ふたりは階段を駆けのぼって浴槽を準備し、メイドはそれぞれの道具を片づけて、湯の入った重いバケツを取りに厨房へ向かう。女三人はバケツを持って、階段を何度ものぼりおりした。アメリアは、クララがわざと面倒な仕事を持ち込んだかのように怖い顔でにらみつけた。

やがて銅製の浴槽に湯が満たされた。マシューは伯爵が手伝いを求めたときに備えて部屋の外に立った。ステラとアメリアは最後のバケツを空にして階下へ戻った。クララは自分のバケツの中身を浴槽に入れようと身をかがめたとき、その部屋にいるのが自分ひとりであることに気づいてはっとした。こんな状況で伯爵と会いたくはない。しかも彼の部屋、浴槽のすぐそばでは。

急いでふわふわのタオルを近くの椅子にかけ、バケツを取る。後ろを向いたとき、扉が勢いよく開いて壁にぶつかった。

目の前にアシュワース伯爵が立っていた。乗馬用のブリーチズとシャツという格好だ。泥だらけの上着とブーツは、おそらくすでにミセス・マローンの手に渡ったのだろう。エヴァンストンの言葉どおり、アシュワースは全身泥まみれだ。顔には土がつき、服はたくましい体にぴったり張りついて、金髪は汗で濡れている。クララの鼓動が速くなったことからすると、伯爵がこんな服装で働いていたせいで、おそらく村では大騒ぎになっただろう。

伯爵の後ろから、これ以上あたりを汚すことなく服を脱ぐ手伝いを申し出るマシューの声が聞こえてくる。アシュワースは鋭く手をあげて従僕を黙らせたが、そのあいだもまなざしはクララに据えられていた。どれだけ乱れた格好でも、低い声の洗練された口調は、彼が由緒ある血統の貴族であることを如実に示している。

「もう用はないぞ、マシュー」

従僕は頭をさげて廊下を歩み去った。クララも偽りの笑みを張りつけてお辞儀をし、開いた扉から逃げられることを願って脇に寄った。ところがアシュワースが前に立ちふさがり、彼女はあわててあとずさりして適切な距離を置いた。彼を見るのが怖い。それなのに気がつけば目をあげていた。伯爵の顔を見たクララは驚いた。

まるで彼女を貪りたいというような顔。

やがてアシュワースがまばたきをした。それを出ていく合図だと受け取り、クララは息を殺して、バケツを持ったまま彼をまわり込もうとした。

「ヘレン」

思わず立ち止まる。安全な使用人用食堂まで行きたい。そんなに無理な願いではないはずだ。

しかたなくゆっくりと振り返り、アシュワースと向き合った。

「はい？」

彼がクララのほうに一歩踏み出す。「ありがとう」

何に対するお礼だろう？　健康状態を気遣ったこと、ロザのお守りをしていること、領民と会うべきだと提案したこと、あるいは……書斎でキスをしたこと？

まさかそれはない。

これ以上の会話は自分にとって危険だと判断し、クララはうなずいて背を向け、出ていこうとした。ところがまたもや伯爵の声に引き止められた。

「もうひとつ」

彼女はがっくりした。やきもきして廊下を見つめる。

肩越しに視線を向けたとたん、またもや伯爵に目を奪われた。泥まみれの服を着て、肉体労働で小麦色の肌をほてらせている彼は、いつもほど近寄りがたく感じられない。「はい、旦那さま――」

アシュワースがさらに近づいてきた。クララの肩をつかんで振り向かせ、叩きつけるように口を彼女の口に押しつける。クララが空のバケツを手から放すと、それは大きな音をたてて床に落ちた。

彼は深くキスをし、満足げにうなった。かきたてられた欲求を無視できず、クララは手をあげて、いまは泥だらけで濡れている金髪に指を差し入れた。アシュワースは何かに追い立てられているかのように口を顎から首まで滑らせ、彼女のあえぎを引き出した。手をクララの背中にまわして、体を自分のほうに引き寄せる。

横を向いた彼女は、扉が大きく開いたままなのに気がついた。「旦那さま、いけません」狼狽して言う。

その言葉に伯爵は正気を取り戻したらしい。クララから手を離して悪態をつき、あとずさりした。息は荒く乱れている。

「わかっている」

長い沈黙のあと、彼女は気まずい思いで咳払いをした。アシュワースはまばたきをしたものの、クララと目を合わせるのは避けている。そっけなくうなずいて、彼女に出ていく許可を与えた。

クララは無言で部屋を出ると扉を閉め、しばらくそこにもたれて呼吸を整えた。うつむいたとき、自分の服も泥まみれになっているのがわかった。階下へ戻る前に、自室に寄って急いで着替えたほうがよさそうだ。

翌日、ミセス・マローンが予定外に使用人たちを招集した。ステラはクララがピアノをせっせと磨いている音楽室に顔を出し、みんな仕事を中断して階下に集まることになっていると告げた。

「なんの話なの？」クララは興味を引かれて尋ねた。

ステラが首を横に振った。「まだわからないわ。だけど、旦那さまは今朝お手紙を受け取られたみたい」興奮で目をきらめかせる。「もしかすると、もうすぐお客さまがいらっしゃるのかも」

クララは大急ぎで作業を終え、道具をカートに積んで廊下にある物置に戻した。足早に階段をおりて使用人用食堂へ向かう。ほかのみんなはすでに集まっていて、ミセス・マローンを待っていた。

クララはテーブルについた人々を眺めた。ずんぐりした洗濯担当のベスは、ミセス・フンボルトの言ったことに大笑いしている。アメリアの赤毛はテーブルの中ほどに見えた。ステラはそこから少し離れたところで腰をおろし、テスは膝の上で行儀よく手を組んで静かに座っている。テーブルの向かい側では、ひとつ空席をはさんでマシューとチャールズがにぎやかにおしゃべりをしていた。クララを見つけたマシューがにやりとする。

「ヘレン！」彼は自分の横の空席を指さした。その隣にいるチャールズが、いたずらっぽく眉を上下させる。

「こっち側に座った人間のほうが、はるかに偉いんだよ」マシューが冗談を言った。

「まさか、わたしのために席を取っておいてくれたわけじゃないわよね？」クララはとがめるようにきいた。

マシューは横目でチャールズをちらりと見たあと、彼女に目を戻した。

「ぼくは絶対にチャールズの隣に座らないようにしてるんだ。こいつはくだらないことばかりしゃべるからね。しかも、きみはこいつよりずっといいにおいがする」

チャールズは見るからに気分を害している。「ぼくだって、いいにおいがするぞ！」

椅子が床をこする音に、友人同士の言葉の応酬がさえぎられた。アメリアが立ちあがり、あきれた顔でふたりを見ている。

「そんな茶番みたいな言い争いを終わらせてあげるわ」明らかにいらだってクララを見る。

「ヘレン、ここに座りなさい」いま自分が空けた席を尊大に指さした。

アメリアの偉ぶった態度は気に食わなかったが、彼女のほうが先輩なのだから、とクララは自分に言い聞かせた。アメリアが立って足を踏み鳴らしているところまでクララが無言で歩いていくのを、全員の視線が追う。クララは椅子に腰をおろし、仏頂面のアメリアに微笑みかけた。

「席を譲ってくれてありがとう、アメリア。あなたって親切なのね」

相手の悔しそうな表情に、クララは心ひそかに満足を覚えた。

テーブルの向こう側にいるマシューをちらりと見る。マシューは笑いをこらえて目をきらめかせていたが、アメリアがむっとしながらテーブルをまわって彼とチャールズのあいだに座り込むと表情を消した。

ミセス・マローンの鍵束が鳴る音が廊下の奥から聞こえてきたので、使用人たちは姿勢を正し、食堂の入り口に目を向けた。数秒後に現れた家政婦長は、両腕に毛布の束を抱えていた。テーブルの上座まで行ってその束を置き、その上に我がもの顔で両手を置く。

「こんなものをいただいたのは、わたしが使用人になってから初めてよ。旦那さまの寛大な贈り物を、ありがたく素直に受け取ることにしましょう」ミセス・マローンは右側のミセス・フンボルトに毛布を渡し、料理人はぽかんとした顔でそれをまわしていった。

「旦那さまは、使用人たちが夜にもう少し暖を取れるようにすべきだとお思いになったの」家政婦長が頭を振る。「それで、ひとり一枚ずつ追加の毛布を渡すように命じられたのよ。仕事の続きをする前に、それぞれ部屋に持ってあがってちょうだい」

新しい毛布の柔らかな生地に指を滑らせたとき、クララの顔から血の気が引いた。昨日の朝、書斎でアシュワースと交わした言葉が鮮明によみがえる。

これは奇妙な偶然の一致に違いない。でなければ、伯爵はクララの発言だけで使用人全員に追加の毛布を与えたということになる。そんなはずはないし、そのように考えるだけでもばかげている。でも……。

「さて、本題に入るわ」ミセス・マローンの鋭い口調がクララの物思いをさえぎった。「今朝、旦那さまは妹君のレディ・エリザ・カートウィックから手紙を受け取られたの。レディ・カートウィックはご自宅での用事を終えられて、ここにいるロザお嬢さまのもとへいらっしゃるわ。到着は三日後よ。それまでにやっておくべきことはたくさんありますからね」

話は続いていたが、クララはミセス・マローンの指示をうわの空で聞いていた。レディ・カートウィックの昔の部屋を掃除すること。彼女付きのメイドの部屋を用意すること。メニューの変更に伴って追加の食材を購入すること。使用人用食堂で、非公式な祝宴を開けるよう準備すること……。

仕事のリストは長いものの、やがて会合は終わった。全員が毛布をしっかり胸に抱くか、脇の下で抱えるかして立ちあがった。誰もがにこにこしていたが、クララは一緒になって喜べなかった。喉のつかえを気にしないようにしながら、毛布を持って出口まで足を急がせる。けれども階段の手前で肘を軽く叩かれ、立ち止まった。

「すごい幸運ね！」ステラは満面の笑みを浮かべていた。「このあいだの夜、あなた、寒くて眠れなかったんでしょう。それがいまは追加の毛布を手に入れたのよ」

誰かに聞かれていないか、クララは近くの使用人たちを眺めたあとステラに目を戻した。伯爵にえこひいきされていると思われることだけは避けなくてはならない。アメリアがそんなふうに考えたら、どんな意地悪をしてくるかは想像したくもなかった。

ステラはクララをじっと見て考え込んでいる。

「このあいだの夜、あなたは寒かった。そしていまは追加の毛布を手に入れた……」クララを見つめながら繰り返した。

クララは急いでステラを抱きしめ、手を離すと明るい笑みを見せた。

「あなたもね。本当に幸運だわ！」

どきどきしながらステラを追い越し、暗い階段をのぼって自室へ向かった。

10

エリザの部屋の備品から埃を払い終えたクララは、寝具のしわを見つけてはたきを下に置いた。ぴんと引っ張るとしわは消え、彼女は一歩さがって上掛けを撫でて伸ばした。不意に扉が開いて、ステラが顔をのぞかせた。

「ミセス・マローンが、みんなにおりてくるように言っているわ。今夜のパーティの準備を手伝ってほしいんですって」

ベッドに置かれたおしゃれな枕を叩いてふっくらさせたあと、クララは心配そうにステラを見た。「だけど、まだここの準備が終わっていないわ」

ステラが安心させるように手を振る。「もちろんベッドメイクは終わらせてね。でもわたしだったら、ミセス・マローンを二、三分以上は待たせないけど」クララに微笑みかけ、廊下を急ぎ足で歩いていった。

家政婦長は、エリザがロートン・パークに戻ってくる前祝いとして今夜地下で非公式なダンスパーティを開くことを認めていた。そういうお祝いは、これほど大きな屋敷ではあまり行われない。一般に、使用人は高貴な人々に姿を見せず、声も聞かせないことを求められるのだ。けれどもアシュワース伯爵はそうした慣例を破ることをいとわないらしく、彼自身が出席することも充分ありうるとのことだった。

伯爵にまた会うことを考えると、クララは期待でそわそわした。でも今夜、彼とダンスをすべきでないことはよくわかっている。いまでも長身でたくましい体の彼がすっくと立っている記憶に悩まされているのだから。飢えたようなキス以上にクララをおののかせたのは、自分が熱心に応えたことだった。泥だらけの髪に手を差し入れて引き寄せ、激しくキスを返したこと。ふたりして、あの浴槽に転がり込んだ可能性だってある。

さらに悪いことには、クララのほうが彼を引き入れたかもしれないのだ。

庭園を見おろす大きな窓の下に置かれた長椅子に座り込む。外を散歩して、混乱した頭をすっきりさせられたらいいのに。こんなことはまったく経験がなく、理解もできない。あんな欲求に駆られたことはかつてなかった……あれほどの欲望をかきたて、それが満たされないむなしさも同時に感じさせる男性に会ったことはない。わかっているのは、自分は誰とも――特に伯爵と――キスをしていい立場にないこと。そして少しでも彼と親密に接したら、恐ろしく官能的なものに発展しうることだ。禁断の領域にあるものに。

窓ガラスから灰色で暗い午後の陽光が差し込み、クララはため息をもらした。ミセス・マローンに不在を気づかれる前に、地下へ行かなくてはいけない。そのとき足音が近づいてきて、クララははっとした。アシュワースが視界に入ってきたとき、警戒して身をかたくした。彼の体が部屋の出入り口をふさぐ。伯爵がどれだけたくましいかを思い出し、彼女は小さく声をあげて立ちあがった。彼は部屋を見まわし、視線がベッドをかすめたあと、クララで止まった。

「何をしている?」

「こ——ここをお掃除していただけです」座っていたことを気づかれていないといいのだけれど。「旦那さまこそ、何をなさっているのですか?」ほかに言うことを思いつかず、直後にばかげた言葉を後悔した。

アシュワースは驚きに眉をあげたあと、小さく笑った。「わずらわしい問題をあとまわしにしようとしている、ということだろうな。そうでなければ、上着を替えようと決めた理由の説明がつかない」

彼が深緑色の上着の胸に手を滑らせるのを見て、クララは自分も同じことができればいいのにと思った。そうする代わりに羽毛のはたきを拾いあげて、書き物机に置かれた陶器の小さな人形の埃を払いはじめる。

「わずらわしい問題というのは?」

アシュワースが手を止め、窓まで歩いてきた。自分の抱える問題を使用人に話すべきかどうか迷っているのだろう。たとえ相手がキスをした使用人であっても。彼が質問をすっかり忘れたのかとクララが思ったとき、小声の返事が聞こえた。

「ある人をここに招待しなければならない——ロザが行方不明になったとき、わたしが会いに行こうとしていた商売人だ」

クララは不思議に思って振り向いた。「どうしてそのことでお悩みなのですか?」

アシュワースが唇をゆがめる。「前回彼に会ったとき、そこからの帰り道で家族を失った。次に会いに行こうとしたときは、ロザが井戸に落ちかけた」自嘲するように笑って横を向く。「疫病神はミスター・スキャンランなのか、それともわたし自身なのかはわからない。だが父のためにも、わたしには彼との話を最後まで進める義務がある。どんな結論が出るにしろ」

クララは唖然としてたたずんだ。体の脇におろしたアシュワースの手が、かたくこぶしを握っているのを見逃しはしなかった。彼に近づきたい。でも、それがさらなる誘惑を招くのはわかっている。クララのような立場にいる女性には許されないことだ。

それなのに、気づけば近づいていた。

はたきを置き、窓の前で伯爵と並ぶ。手を握ると彼は小さく身を震わせたが、やがてこぶしをゆるめて力を抜き、クララが指をしっかり絡めるのを許した。とはいえ、こんなふうに彼と手をつないで立っているのは怖い。自分の大胆さが信じられない。クララの一部は、アシュワースが怒っていますぐ彼女を屋敷から追い出すのを恐れていた。けれどもなぜか、彼がそうするとは思えない。それに自分のことなどどうでもいい。少なくともいまは。彼女は爪先立ちになって、アシュワースの耳にささやきかけた。

「ご家族に降りかかった悲劇の中で、旦那さまが唯一の幸運のしるしなのです」小さな声で言う。「それをお忘れにならないでください」

アシュワースは眼下の庭園に目を据えたまま、ごくりと唾をのみ込んだ。長い指をクララの指に包まれ、このあとどうすべきかわからないかのようにじっと立っている。不意に現実を認識して、彼女の胸から心臓が飛び出しそうになった。ここはエセックス州の自宅ではなく、この男性はクララに求愛しているわけではない。自分はメイドであり、規則を破りつづけたら、いずれメイドでもなくなるのだ。手をおろそうとしたが、驚いたことにアシュワースがきつく握ってきた。

「ときどき、わたしは呪われていると感じてしまう」彼はささやいた。そんな言葉を口に出すつもりなどなかったような顔で。

クララは姉の駆け落ちとそれに続く悲惨な社交シーズンについて考えた。メイフェアの舞踏会で椅子に座り、希望と不安を感じつつ、求婚者が現れて苦しみから救ってくれるのを待っていたのを覚えている。でも、いま隣に立って必死でクララの手をつかんでいる男性は、あの夜自分自身の内面の苦悩と闘っていたのだ。もし舞踏会に来ていたなら、彼はクララの苦悩とも闘ってくれただろうか？　それは知るよしもない。

そう、呪われていると感じるのがどういうものかは、クララも知っている。

感情を抑えようとすると目の奥が痛くなり、まばたきをして横を向いた。そのわずかな動きを察知して、アシュワースが彼女の顔を見た。真剣に見つめる目の金色の斑点が、午後の陽光を反射する。

「これはきみが負うべき重荷ではない」彼はゆっくりと言った。「なのに、きみは気にしてくれているようだ。なぜだ？」

クララは頭を振り、自由になろうという無駄な努力でさらに強く手を引き抜こうとした。だって、あなたのことが気がかりだから。

「お許しください、旦那さま。わたしがお気に召さないことをしたのなら――」

アシュワースが顔をしかめる。「わたしはただ理解したいだけだ。知りたい……きみはなぜそんなにほかの使用人と違っているんだ？」

彼を慰めようとしたのは間違いだった。わかっていたのに。

そっと引っ張られて前のめりになったクララは困ったように伯爵を見あげた。彼の唇が自分の唇から数センチしか離れていないことを強く意識する。

「何をおっしゃりたいのか、よくわかりません」絶望感が募った。

「わかっているはずだ」

アシュワースがゆっくりと頭をおろす。やがて口がすぐそばで止まった。彼の温かな息がクララの唇にかかるくらい近くで。彼女は呆然として目を閉じた。キスを期待して全身が熱くなる。でも、彼はなかなか動かなかった。クララを狂気に追い込もうとしているに違いない。彼女は落ち着きなくそわそわした。胸のふくらみが偶然にも彼のかたい胸板に触れ、顔がほてる。アシュワースが何かつぶやいたかと思うと唇をさらにおろし、貪るように唇を求めようとしたので、彼女は瞬間的に喜びを覚えた。ところが彼はぎりぎりのところで思いとどまり、あとずさりして手を離した。不安そうにため息をつき、自分の髪に手を滑らせる。

「だめだ。今夜また会おう。わたしは……ふつうに見えるようふるまわねばならない……ほかの人々の前で」

彼は今夜のダンスの話をしているらしい。自分もふつうにふるまう必要があることに気づいて、クララはぞっとした。

「はい、どうぞお気になさらないでください」なんとか言葉を絞り出す。

伯爵は頭を振り、模様入りの絨毯を見つめた。「時間を取ってくれてありがとう。しかし、きみの仕事の邪魔をしてはいけなかったな。失礼する——」

クララは視線をさげ、早足で部屋を出ていくアシュワースの光沢ある革のブーツを見つめた。足音が聞こえなくなるまで待ち、興奮した神経を静めようとベッドに腰をおろす。彼はたまたま通りかかったのだろうか？　それともわたしに会えることを願って、わざわざ階段をのぼってきたの？　わからない。けれど彼はわたしが慰めようとしたのを拒まなかったし、またキスもしそうになった。そのことについては考えないようにしよう。すぐそばにベッドがあったという事実についても。

不意にクララは顔をしかめ、ぱっと後ろを見た。しばらくのあいだ、使用人は誰ひとりこの部屋の前を通っていないし、ほかの部屋から物音も聞こえない。

ああ、どうしよう。

階下へおりてくるようステラに言われたのをすっかり忘れていた。かなりの遅刻だ。あわてて立ちあがると上掛けのしわを伸ばし、道具をつかんで廊下に飛び出した。羽毛のはたきと磨き布を物置に戻したあと、汚れたエプロンの紐をほどいて頭から脱ごうとする。ところが、紐が帽子に引っかかってしまった。

もつれた紐と髪をほどこうとするが、焦っていてうまくできない。エプロンをつかんでぐいと引っ張ると、髪が抜けた痛みに涙が出た。ようやく脱げたとき、エプロンには帽子が絡まり、きちんとまとめていた髪は乱れていた。

しわくちゃのエプロンをほかの道具とともに物置に放り込んで扉を閉め、中央階段まで走っていく。階段を駆けおり、手すりをつかんで屋敷の奥に向かった。そこで立ち止まって首を伸ばし、耳を澄ませる。晩餐室のほうから足音が聞こえた。

クララは意気消沈して、音のほうを向いた。こんなに乱れた格好をアシュワース伯爵に見られたくない。ところが予想に反して、きれいに掃除された晩餐室には誰もいなかった。

「こんにちは、ヘレン」背後から男性の声。

振り返ると、開いた緑色のベーズ張りの扉のところに土地差配人のパクストンが立っていた。クララはほっとして微笑みかけた。

「こんにちは。うれしい驚きだわ、こんなところであなたにお会いするなんて……」

「伯爵ではなく？」パクストンはにやにやしている。

クララは肩をすくめた。「正直に言って、できればこんな格好を旦那さまには見られたくないわね」絶望の表情で自分を指し示す。

「なるほど……きみは何かに精を出していたようだね、その、肉体的な労働に」彼は笑いをこらえている。

クララがきまり悪い思いでパクストンを見たとき、後ろの開いた扉からアメリアが出てきた。急に人が現れたことにびっくりして、パクストンが振り返る。アメリアの驚きの表情には悪意が見て取れた。

「あらまあ」目を丸くしていぶかしげに土地差配人を見たあと、クララの乱れた格好を眺める。「何をしていたの？」

クララはパクストンを見た。アメリアのいかにも意味ありげな言い方に、彼も気づいただろうか？

「急いで階下へ行こうとしていて……帽子がエプロンと絡まったの」

パクストンがにやついたので、クララは非難の目でにらみつけた。

アメリアが細く赤い眉をあげた。「もしかして、エプロンを変なふうにつけていたわけ？」皮肉めかして尋ねる。

「いえ、そうじゃないわ……単にエプロンを外そうとしたとき、引っかかってしまって……」

「まあ、いいじゃないか」パクストンはクララの肩に手を置いて、扉をくぐるよう促した。

「また今夜会おう、アメリア」相手の不機嫌そうなため息を無視して声をかける。

階段をおりながら、クララは驚いて彼を見あげた。「あなたもダンスに来るの？」

彼は気分を害したふりをして鼻息を吐いた。「招待されたんだよ。旦那さまに」

やっぱり伯爵は来るのね。

クララは唾をのみ込んだ。アシュワースが今夜のパーティに来るのなら、自分はほかに用事を見つけなければならない。ふたりが一緒にいて気軽にふるまえるとはとうてい思えないし、誰か使用人に――たとえばアメリアに――何かおかしいと疑われてしまったら、クララは職を失うかもしれない。これといった証拠がなくても、アメリアはすでにクララをうさんくさく思っているのだから。

階段のいちばん下まで来て立ち止まると、つくり笑いを浮かべてパクストンを見た。「じゃあ、今夜ね」陽気に聞こえるように言う。

土地差配人は親しげにウィンクをした。「きみにダンスを申し込むかもな」

クララは軽く笑った。「すぐにミセス・マローンのところへ行かなかったら、そんな機会が訪れる前にわたしは首になるわ」たしかにその可能性はある。けれど自分の犯した罪の中では、遅刻が最も軽いのは充分にわかっていた。

ほかのメイドたちは、もうダンスパーティのために使用人用食堂へおりている。けれど、クララは自分の部屋でそわそわしていた。ステラが紺色のモスリンのドレスを貸してくれたし、身長に合わせて裾上げをしたらクララの体にもぴったり合った。ダークブラウンの髪はいつものようにまとめているが、ひとつ重要な違いがある……メイドらしい糊のきいた帽子はかぶっていない。

鏡に映った自分の姿を見て、クララはせつないため息をついた。これまでの社交シーズンで着ていた服とは大違いだ。以前の生活での上等なレース、チュール、サテン――体にぴったりしたドレス、あらわな肩、きれいなネックライン。暗い顔で手を見おろす。水仕事のせいで乾燥してざらつき、重い木のほうきやブラシを握るために手のひらはまめだらけ。たとえ昔のドレスを着たとしても、がさがさした皮膚は薄い生地に引っかかるだろう。いまは白い帽子をかぶっていないものの、やはりどこからどう見ても使用人だ。

沈んだ気分で鏡に背を向けた。何か理由をつくってパーティを欠席したい。でも、みんなから不審に思われないためには、少なくとも短時間は姿を見せねばならない。階段をおりるとき、足の下で冷たい板がきしんだ。地下に着く前から、陽気なバイオリンの調べと、それに合わせた拍手や笑い声が聞こえてきた。ゆっくり扉を開けて廊下に出る。浮かれ騒ぐ音が聞こえてくるのは、左側の使用人用食堂からだ。しかし、右側からも別の音がしている。厨房の向こう側の部屋だ。

登場を遅らせる口実になるかもしれないと、長い廊下を歩いて皿洗い場に入っていった。皿洗い担当のメイドのテスが、ふたつの大きな石の流し台の前に敷かれた板の上に立っている。前かがみになって、今日一日分の食器をせっせと洗っていた。

クララは存在を知らせるために軽く扉を叩き、笑顔で入っていった。「こんにちは、テス」

せいぜい一四、五歳の少女は顔をあげ、顔にかかった髪を手の甲で払った。「あら、こんにちは。どうしてパーティに出てないの？」

「わたしも同じ質問をしたいところだけど、このお鍋の山を見れば答えは明らかね」クララは足を踏み出して、壁にかかったエプロンを取った。「手伝うわ」

テスが目を丸くする。「いえ、いいの。そんなのだめよ。そのうち全部終わるから」

「そうね。だけどその頃には、パーティも終わっているわよ」クララは袖をまくり、流し台の前でテスと並んだ。「何をしたらいい?」

少しためらったあと、テスは濡れた腕をクララの体にまわして感謝を示した。「ありがとう。すすいで拭くのをやってくれたら……」

「任せて」クララは笑い、身を乗り出して手前の鍋をつかんだ。

いつもなら、テスはもっと手早く仕事を終える。けれども今日、ミセス・フンボルトとジリーはとても忙しく働き、エリザの到着に備えて前もってつくっておけるものをどんどん料理していた。ケーキの焼き型、パイ皿、ロースト用天板、ミキシングボウル、伯爵の夕食の皿。テスはひとつずつ力いっぱいこすり、輝くばかりにきれいになるとクララに渡した。調理器具を洗い終わったあとは、流し台に銅製のボウルを置いて、その中で伯爵の上等な食器を洗った。ざらざらした石のたらいにぶつかって、薄い磁器が割れてはいけないからだ。

やがて食器洗いは終わった。クララは袖を戻して髪を撫でつけたが、エプロンをしていたのにスカートが濡れているのに気づいてため息をついた。

「すぐ戻るわね」テスがわくわくした顔で階段に通じる扉を開けた。「服を着替えなきゃ……オスカーもパーティに来てると思う?」少し躊躇したあと尋ねる。

「きっと来ているわよ」クララは微笑みたいのをこらえて真顔を保った。「食堂で会いましょう」

テスが階段を駆けのぼり、クララはゆっくり歩いて使用人用食堂に向かった。音楽と笑い声はまだ流れてくる。ありもしない自信を見せようと顎をあげて食堂に入り、少し離れたところからパーティを眺めた。すると、予想もしなかった光景が目に飛び込んできた。

マシューが部屋のいちばん奥で古い木製のスツールの上に立ち、バイオリンを弾いている。長テーブルは部屋の端に押しやられて、集まった人々のための空間ができていた。かなり窮屈ではあるものの、誰も気にしていないようだ。マシューが意外な才能を発揮して、スツールという危なっかしい舞台で器用にバランスを取るところを、クララは感心して見つめた。彼が汗びっしょりであることから考えて、かなり熱が入っているようだ。

お祭り騒ぎの中では自分の頭の中の声も聞こえない。スカートのはためき、床を踏み鳴らす足だけが、蒸し暑い中で空気を動かしている。クララは手で顔をあおいだ。多くの使用人がマシューの演奏に合わせて陽気に手を打ち鳴らし、部屋の中央で踊っている。アメリアでさえ、馬番と踊って楽しんでいた。オスカーも来ているが、まだダンスをする勇気は出ないようだ。

パクストンは部屋の反対側の端にいて、エールで喉を潤していた。ステラの隣でロザの金色の巻き毛が上下に揺れているが、少女が何に興奮しているのかはわからない。クララはアシュワース伯爵を探して部屋を見渡した。彼はロザに付き添って来ているはずだ。そのとき不意に、なぜ彼が姪と一緒にいないのかがわかった。

彼は部屋の中央で……ダンスをしている。

クララはぽかんと口を開けた。第五代アシュワース伯爵がミセス・フンボルトをくるくるまわし、彼女は社交界にデビューしたばかりの若い娘のように身軽で敏捷《びんしょう》に動いていた。あの料理人があれほど若く屈託なく見えるところを目にしたのは初めてだ。伯爵は上流社会の舞踏室で踊られる洗練されたカドリールや優雅なワルツを習って育ってきたはずなのに、ここでは高い地位につきものの取り澄ました様子をまったく見せず、いったん手を離して両手を打ち合わせたあと、すぐにまたミセス・フンボルトをつかまえてまわしている。

伯爵が笑うと、クララは嫉妬のようなものを感じた。キスはしたけれど、あんなふうに彼を自由気ままに笑わせたことはなかった。

バイオリンの演奏が終わり、アシュワースはパートナーに深くお辞儀をした。ミセス・フンボルトが満面の笑みでお辞儀を返す。まわりの人々が楽しそうに大きく拍手喝采した。そのとき、テスが入り口に現れた。きれいなドレスを着てさっぱりしている。クララは誰にも気づかれないよう、少女を脇に引っ張った。

「オスカーはパートナーを探しているわ」ウィンクをしてささやく。

テスがきょとんとする。「だけど、わたしからダンスに誘うのはお行儀が悪いし……」

「ばかなことを言わないで」クララは笑った。「ここは貴族の住むロンドンのグローヴナー・ストリートじゃないのよ。使用人用食堂だし、伯爵閣下もダンスをしているの。旦那さまが進んで規則を曲げておられるなら、あなただってできるわ」

テスはびっくりしてダンスフロアに目をやった。伯爵がミセス・フンボルトとのダンスを終えて汗をぬぐっているのを見ると、ぎこちない笑いをもらしてオスカーのほうをちらりと見た。

「そうね、だったらわたし、彼の近くに立って注意を引いてみようかな」

テスは人込みをかき分け、さりげなくオスカーのそばへ近づいていった。クララはそれを目で追おうとしたが、突然現れたパクストンに視界をさえぎられた。彼はクララの目の前に立ってお辞儀をした。

「また会ったね」陽気に言う。「せっかくだからダンスをしないか？」彼は親しげにクララのほうに手を差し出した。

「ヘレン！」

ステラの声がしたかと思うと、彼女は走ってきてクララの腕をつかんだ。パクストンが苦笑し、邪魔にならないよう一歩さがる。

「あなたも旦那さまと踊らなくちゃ。ここにいる女性全員とダンスをされたのよ！」

ダンスフロアを離れて彼女たちの後ろを通りかかったアメリアが、そっけなくふんと息を吐いた。「そのドレスはまあまあ似合うわね。だけどステラが言ったように、旦那さまはもう女性全員とのダンスを終えられたわよ」

「アメリア」伯爵の低く響く声が、すぐそばから聞こえた。「人を侮辱するようなことは言わないほうがいい」

ステラが目を丸くし、こみあげた笑いを手で隠した。アメリアの顔が髪と同じくらい真っ赤になる。彼女はさっとお辞儀をして、腹立たしげに飲み物のテーブルに向かった。アシュワースが目を合わせてきたとき、クララの胸の中に炎が広がった。彼がいきなり近くに現れたことを思って頭がくらくらする。彼の喉に薄く広がって光る汗や、暑さの中でゆるめられたクラヴァットをじっと見ないようにした。

「旦那さま」平静に聞こえることを願ってお辞儀をする。「今夜は楽しんでおられるようですね」

伯爵は使用人に囲まれてくつろいで上機嫌に見えたのに、クララが恐れていたとおり、彼女のそばに来ると警戒したよそよそしい態度に変わった。「ああ。きみはパーティに来るのが遅かったな」

彼女はドレスについた水のしみを指さした。「皿洗い場に寄って、テスを手伝っていたものですから」

「よくそういうことをするのか?」彼はさりげなくクララのスカートを見おろした。

「いいえ。ただ、パーティが終わるまでにテスが来られるようにしたかったのです」

するといいえ伯爵は、騒がしい中でクララをじっと見つめた。「それは親切なことだ」小声で言う。彼は後ろを向き、ダンスをする人々を眺めた。「きみの親切は功を奏したようだ。テスはダンスのパートナーを見つけたぞ」

クラらがアシュワースの向こうに目をやると、たしかにテスはオスカーとのダンスにこぎつけていた。もくろみが成功したのがわかり、クララの顔に笑みが広がる。伯爵の顔にも一瞬笑みが浮かんだが、すぐにまた厳格で冷静な表情に戻った。それを見て、クララはぞっとした。彼の笑顔に自分がどれほど深く影響を受けているかと思うと不安に駆られる。

マシューが新たな曲の演奏を始めた。

「旦那さま」ステラが声をかけた。「ぜひヘレンとダンスをなさってください——新しい曲が始まりました！」

ステラがあつかましくもそんなことを言い出したので、クララは身をかたくした。ふだんは控えめなステラだが、エールを飲んでいるのかもしれない。

アシュワースがステラに目を向けた。金色がかった緑色の目に浮かんだ驚きがきっぱりとした拒絶に変わり、視線はクララに戻った。

「わたしの今夜のダンスはもう終わりだ。だが、ヘレンがほかのパートナーを見つけるのに苦労はしないだろう」

伯爵の後ろから鼻で笑う声が聞こえた。きっとアメリアが近くにひそんでいたのだろう。屈辱のあまり、クララは身じろぎもできなくなった。これで伯爵はふつうにふるまっているつもりなのだろうか？　ほかの使用人たちの前で、クララをあからさまに拒絶することで？いくらこちらの身分が低くても、彼の侮辱に知らん顔をしていることはできない。たしかに、ほかのパートナーを見つけるのに苦労はしないだろう。

少しは心がこもっていると感じられるよう、クララはあえて笑みを浮かべた。「なんておかしな話かしら……旦那さまはダンスを終えられたのに、わたしはまだ始めてもいないのよ！」パクストンに手を差し出す。「さっき、ダンスに誘ってくださったわね？」

テスには勇気を出して男性をダンスに誘うよう促した。今度は自分自身も勇気を出して、この場にいるすべての男性とダンスをしよう。

復讐《ふくしゅう》の味は、焼けるように熱い状態で供されるときが最高なのだ。


ウィリアムは地下の陽気なパーティを抜け出して真っ暗な外に出ると、歩きながら上着を脱いだ。空気は冷たく清潔で新鮮だ。深く息を吸い、ほかの男たちの腕の中で楽しそうにまわっているヘレンの姿を頭から追い出そうとする。

夜のとばりがおりた風景を怖い顔でにらんだ。ヘレンと踊るようにというステラの勧めに狼狽したのは事実だ――もっとうまい対処もできたろうに。だが拒絶したときに感じた罪の意識は、ヘレンが三人目のパートナーと踊る頃には消えていた。そして六人目とのダンスが終わったあとは、彼女に近づいたあらゆる男の首を絞めないようにするため、ありったけの自制心が必要だった。

上着を錬鉄製の椅子にかけ、庭園をぶらついた。歩いて欲求不満を発散させる必要がある。ひとりのメイドに彼の心をここまで乱す力があるとは、なんと不可解なことか。その事実には動揺してしまうが、ヘレンに惹かれる気持ちは否定できない。さっきはその思いに屈して、自室に戻る途中で彼女に会いに行ってしまった。愚かなこととはいえ、後悔はしていない。ヘレンをもう一度抱きしめられるなら、あるいは話しているとき彼女のまなざしがやわらぐのを見られるなら、見とがめられる危険を何度冒してもかまわない。

ヘレンの魅力のひとつは、ウィリアムの心に根づいた不安や悲しみから気を紛らわせてくれることだろう。あの事故以来、目を開けてベッドから出ようと思う理由が家族への義務感――どんな犠牲を払っても生きつづけねばならないという思い――だけ、という日がほとんどだった。何しろ、家族はすでに究極の犠牲を払ったのだから――。

ちくしょう。

裏庭を囲む低い石壁に腰かけ、手に負えなくなる前に感情を制御しようとした。これは単に、ヘレンに対する欲望と闘うというだけの問題でないのはわかっている。彼の負った心の傷が、なぜかヘレンへの気持ちと絡まってしまったのだ。

立ちあがって、椅子から上着を取る。怒りの咆哮《ほうこう》とともに冷たい金属をつかみ、椅子を庭に放り投げた。椅子が大きな音をたてて地面に落ちる。寒く静かな中、その不快な音は不適切で場違いに聞こえたが、ウィリアムは意外なほど満足感を覚えた。脳に焼きついた記憶、ひとりだけ生き残った罪悪感、自分が最も求めるものを拒まねばならないという思いも、同じように簡単に投げ捨てられたらいいのだが。

いらだちのため息をつき、落ちた上着を拾って屋敷へと歩きだす。頭の中で絡まった思いを整理するために外へ出たのに、結局はよけいにもつれただけだった。勝手口の扉から薄暗い厨房に入る。自分の家なのに侵入者になった気分だ。食堂からは飽くことなく歓声が聞こえつづけていた。その騒ぎに乗じて、ウィリアムは気づかれることなく使用人用階段に向かった。足元を見ながら一段飛ばしでのぼっていき、急いで階上に向かう。このまま廊下を進んで寝室まで行こう――。

小さな悲鳴に驚いて振り返ると、燭台の弱々しい黄色い光にぼんやりと照らされたヘレンがいた。彼を避けようと背中を壁につけている。ヘレンを見て、ウィリアムの胸の中で期待と不安が渦巻いた。弱い光の中では、結いあげた髪は黒に見える。その髪に指を差し入れて頭を支え、キスをしたい。だがウィリアムは背筋をぴんと伸ばし、いらだちもあらわに彼女を見つめた。

「こんなに早く会うとは驚きだな。ダンスのしすぎで足が痛くなったのか？」

ろうそくの揺れる光の中で、ヘレンが警戒の表情を向けてきた。「旦那さまもよく踊っておられましたね」辛辣に言う。「失礼いたします」

お辞儀をしてウィリアムを追い抜こうとする。彼はやめろと自分に言い聞かせながらも、通り過ぎるヘレンに手を伸ばした。ウエストをつかんでそっと止めると、彼女は小さく息をのんだ。

「今夜きみと踊る喜びを味わえなかった男が、まだ数人は残っているんじゃないのか」彼はささやきかけ、ヘレンの息遣いが荒くなるのを楽しんだ。

彼女はつんと顎をあげ、息を吐いて顔をそらした。「踊らなかったのはひとりだけです。

でも、その人は踊る気がなかったようです」

ヘレンが本当にパーティにいた男性全員と踊ったことを知って、ウィリアムは怒りを覚えた。「まだその気はないよ。きみが知りたいなら言っておくが」

「別に知りたくありません」ヘレンはそっけなく応えた。「知りたいのは、だったらどうして旦那さまはいま、わたしを引き止めておられるかです」

ウィリアムがしぶしぶ手を離すと、彼女は見るからに安堵した。

彼は横にずれて、ヘレンが通れるよう充分な場所を空けた。だが、彼女はその場にとどまっている。どうしたら彼と離れられるか、わからないかのように。しばらく無言で見つめ合ったあと、ウィリアムは眉をあげた。

「では、わたしのダンスに感心したのかな？」ヘレンを挑発したくて尋ねる。

薄暗くてはっきりは見えないが、彼女はあきれて目をぐるりとまわしたようだ。「かなりお上手でした」

彼は壁の手すりをつかんでもたれかかり、ヘレンを見つめた。「事故のあと、踊ったのは今夜が初めてだ」

彼女が目を大きく見開いてウィリアムを見る。

「わたし……いえ、旦那さまは……事故のあとまったく世間に出ておられないのですか？」

「できるかぎりは。エヴァンストン卿と行動したのが世間に出たうちに入るかどうかはわからないが、少なくとも社交界の催しには出ていない」

ヘレンはじっと彼を見つめている。その目にあった冷たい怒りは消え、いまはもっと温かな感情が宿っていた。「お尋ねしてよろしいでしょうか……旦那さまは事故でおけがをなさったのですか？」

ウィリアムは答えたくなかった。恐怖が血に乗って全身を駆けめぐる、なじみのある感覚――恐慌をきたす予兆だ。しかし今夜、感情の行き違いがあったあとでも、ヘレンの問いにはいつもと同じく純粋な思いやり以外のものは感じられなかったので、彼はゆっくり息を吐いた。

「脚の骨折、あばらの骨折、肩の脱臼。一週間、意識が戻らなかった。だが、どれもささいなことだ」暗い顔になって目をそらす。「目覚めたとき、先祖伝来の爵位と土地が自分のものになったと知らされた。生き残って第五代アシュワース伯爵となったが、それは家族の男たちを埋葬したことによってだった」

ヘレンの目には同情が浮かんでいる。「お気の毒です……」

「エリザの夫も亡くなった」ウィリアムは自責の念で唇をゆがめ、壁から離れた。「まったく、なぜきみにこんな話をしているのかわからない――」心の傷がまた頭を毒し、非現実的な思いが広がる不快な感覚に呼吸が苦しくなった。

彼女が片手に注意深く燭台を持ったまま、重苦しい表情で近づいてきた。「なんとかして心の重荷をおろされたら、楽になるのではありませんか？　難しいことかもしれませんが」

「無理だ」歯を食いしばる。

ヘレンが空いている手でそっとウィリアムの肩に触れ、上着の縫い目をたどってから頬をかすめた。彼女の肌のなめらかさは、無精ひげの生えかけたざらざらした顎と対照的だ。彼は目を閉じた。何か……安堵のようなものが感じられる。

「楽になるはずだと思います」

彼女はウィリアムの額や頬を撫でた……慰めをこめて。彼はいけないと思いつつ、それを許した。なぜならヘレンの手は、ベッドで横たわって過ごした何週間もの長い時間より効果的に彼を癒してくれるからだ。

ヘレンが興味深げに彼を見つめる。「旦那さまは動揺すると息をお止めになりますね。呼吸することを思い出してください」

そんなふうには考えたこともなかった。深く息を吸い、吐いてみる。新鮮な空気を取り入れたとたん頭がすっきりしたので、驚いて目を開け、おずおずとヘレンを見つめた。彼女はウィリアムの額に落ちた汗まみれの髪を払ってくれた。

「もう一度」やさしく促す。

また吸い、また吐く。そのたびに気分はどんどんよくなり、ウィリアムは自分を取り戻したように感じた。ため息をつくと、肩の力が少し抜けた。ヘレンが指先で軽く彼の唇に触れたとき、それに反応して下腹部がこわばった。

「だめだ」そう言いながらも彼女を止めようとせず、続けてくれることを祈った。「前にも言っただろう。わたしがこんなふうになったときは手を触れるなと」

「わかっています」ヘレンがささやき、また親指でじらすように唇に触れる。ウィリアムも同じように、〝わかっている〟と彼女に言ったのは覚えていた。村で作業をしたあと、泥だらけで気が高ぶっているときにヘレンにキスをした日だ。いまもキスしたい……彼女のあらゆるところに。舌でヘレンを味わいたい。どれだけ味わっても、味わいきれないだろう。たとえ彼女がウィリアムのベッドで裸になって息を切らしていても、充分ではない……。

手首をつかむと、ヘレンは大きく目を見開いた。彼女を寝室まで引っ張っていきたい。彼女に惹かれる思いを満足させたい。ヘレンのことを思って眠れぬ夜を、この女性をひと目見たいと思いながら過ごす日々を終わらせたい……。

使用人用の扉の向こうから騒がしい叫び声が響き、ウィリアムを夢想から引き戻した。誰か来る。こんなふうに使用人と一緒にいるところを見られる屈辱には耐えられそうにない。ヘレンの手を放し、乱暴に押しのける。当然ながら、彼女の顔には困惑と苦痛がよぎった。それを見るのがつらい。ヘレンからあれほど思いやりに満ちたまなざしを向けられたあとで。彼女から助けてもらったあとで。ひとことの言葉もなく、ウィリアムは背を向けて階段を駆けのぼり、自室に入って重い扉を勢いよく閉めた。

体を支えておくため、かたい木製の扉にもたれかかる。不注意にも感情をあらわにしてしまったことが悔やまれた。今夜、何かが変わっていた……それが恐ろしい。長いあいだ、ウィリアムは自分を他人のように感じていた。彼のふりをして勝手に家へ入ってきた別人だと。

そして今夜、彼らしくもなく軽率に、ほとんどの人間が見たことのない面をヘレンに見せてしまった。彼女の前では無防備だった。

さらに悪いことに、そういう部分を見せるのは気分がよかった。わが家に帰ったような感じ、大切にされているような感じがした。

あるいは、恋に落ちたような感じが。

11

ウィリアムはゆがんだクラヴァットをいらいらと見おろし、乱暴に首から引き抜いてまた結びはじめた。疲れていて短気になっている。それが昨夜のパーティのせいなのはわかっていた。

歯を食いしばり、クラヴァットを正確に結んだ。ゆうべヘレンを拒絶したのはしかたのないことだった。実のところ、彼女がこの屋敷にとどまるのは危険になりつつある。エリザは今朝到着する予定だし、すでにこれまでよこした手紙で、ウィリアムにふさわしい花嫁探しを始めるつもりだとほのめかしていた。

扉が軽く二度叩かれたので、彼は当面の問題に思いを戻した。「入れ」ぶっきらぼうに応えると寝室の扉が開き、マシューが現れた。お仕着せ姿の彼は颯爽として見える。

「おはようございます。村から、レディ・カートウィックがまもなく到着されるとの知らせが届きました」

ウィリアムはうなずいた。「すぐにおりる」ちらりとマシューを見る。「ところで、ゆうべの演奏はすばらしかったぞ」

思いがけない賛辞にマシューは満面の笑みを浮かべ、礼儀正しくお辞儀をした。「ありがとうございます。旦那さまにご満足いただけて光栄です」

ウィリアムは中央階段をおり、玄関の扉から屋敷前の私道に出た。後ろからついてきたマシューは、チャールズの横でほかの使用人たちとともに並んだ。ウィリアムの目は無意識にヘレンを探し、すぐに見つけた――プリント地のドレス、エプロン、帽子という姿でも、彼女の魅力は少しも色あせない。すっかりおなじみとなった熱が体を貫き、彼はいらだちのため息をついて欲望を抑え込んだ。

近づいてくる馬車の音を聞いて、全員が姿勢を正した。喜びでぴょんぴょん跳ねはじめたロザを除いて。ウィリアムは少女の肩にそっと手を置いて軽く押さえ、行儀よく挨拶できるようおとなしくさせた。

馬車が完全に止まるやいなや、マシューが歩いていって扉を開けた。最初におりてきたのはトーマスだ。ウィリアムは握手とそっけない会釈で挨拶したあと、ロザに目を移した。少女は子爵をまわり込んで、馬車の踏み段を駆けのぼっていた。

外からは見えない馬車の内部から、大きながたがたという音が聞こえてくる。ウィリアムとトーマスは小さく笑みを交わした。マシューが進み出て、エリザ付きのメイドが急いでおりてくるのに手を貸す。少し疲れた顔のメイドはスカートの前を撫でつけ、ショールをまっすぐに直したあと、顔をあげてウィリアムに丁寧にお辞儀をした。

「やあ、パターソン」彼は笑顔で言った。「馬車が急に狭くなったのかい？」

メイドが楽しそうに笑う。「そのようです」彼女は一歩さがり、女主人がおりてくるのを辛抱強く待った。

やがて人形を抱いたロザが喜び勇んでおりてきた。すぐ後ろからエリザが出てくる。つややかな金色の巻き毛は、空を覆う雲の隙間から差し込むわずかな日光を受けて輝いていた。ウィリアムは前に出て、まずロザを踏み段からおろし、次に手を伸ばして少女の母親の手を取った。さっきまで幸せそうだったエリザの緑色の目は、兄の顔を見たとたん涙できらめいた。

「本当にうれしいわ、家に帰ってこられて」エリザの声は〝家〟という言葉のところで割れた。ウィリアムはすぐさま腕をまわして妹を抱き寄せた。

「大丈夫だ」安心させるようにささやく。「おまえもロザも、ちゃんと世話をしてやる。約束するよ」エリザの髪を撫で、いったん体を引いてかがみ込み、目の高さを合わせた。「好きなだけ、このロートン・パークにいればいい」ポケットからきれいなハンカチを出して妹に渡し、腕を撫でて慰める。

エリザはハンカチを受け取ると、素知らぬ顔で風景を眺めているトーマスを気まずそうに見やった。そのあとすぐロザに微笑みかけ、一歩横に動いて出迎えの使用人たちをざっと眺める。次に何が起こるか、ウィリアムにはわかっていた。

「どの人がヘレン？」エリザは娘に尋ねた。ウィリアムが問題の美しいメイドを見ると、ヘレンは急にそわそわしだした。ロザがにっこりしてヘレンを指さす。

「あの人。わたしの人形にそっくりでしょ?」見比べられるように人形を掲げてみせた。

エリザは笑顔で人形とヘレンを交互に眺めた。「本当にそうね」ヘレンのところまで歩いていく。ヘレンはうやうやしくお辞儀をしたあと目をあげた。意外にも、エリザは彼女の両手を取って抱き寄せ、頬に口づけた。

「もうわたしたちは友だちよ」心をこめて手を握りしめる。「あなたがわたしの大事な娘を助けてくれたことは一生忘れないわ。ありがとう、ヘレン」

その賛辞がうれしかったらしく、ヘレンは顔を赤らめた。「恐縮です。お力になれて光栄ですわ」

ウィリアムは当惑してそのやりとりを見つめた。ヘレンは最初こそ緊張していたものの、いまは高位の貴婦人と話すことに気おくれしていない。そういえば彼女は、ウィリアムとの境界線を越えることにも躊躇しなかった。だからこそ、彼も礼節を無視する行動に出てしまったのだ。

急に険しい顔になったのをトーマスに気づかれたらしい。彼はウィリアムの態度の変化を察知して腕に触れてきた。

「中に入ろうか?」低い声で言う。

ウィリアムはうなずいた。「家に入って落ち着こう、エリザ」さりげなさを装い、会話をさえぎろうとした。あまりうまくはできなかったが。「ヘレンと話すのはあとでもいいだろう」

エリザは兄を見たあと、ヘレンに目を戻した。「ええ、そうね。寒い中でおしゃべりしなくてもいいわ」笑顔で言う。「ロザがあとで〈黄金色のバラ亭〉へお茶をいただきに行こうと言っているの。あなたも一緒にどう?」

ウィリアムは顎が痛くなるくらい強く歯ぎしりをした。ヘレンとひとつ屋根の下で暮らし、彼女がすぐ近くにいることを思って苦しむだけでも充分つらいのだ。そのうえ一緒に出かけてふつうにふるまうなど拷問に等しい。なんとかエリザの望みに異を唱える方法を考え出そうとしたが、何も思いつかなかった。

ヘレンも驚いている。「あの……光栄でございます、奥さま。午後の仕事が終わったら休憩をいただけるか、ミセス・マローンにきいてみます」

「そうしてちょうだい。じゃあ、あとでね」エリザは微笑み、ロザの手を取って玄関に向かった。トーマスがすぐ後ろからついていく。ウィリアムはまっすぐ前方を見据えたまま、ヘレンの前を通り過ぎた。みんなと屋敷に入っていく彼を、ヘレンが目で追っているのを気にしないようにしながら。

〈黄金色のバラ亭〉ではグラスや皿のぶつかるかちゃかちゃという音が響き、ときおり店内の静かな会話をさえぎって大きな笑い声が起こった。店主は伯爵一行を、店の奥の曇りガラスに面した静かで最も居心地のいいテーブルに案内していた。紅茶で染めたレースのテーブルクロスと高級磁器のティーセットが、テーブルに華を添えている。

クララは黙ったまま、隅の席から兄と妹の会話を見守った。ロザはクララと自分の母親のあいだに座り、いまは大仰に小指を立てて慎重に紅茶を飲んでいる。エリザのサテンのフロックコートを、クララは感心して眺めた。ラベンダー色はよく似合っているし、半喪期の未亡人としての慎みも備えている。エリザの垢《あか》抜けた洗練ぶりと比べて、クララは地味な自分を痛感し、みじめな気持ちで手を見おろした。乾燥した皮膚と割れた爪を見るといっそう気分は沈み、ため息をついてテーブルクロスまで目をあげた。自分自身も憂鬱だけれど、先ほどのエリザの様子も気になっている。馬車の外での会話の詳細が聞こえるほど近くにはいなかったものの、エリザは何かに狼狽しているようだった。そしてアシュワース伯爵も動揺していた。

伯爵は昨夜のパーティとそのあともクララをきっぱりと拒絶し、今日は無視していた。まるで彼女のほうが重大な規律違反を犯したみたいに。テーブルの向かい側からそっと伯爵を見たクララは、ゆうべ彼女が踊るのを見て彼が嫉妬したらしいことを思って、ささやかな満足を覚えた。階段で事故の悲惨さを聞かされたときは驚いたけれど、そのときに感じた同情は、その後の彼の無礼な態度によって薄れていた。彼は個人的な秘密を明かした次の瞬間に、自分が不適切なふるまいをしたのはクララのせいだとばかりに彼女を押しのけたのだ。そしていま、彼は冷たくした相手との同席を強いられている。アシュワースが気まずそうなのを見て、クララはいい気味だと思った。

ふと気づくと、エリザがこちらを見ていた。クララは伯爵から視線を引きはがし、あわてて現在の会話に注意を向けた。

「兄が言うには、あなたは屋敷の仕事でとても忙しいんですってね、ヘレン。そうでなければロザの子守役をお願いするのに。少なくとも、フローレンスが充分回復してまた働けるようになるまで」エリザは肩をすくめ、笑みを浮かべた。「あなたを専属の子守としては雇えないから、必要に応じてときどき階上に来て手を貸してくれる？」

クララは感謝の意をこめて伯爵の妹を見つめた。「わかりました、奥さま。光栄です」

「お父さまが使用人に、一週間おきの日曜日に半日のお休みをあげたのは覚えているわ」エリザは慎重に話を続けた。兄のほうに顔を傾ける。「その方針は変わったの？　いま、使用人はもう少し休めるらしいわね」

アシュワースは椅子にもたれかかり、平らな腹部の上で手を組んだ。「そのとおりだ。使用人は毎週日曜日、朝の用事が終わったら休める」

「嘘」ロザは小さなケーキがのった皿に手を伸ばした。「ヘレンは休めないでしょ。伯父ちゃま、ヘレンにはご用をたくさん言いつけてるもの」

エリザの明るい緑色の目が大きく開かれた。信じられないという顔で兄を見る。「まさか」

伯爵はテーブルの向かい側から彼女たちを見て肩をすくめた。「本当だよ。だが、短期間だけだ」

「どうしてなの？」エリザの美しい顔には、不満がはっきりと表れていた。

クララは笑いを隠すため、テーブルクロスに目を落としたまま紅茶のカップを口元まで持ちあげた。そっと伯爵をうかがい見ると、彼は暗い顔でじっとこちらを見つめていた。表情は読み取れない。

「やめてくれ。ヘレンがロザを救ってくれたことはよくわかっている」彼は視線をエリザに向けた。「しかし事件のあと本人にも説明したように、ヘレンの取った手段は異例だった。なんの処罰もなしですませるわけにいかなかったんだ。主人としての、わたしの立場を明らかにするためにも」

アシュワースが自分の主人なのだと思うと、クララは妙な興奮を覚えた。でもあいにく、現状はそれほど胸躍るものではない。

「それに関しては」エヴァンストンがつけ加える。「ぼくも賛成だ。馬を盗んだ使用人を、罰することなく放置してはならない。どれだけ英雄的な行為であってもね」

場は静まり返った。エリザは娘が救出された詳しいいきさつを教えられていなかったらしい。目をぱちくりさせてエヴァンストンを見たあと、ゆっくりと首をめぐらせてクララに話しかけた。「あなた、馬を盗んだの?」

テーブルを囲む人々にじっと見つめられて居心地が悪くなり、クララは声を震わせた。

「わたしは——あの……ええ、そうです。でも、あとでちゃんと返しました」口ごもって答える。「だから……盗んだというよりは、借りたのです」

「そうよ、お母さま!」ロザがまたケーキの皿に手を伸ばした。「それから、血の出てたわたしの脚にエプロンを巻いてくれたの」ケーキをもうひとつ口に押し込む。

エリザはロザ、次いでクララ、最後に男たちに目を向けた。「その罰はどれくらい続けているの？」

「二週間前の事件のときからだ」伯爵が答えた。

エリザは姿勢を正し、一本の指をティーカップの細い持ち手に通して、カップを口まで持ちあげた。慎重にカップを受け皿に戻したあと、にこやかな顔で兄を見る。「もう罰は充分でしょう。そう思わない？」

伯爵が静かに怒りを燃やしているのが、クララには感じられた。彼は自分の権威に疑義を唱えられるのを好まない。だが彼の妹は、結果を恐れることなくそれができる唯一の人間だろう。クララは息を殺して自分の手を見つめ、伯爵の返事を待った。やがて彼はため息をついた。「この問題は再検討してもいいだろう」

エリザが満足げにクララを見る。クララは彼女に抱きつきたい気分だった。

「残念ながら」エヴァンストンが言う。「この種の災難があるから、ぼくは子どもを持つことなど想像もできないんだ」ロザが紅茶を飲むのを中断して不満げな顔を向けてきたのに気づいて、彼はいったん言葉を切った。「もちろんきみが悪いわけじゃないよ。ただ、ぼくには自分以外の人間のことを心配するだけの広い心がなくてね」

エリザが鼻を鳴らし、皮肉めいた表情で彼を見つめた。「あなたにはご自分について心配すべきことがたくさんあるものね。本当に」

エヴァンストンも何か言い返したそうだった。そのとき、馬に乗ってきたらしい客がひとり店に飛び込んできた。自分のずぶ濡れの服を見て、おかしそうに笑っている。

「急に嵐が来たぞ！　みんな、気をつけたまえ！」ほかの客に大声で言い、濡れた服のまま入ってきて、店主に元気づけのエールを注文した。

「まずいな」アシュワースがつぶやき、唐突に立ちあがった。つかつかと歩いていって扉を開け、警戒の目で荒れた空を眺め、扉を閉めて戻ってきた。

「雨はすぐおさまりそうにない。だからやむまで午後じゅうここにいるか、いますぐ馬を走らせて帰るかだな」頭を振る。「馬車で来ればよかった」

エヴァンストンがエリザとロザを横目で見ながら立ちあがった。「よければ、ぼくが屋敷まで馬を走らせて馬車を連れてくるよ」

「いいえ、いいのよ」エリザはテーブルにナプキンを置き、ロザとともに立った。「雨の中で馬を走らせるなんて楽しいじゃない。家まではそんなに長い距離ではないわ。服を着替えて三〇分も暖炉の前にいれば、体は乾いて温まるでしょう」

クララは自分の靴に目をやった。彼らと落ち合うためにここまで歩いてきたので、乗れる馬はない。馬車に乗るのはクララにとって楽しいことではないだろうし、そもそも馬車には彼女が乗れる場所もなさそうだ。同じような状況に遭遇したら、彼女の家族ならどうするだろう？　もちろんクララはアビゲイルを一緒の馬車に乗せるだろうけれど、それは自分があまりしきたりにとらわれない人間だからにすぎない。

ため息をついて立ちあがったとき、アシュワースがじっとこちらを見ているのに気がついた。

一同は荒天の中に出ていき、店主と息子は急いで馬を取りに行った。アシュワースはすでにマントがぐっしょり濡れているロザをエヴァンストンの馬に乗せ、エヴァンストンはエリザを彼女の馬の横乗り鞍に座らせた。彼が特に必要もないのに体を支えるためウエストに手を置いたとき、エリザは頬を染めた。そのあとエヴァンストンは、迷った様子でクララを見ながら雨の中でたたずむアシュワースのほうを向いた。

「どうした？」

「きみたち三人は先に行っていてくれ」伯爵は激しい雨音に負けまいと声を張りあげた。

エヴァンストンはうなずいて母子とともに出発したが、その前にアシュワースに意味ありげな視線を送った。クララの顔がほてる。伯爵は友人の無言のメッセージを無視して、店主と息子にうなずきかけた。

「協力に感謝する。もうけっこうだ」

「では失礼します、伯爵閣下」ふたりは声をそろえ、暖かな建物の中に駆け戻った。

アシュワースは土砂降りの中で目を細めてクララを見てから、急にひとけのなくなった周囲の道に視線を向けた。

「わたしの馬に乗れ」雨が彼の顔を伝い、鼻から落ちる。

クララは目にかかる雨を払って伯爵を見つめた。彼の馬に乗っているところを人に見られたら、いったいどう思われるだろう？「無理です」

「自分の立場を忘れるな」アシュワースの顔が険しくなった。「わたしは領主として乗れと命じている」顔に打ちつける雨を手で払う。「急げ、でないとふたりとも風邪を引くぞ」

「ご自分の立場をお忘れなのは旦那さまのほうでしょう。あなたはアシュワース伯爵閣下です。わたしはメイドにすぎません。いまわたしと一緒にいるだけでも不適切なのに、わたしが馬に乗るのを許すなど、もってのほかです」クララはふたりのあいだに距離を置こうとしたが、靴が泥に埋まっていて動けなかった。

アシュワースが怒りのため息をつくと、息が冷たい空気の中で白く煙る蒸気となった。「許すのではなく命じているのだ。きみはいつから、わたしの馬に乗るのに許可を必要とするようになった？」皮肉をこめて尋ねる。「さあ、乗れ。ドレスの裾は、もう一五センチ以上も泥にまみれているじゃないか」

クララは目にかかる雨粒を払って伯爵を見据えた。「わたしのドレスなど、なんの価値もありません。旦那さまこそ、さっさと馬に乗って、そのご立派な服を汚さないようになさるべきです。わたしのせいで旦那さまの服を汚させたくありません」

「わたしはあり余るほどの服を持っているが、きみのドレスは仕事着を除けばそれだけだろう」伯爵は彼女をにらんだ。「馬に乗るんだ。いますぐに」

彼の言葉には説得力がある。けれどもクララは譲歩するどころか、ゆうべ拒絶されたときからの怒りの炎に油を注がれて激高した。

「不思議ですね」ぶっきらぼうに言う。「どうしてそんなにわたしの身を気遣ってくださるのでしょう。ゆうべはわたしとダンスをする気もなかったのに」言葉が思わず口から転がり出ていた。

伯爵は驚いたようにのけぞったあと、仏頂面になった。目がぎらぎら光っている。

「きみは」彼は声を絞り出した。「厄介な女だ」顔を寄せてきた伯爵の髪は、雨に濡れて黒っぽく見える。「自分の行動についてきみに説明する義務はない。わたしは踊りたい相手と踊る。これについて、きみはもう何も言うな。いくらわたしに熱をあげていても」彼の目から火花があがった。「きみは別のどこかに仕事を求めるべきかもしれないな」

まわりでは雨が激しく降り、耳障りな雑音でふたりの声は聞こえにくくなっている。クララは口を開いたが、言葉は出てこなかった。恐怖と後悔と心痛が、彼女の心を焼き尽くして灰にしていた。自分はばかだった。伯爵に好意を持たれていると勘違いしたうえ、使用人としての生活に適応できなかったせいで、ロートン・パークでの仕事を失ったのだ。

熱い涙が目からこぼれて頬を伝い落ち、冷たい雨とまざった。もう死んでしまいたい。今夜、行くあてもなく追い出されたら、本当に死ぬかもしれない。路上で野垂れ死にするか、あるいはラザフォード男爵の手にかかるか。

気を強く持とうとしたけれど顔はくしゃくしゃになり、こらえきれずに喉から嗚咽《おえつ》がもれた。アシュワースの表情が一変したが、クララはひどく落ち込んでいたので気づきもしなかった。

「旦那さま、どうぞお許しください……」それだけを言ったあと、横を向いて手で顔を覆った。

た。環境に溶け込むのは簡単ではなかったが、それでもこの数週間で、あの屋敷を家と思うようになっていた。シルバークリークを去るのも充分につらかったのに。いまからどうしたらいいのだろう？

悲しみに沈むあまり、伯爵が近づいてくるのに気づかなかった。彼が守るように手のひらを腕に滑らせてきたとき、クララははっとわれに返った。すぐ後ろで彼が黙って立っているのを感じて呆然とする。心臓が早鐘を打った。

アシュワースはしばらく無言だったが、やがてそっとクララを自分の胸に引き寄せて抱きしめた。全身に熱が走り、彼女はめまいを感じて伯爵の腕の中で揺れた。

「旦那さま……」声は震えている。

アシュワースは無言でクララを抱く腕に力をこめ、前かがみになって頰を彼女の顔の横に当てた。

「ヘレン」熱い息が彼女の敏感な耳たぶにかかる。「わたしと一緒に馬に乗って屋敷へ戻ろう」

クララは抗議しようと顔をあげたものの、彼にさえぎられた。

「西の森に沿って進む。人に見られないよう気をつけるよ」

不意に抵抗するのに疲れ、彼女は黙ってうなずいた。アシュワースはゆっくり手を離して馬のところまで行き、鞍に片手を置いて、もう一方の手をクララに差し伸べた。

伯爵が誘うように立っている姿を見て、クララの心臓は痛いほど激しく打った。近づいて彼と手を重ねる。素肌の感触にたじろいだが、彼は手を離そうとせず、クララはそのまま前進するしかなかった。

彼女が鞍頭をつかむと、アシュワースは座らせてくれた。クララはロザを助けに行ったときのようにまたがるのではなく、びしょ濡れで泥だらけのスカートをできるだけ伸ばして横乗りになった。革のにおいと馬のすえたようなにおいがまざって、故郷の記憶が一気によみがえる。だが伯爵がひらりと飛び乗って後ろに座り、すぐさま体を近づけると、それも瞬時に消え去った。もともとふたりが座れるようにはつくられていない鞍の上で、体がぴたりと密着する……クララは息をのんだ。

手綱をつかもうと彼女の前まで手を伸ばしたとき、アシュワースは身をかたくした。彼の腕と胸の筋肉が収縮するのがクララにも感じられる。彼はゆっくりと馬を歩かせた。道路や周囲の草むらの状態を考えれば、そのほうが安全だろう。領地の南西の境界線に沿って広がる森まで行く。夏に茂っていた木の葉はもうないけれど、それでも頭上の枝は激しい雨を少しは防いでくれた。

ふたりは無言だった。ひづめの音と馬の鼻息だけが、豪雨の音の単調さを破っている。遅い速度で屋敷へ向かうあいだ、クララはぼんやりと思いをさまよわせた。嵐の音を聞いて背後のアシュワースの熱を感じているとき、白昼夢を見るのは簡単だ。彼にもたれかかり、背中に触れるたくましい体の感触を痛いほど意識した。

頭上の枝からは、大きな雨粒が容赦なく垂れてくる。馬は領地の西側を流れる川まで来た。

ふだん水が泡立ちながら流れる小川は奔流と化していた。伯爵は少し躊躇したあと、かかとで腹を蹴って馬を促した。馬は前進したものの、渦巻く水面の下に沈んだ岩のつるつるした表面で足を滑らせた。馬が半狂乱になっていななきながら前のめりになると、クララの体が鞍からずり落ちかけた。アシュワースが悪態をつく。彼は手綱をぐいと引いて馬の体勢を立て直し、急いで片方の腕を彼女のウエストに巻きつけて引き戻した。馬は足がかりを求めて暴れたが、やがて落ち着きを取り戻して、向こう岸までたどり着いた。濡れたたてがみを振って少し足踏みをしたあと、勝ち誇ったように地面に立つ。

クララはほっとしてアシュワースにもたれかかった。危険は去ったというのに、彼の腕はまだしっかりとウエストにまわされている。

よろい戸がおろされたロートン・パークの西翼が木々のあいだから見えてきた。けれどもアシュワースはそのまま森の中を北へ向かい、荒れる川の上にかけられた小さな木製の橋まで来た。

頰を彼の顎がこすったのを感じて、クララは息をのんだ。すると雨に濡れた熱い唇が同じ場所をかすめた。たちまち血の中を炎がめぐる。アシュワースが口を耳まで滑らせて敏感な耳たぶを愛撫したときには、動けなくなった。体の隅々まで快感が走り、彼女は静かに息をあえがせた。

アシュワースがうなって手綱を放し、彼女をさらにきつく抱きしめる。彼が唇をうなじまでおろし、熱いキスで肌を焦がすと、クララは身をくねらせた。鞍から落ちないようにしながら体をひねり、彼と向き合う。

「旦那さま、いけません」唇を震わせ、冷たい手で彼の胸を押した。「こんなことをしたら、いずれわたしを憎むようになります。いえ、もうそうなっているかもしれません」

アシュワースはクララの腕をつかみ、戒めるようにそっと体を揺さぶった。「いまわたしが言ったことを、ちゃんと聞いていなかったんだな」彼女を引き寄せてささやく。「もう一度言わせてくれ」

彼の口がクララの口を襲った。さらなる抗議の言葉は、切迫した激しいキスに吸い取られた。アシュワースの唇は柔らかく、甘くて、紅茶の味がした。舌はみだらで巧みだ。クララは彼の顔を両手ではさんでキスを返した。その激しさに、アシュワースが顔を引いて息を荒くした。

「くそっ、ヘレン。これでもわたしがきみと踊らない理由がわからないのか」彼の声はかすれている。「きみのことしか考えられないんだ……」

その率直な告白に、クララは啞然とした。そう言ってくれるのを夢見ていたとはいえ、喜ぶどころか罪の意識を感じた。彼はクララのことしか考えられないという――でも実のところ、彼女が何者かもわかっていないのだ。

クララの気持ちの変化を感じ取ったらしく、アシュワースは彼女が馬から滑りおりても、驚いた顔を見せなかった。すぐにあとを追うように馬をおり、彼女の手首をつかむ。たちまちクララは腕の中に戻され、いらだちをこめて彼を見あげた。

「お願いですから、やめてください。わたしは旦那さまにふさわしくありません――」

「充分以上にふさわしい」アシュワースはざらついた声で言い、彼女をさらに引き寄せた。すぐに手つきはやさしくなり、ゆっくりと背中を撫でる。ふたりの体がぴたりと重なり、クララは彼のたくましさに身をゆだねた。もう抵抗するのに疲れた。降参したい。これほどまでに彼を求める自分が憎い。

「こんなことをしても、なんにもなりません」激流の音にさえぎられ、自分の声もほとんど聞こえない。「無理――」

アシュワースがまた頭をさげて唇を重ねた。今回のキスはゆったりとした官能的なものだった。唇を押しつけ、舌でやさしくからかって、容赦なくクララを屈服させる。スカートの中で膝が震え、彼女はぬくもりを求めて彼の濡れた上着の中に手を入れ、かたい体に身を寄せた。キスをしたまま深く息を吸うと、白檀《びゃくだん》と柑橘《かんきつ》系の果実のさわやかな香りに加えて、もっとかすかな彼自身のにおいがした。体が密着する感覚に恍惚《こうこつ》となり、燃えるような彼の熱に身も凍える寒さを忘れた。

手がアシュワースの体を探りはじめると、彼の手もクララをまさぐりはじめた。彼は激しいキスで息を奪いつつ、胴着《ボディス》の何層もの生地の下で押しつぶされている胸のふくらみに片手を当てた。彼の苦しげなうなり声がクララの耳にこだまする。

「きみの素肌に触れたい」アシュワースが彼女の口にささやきかけた。「味わいたい」そうされることを思って、クララは息をのんだ。そのとき、もう一方の手を背中にあてがわれて引き寄せられた。下腹部が重なり、思わず口からうめきがもれる。

アシュワースも快感に喉を鳴らした。胸を包む彼の手、スカート越しに押しつけられるこわばり、さらなる摩擦、圧力……すべてを求めて全身が張りつめ、頭がぼうっとする。クララは背中を弓なりにして、かたい筋肉に張りつく濡れたシャツをぎゅっとつかんだ。わたしも彼の素肌に触れたい――その思いの強さに怖くなった。

アシュワースを押しのけて後ろにさがり、荒い呼吸を隠そうとしながら激流をぼんやりと見る。

わたしはこんなことをする覚悟ができているの？

その瞬間、答えがわかった。イエスだ。

けれども振り返ったとき、アシュワースは何も言わなかった。うなり声をあげて、自分の顔をごしごしとこする。またクララを拒絶しようとしているようだ。やがて彼は手をおろして視線をそらした。

「大変申し訳なかった、ヘレン」彼は他人行儀にふるまおうとしている。「ここからはひとりで行ってくれ。一緒にいるところを見られるのはまずい」

クララはあっけに取られて彼を見つめた。屈辱感が胸に広がる。アシュワースの後悔に満ちた表情は、重大な過ちを犯した人間のものだ。

いくら平静を装おうとしても、胸の中で渦巻くさまざまな感情は声に出ていた。「はい、旦那さま」

アシュワースが遠くに目をやったままうなずいた。クララはこぶしを握りしめ、背を向けて早足で東へ向かった。草原の中ほどまで行ったとき初めて、熱い涙が顔を伝い落ちていることに気がついた。

12

〝きみのことしか考えられないんだ〟

その言葉はクララの脳裏から離れなかった。アシュワースの腕のぬくもり、体の重み、巧みに唇を貪った彼の唇の感触も。

何かが変わった。自分自身が。渇望が心の奥深くに根をおろしていた。アシュワースと親密になりたいという、どうしようもない欲求。キスを中断しなかったらどうなっていたかと考えて、一枚増えた温かな毛布の下でひと晩じゅう寝返りを打った。

自分が無謀で奔放になった気がする。けれど幸せではないし、後ろめたい。どう考えても——自分がヘレンであってもクララであっても——伯爵との情事は悲惨な結果に終わるだけだろう。

ベッドに戻って顔を枕の下にうずめたいという強い衝動と闘った。やがてあきらめてため息をつき、部屋を出て扉を閉め、廊下から使用人用階段に向かった。陰鬱な灰色の弱い光が、頭上の磨かれた窓から差し込んでいる。足取りも重く、クララは狭い階段をゆっくりとおりていった。

姉に会いたい。エセックス州に残してきた家族や友人に会いたい。ルーシーやアビゲイル、ときには母にも打ち明け話ができた幸せが懐かしい。

わたしは伯爵を愛してしまったの？

地下に着くと、扉をくぐって狭い廊下を進む。使用人用食堂を過ぎて、布をかけた正方形のテーブルが中央に置かれた狭い部屋に行った。テーブルの上には磨くべき靴がずらりと並んでいる。マシューはすでに席につき、伯爵のブーツをブラシでせっせとこすっていた。昨日アシュワースが履いていた靴だと気づいて、クララはたじろいだ。

マシューが青い目をあげる。「やあ」いつもの活気はない。

「おはよう」クララは彼の向かい側に腰をおろした。テーブルに並んだ靴をざっと眺め、ミセス・マローンの実用的な黒い靴に目を留める。彼女は手を伸ばして、靴磨き粉と布を取った。「元気？」

マシューはもう一度ごしごしとブーツをこすったあと、ブラシを置いて磨き布を手にした。「元気だよ」しばらく仕事に集中したが、やがて布を置いて首を横に振った。「いや、元気じゃないかも」

クララは顔をあげ、自分も布を置いた。

「どうしたの？」

「きみに言うことじゃないと思う」マシューは落ち着かなげに話しはじめた。「いや、きみは女だ。何か名案があるかもしれないな」

彼女は興味を引かれた。「言ってみて」

マシューはため息をついた。「アメリアのことだ」部屋の外の人間に聞こえないように声を低める。「どうやったらあの子の注意を引けるかわからない」

彼があの赤毛のメイドをよくからかうのを思い出し、クララは微笑んだ。「注意を引くのはちっとも難しくないと思うけれど」

「いや、そういうことじゃない。実は、ぼくはあの子が好きなんだ」マシューは語気を強めた。「どうしたら、彼女に振り向いてもらえる？」

クララはあっけに取られ、手を口に当てて笑いを隠した。その反応にマシューは憤然とした。

「やっぱり言わなきゃよかった」ぶつぶつと言う。

「マシュー！　ごめんなさい……ただ、あの人、すごく短気でしょう」笑いをこらえて率直に言う。「あなたたちふたりの縁結びをするなんて、考えたこともなかったけれど……」

「昔からあんな感じではなかったんだ。というか、あんなにつんけんしてるのはきみに対してだけだよ」マシューは考え込むように言った。

クララは好意をこめて彼に微笑みかけた。「あなたの好みは理解できないけど、あなたみたいな人と一緒になれたらアメリアは幸運ね」

マシューはむすっとして目の前のブーツを見つめた。「あの子が同じように感じてくれるかどうかはわからないよ」

アメリアが幸せになろうがなるまいがかまわない。でもマシューが幸せになるためなら、個人的な好き嫌いは忘れて率直な助言をしようとクララは思った。

テーブル越しに手を伸ばしてマシューの手を取る。「まずは彼女への態度を少し変えることよ。妹扱いするんじゃなくて、もっと……ちゃんとした女性として扱うの」

「つまり、からかうのをやめろってことだね」

「完全にやめなくてもいいわ。そういうところも、あなたの魅力だと思うから。だけど調子に乗りすぎないで、もう少し女性扱いするようにしてみて」にっこりする。「あなたの愛情をわかってもらうのに、たいした努力はいらないと思うわ」

マシューも笑みを返し、もう片方の手でクララの手を軽く握った。

誰かが部屋の入り口に来た気配を感じて顔をあげると、アメリアがふたりをにらんでいた。握り合った手をじっと見ている。マシューとクララはさっと手を離してもとの姿勢に戻った。

マシューがばつの悪そうな顔で立ちあがり、怒りの形相のアメリアに声をかける。

「やあ、アメリア」なんとかそれだけ言った。

アメリアはつんと横を向いてマシューを無視し、封をした手紙をクララの前に放った。

「アビゲイルがこれをあなたに渡すように頼んできたの。どうして直接あなた宛に送ってこなかったのかわからないけど。わざわざわたしから手紙を届けるなんて、まわりくどいことをしなくてもいいのに。何か怪しまれるようなことでもあるの？」

クララは凍りついた。ロートン・パークに来たあと一度だけアビゲイルに手紙を書き、箇潔に近況と偽名を伝えていた。でも、アビゲイルが手紙を送ってきたのは何か重要な用があるからに違いない。アメリアによけいな疑いを抱かせてはいけない。さもないとクララは命を、アビゲイルは職を失う危険にさらされる。クララは手紙を取るとそっと膝に置き、自然な笑みを浮かべようとした。

「手紙はわたしの近況を尋ねるだけのものだと思うわ。アビゲイルがあなたに手紙を託したのは、あなたがお姉さんで信頼しているからでしょう。でもそれが迷惑なら、次からは直接送ってくるように伝えておくわね」

アメリアは疑わしげに目を細めた。そして鼻息を吐き、きびすを返して出ていった。

マシューがため息をついて茶色の髪をかきむしり、絶望の表情で椅子に沈み込んだ。

「最悪だ。あの子はきっと、ぼくがきみを追いかけてるんだと思ったよ」

クララは頭を振った。マシューには同情するけれど、いまはスカートのポケットにしまった手紙のほうが気になっている。「そんなふうに考えているとしたら、アメリアはばかよ。こうなったら、もう少し積極的に行動したほうがいいかもしれない。だけど、彼女が嫌っているのはわたしだけよ。あなたはさっき言ったとおりにすればいい。きっと許してもらえるわ」

マシューは力なくうなずいて仕事を再開した。だが、クララは待ちきれなかった。親しみをこめて彼の腕を軽く握ってから部屋を出ると、階段を駆けのぼって自室に戻った。扉をしっかり閉め、手紙の封を切って、窓から入る日光の下で読みはじめる。読んだらすぐに燃やしたほうがいいだろう。アメリアに見られたらまずい。走り書きされたアビゲイルの手紙に、クララは不安をかきたてられた。

〝捜索範囲が広げられています。もしかするとケント州まで及ぶかもしれません。どうぞご無事で。　　　A〟

紙をくしゃくしゃに丸める手が震えていた。それが怒りのせいか恐怖のせいかはわからない。わかっているのは、他人のカントリーハウスの地下に身をひそめているかぎり、ラザフォード男爵に見つかる可能性は低いということだ。それでも彼の執拗さは恐ろしい。とはいえ、意外というわけではない。そもそもこんな思いきった手段に出たのも、あの男爵のそういう部分が怖かったからだ。いまのような状況に追い込まれたのはラザフォードのせいだと思うと、あらためて憎しみがこみあげた。

目を閉じて、警告を与えてくれたアビゲイルに心の中で感謝を捧げる。そしてテーブルまで行って、マッチを手に取った。

翌日、クララは朝食の席に招かれた。前日は一日じゅうアシュワースと顔を合わさずに過ごせたけれど、レディ・エリザ・カートウィックじきじきの要望によって運が尽きた。頭からエプロンを脱ぎ、汚れた手袋を外すとき、指は震えていた。

上階の暖炉の掃除を終えたステラが頬にすすの汚れをつけた顔で、うらやましそうに見つめてきた。「旦那さまのご家族に招待されるなんて、すごいわね」

クララは無頓着を装った。「別にそれほど楽しくはないんじゃないかしら」

実のところ、主人一家が朝食をとる部屋にメイドが招かれるというのは異例のことだ。いまは屋敷に客がいないので、エリザは自分の望むようにできるのだろう。

クララはステラに小さく微笑みかけ、そわそわとスカートを撫でつけて階段をのぼり、緑色のベーズ張りの扉をくぐった。心臓が激しく打つ音が耳に大きく響く。

朝食室に入ると、アシュワースが驚いて顔を向けてきた。エリザが立ちあがって笑顔を見せる。もちろん兄のように驚いてはいない。ロザが椅子から飛びあがって駆けてきた。

「ヘレン！」

クララはひざまずいて少女を抱きしめた。喉から笑いがこみあげる。

「おはようございます、ロザお嬢さま」愛情をこめて金色の巻き毛を撫でた。エリザがそばまで来たので、クララは立って丁寧にお辞儀をした。「おはようございます、奥さま」別の状況ならパーティで一緒にパンチを飲んだり噂話をしたりしたかもしれない若い女性にお辞儀をするのは、妙な感じがする。

半喪期のために地味な格好をしていても、エリザはいつもどおり美しい。ドレスの暗い灰色は、並外れてきれいな目の色を引き立てている。たいていの女性には逆効果だろうけれど。

「おはよう、ヘレン。来てくれてうれしいわ」エリザはいとしげに娘を見おろした。「この子がどうしてもあなたを呼んでと言って聞かなかったのよ」

「わたし、ミセス・フンボルトと一緒にケーキをつくったの！　見たい？」

エリザは小さく笑い、娘を落ち着かせようと肩に手を置いた。「ほらほら、まずはヘレンに座ってもらいましょう」またクララのほうを向く。「おなかはすいている？　それなら、遠慮なく食べてちょうだいね」

クララはエリザの後ろにちらりと目をやった。伯爵は立ちあがり、部屋の反対側にいる女たちに警戒の目を向けていた。彼の視線を気にするまいとしながら、クララはエリザの申し出について考えた。サイドボードには半熟卵、かりかりに焼いた薄切りベーコン、ミセス・フンボルトが焼いたばかりのおいしそうなロールパンが盛られている。

コーヒーの芳香が漂ってきたとき、強い郷愁の念にとらわれた。実家では、朝いちばんに朝食室でコーヒーを飲むのが日課だった。家族が加わることもよくあった――姉のルーシーとは友人の手紙に書かれた最新の噂話のことでよく笑い合った――けれど、たとえ家族が忙しくてもクララはひとりで朝食室にいて、時間をかけてコーヒーを最後の一滴まで味わった。いま、一日は朝五時に始まり、舌がやけどするほど熱い紅茶を飲む時間があれば幸運なほうで、ゆったりコーヒーを味わうことなどありえない。

今朝はすでに朝食をすませていたけれど、食べ物のおいしそうなにおいをかぐとおなかが鳴った――幸い、音は小さかった。でも、使用人仲間のことを考えねばならない。コーヒーを飲むくらいなら大騒ぎにはならないだろう。けれど伯爵の家族とともに二度目の朝食をとったら、間違いなく恨みを買ってしまう。

「ありがとうございます」クララは伯爵とその妹にお辞儀をした。「ですが、朝食はもうすませてきました」

エリザはロザを朝食のテーブルまで連れ戻した。「だったら飲み物だけでも」席につきながら促す。

クララはふたたびサイドボードのほうを向いた。コーヒーはもう何カ月も飲んでいない。使用人はエールに加えて紅茶も充分に与えられているものの、コーヒーは主人一家だけの飲み物だ。輝く銀製のポットを物欲しげに見つめていると、テーブルのそばから伯爵の低い声が響いたので、びっくりして飛びあがりそうになった。

「コーヒーはどのように飲むのが好きなんだ？」

クララは顔を赤らめ、テーブルのほうを向いた。アシュワースの燃えるように輝く緑色の目を見たとたん、馬上で彼の熱い口が冷えた肌を温めてくれた記憶がよみがえり、あわてて視線をそらした。

それでも、活力に満ちた彼がすぐ横まで来たのが感じられる。アシュワースはカップと受け皿を取り、湯気のあがるコーヒーを注いだ。クララは彼の優雅で力強い指が動く様子に見入った。あの指がわたしの背中を滑って……。

「クリームは？」伯爵の礼儀正しい表情にはかすかな笑いが見える。われに返ったクララは、彼が小さなピッチャーをカップの上で軽く傾けているのに気がついた。「早く答えてくれ、わたしが取り返しのつかない失敗をする前に」

こんなに陽気な彼は珍しい。でも、クララの気持ちは落ち着かなかった。むしろ心はいっそうざわめいている。それでも口元には思わず笑みが浮かんだ。

「はい、お願いします」

アシュワースは巧みな手つきでクリームを注ぎ入れ、ピッチャーをコーヒーポットの横に戻した。砂糖壺《つぼ》の蓋を開けて小さなトングをつかみ、きらきらした角砂糖を二個加える。クララはぽかんと口を開けて彼を見あげた。

「どうしてご存じ――」

「なんとなく、そう思ったんだ」アシュワースはそれだけ答えてスプーンでコーヒーをかきまぜ、彼女に手渡した。受け皿をつかむときに指先が触れ合い、焼けるような快感がクララの体を駆け抜けた。

「コーヒー一杯を注ぐのにどれだけ時間がかかるの?」エリザがからかった。

邪魔が入ったことをありがたく思い、クララはアシュワースから目をそらしてテーブルに向かった。一瞬ためらい、晩餐のときの従僕のように壁際に立つべきだろうかと考える。

幸い、エリザがその不安に気づいてくれた。「座ってちょうだい、ヘレン」テーブルの反対側を指さす。

「はい、奥さま」クララはテーブルをまわり込み、エリザと向かい合う席に腰をおろした。

アシュワースはテーブルの上座に戻り、無関心を装って新聞を取りあげた。クララは彼の美しい顔、朝日に照らされてさまざまな色合いに見える金髪を見ないようにした。コーヒーに意識を集中し、軽く吹いたあと、ぜいたくな最初のひと口を楽しむ。目を閉じて満足感に浸った。コーヒーは濃くて自然な味がする。クリームと砂糖の量も絶妙だ。

右側から、アシュワースの咳払いと新聞をめくる音がした。

ロザはテーブルから一枚の皿を取り、料理人と一緒につくった小さなケーキを自慢げにクララに見せた。アシュワースとエリザが話しはじめた。話題はもっぱら、領地の運営に関することだ。伯爵が妹のほうを向きながらもちらちら目を向けてくるので、クララは喜びに浸った。

「あとで一緒に散歩してくれる？」ロザが頬張ったベーコンを嚙む合間にきいてきた。

「残念だが、今日はミセス・マローンがヘレンにお願いしたい仕事がたくさんあるんだ」姪の言葉を耳にしたらしいアシュワースが割り込んだ。「今週、わたしの取引相手が来る。その準備をしなくてはならない」

その相手とは、彼が先日話していた人に違いない。クララがエリザの部屋を掃除していたときに。アシュワースが大きな不安を抱いていたことを考え、ついにその人物を招待することができたのをクララはうれしく思った。エリザも思い出したらしく、うなずいた。「ああ、そうだったわね。ロザが行方不明になったとき、お兄さまが会いに行こうとしていた人でしょ？　マンチェスターで会った――」

「その男だ」アシュワースが早口でさえぎった。「北部の紡績工場への投資に関して、わたしと話をしたがっている」もう一ページめくったあと新聞を置く。「わたしとしては全面的に乗り気というわけではないが、利点があるのは間違いない」

エリザはうなずいたが、そのとき新聞の何かに注意を引かれ、もっとよく見ようと取りあげた。「まあ。この逃げた花嫁についての記事を読んだ？　ええと、なんという名前だったかしら……ああ、これだわ。〝裕福な銀行家ロバート・メイフィールドの娘、クララ・メイフィールドは結婚式前夜に家出し、以来一カ月間行方不明になっている〟」彼女は眉をあげ、大きな目でクララを見た。「とんでもない話ね」

顔から一気に血の気が引く。

クララは咳払いをした。「花婿について何か不満があったのかもしれません」部屋が傾いたように感じて、胸がむかむかする。

「お婿さんがすごく年寄りだったのかも！」ロザがぞっとしたように叫んだ。

心は荒れ狂っていたものの、クララは思わず笑った。それが唯一の問題だったとしたら、事態はまったく違っていただろう。この話題への反応を見ようとアシュワースを盗み見ると、彼は考え込むような表情でこちらを見つめていた。

「メイフィールド……なぜその名前に聞き覚えがあるのかな？」

クララはうろたえ、どうするのがいちばんいいか思案した。メイフィールド家と関連づけて考えられたくはない。でも、彼女を推薦したアビゲイルはメイフィールド家に雇われている。知らん顔をすることもできるけれど、それだと逆に怪しまれるとすぐに思い直した。テーブルの下で両手を握り合わせる。「わたしを推薦してくれたのはメイフィールド家で働いている人です」

アシュワースが驚いて眉をあげた。「そうだったか?」

クララは小さく肩をすくめた。「はい。ですが、わたし自身がそのお屋敷で働いたことはありません」慎重に答える。

「すごい偶然ね」エリザは背筋を伸ばし、ナプキンで口の端を拭いたあと、兄に向き直った。「結婚を逃れるといえば、お兄さまはそろそろ舞踏会を開くべきよ」

アシュワースのカップが口元で止まった。彼がカップの縁越しにちらりと目を向けてきたので、クララの心臓が跳ねた。

「わたしは舞踏会が嫌いだし、それに出席する人間には耐えられない」アシュワースは怒りの表情で妹を見て、カップを置いた。

「もう、やめてちょうだい」エリザはいさめた。「そんなことないでしょう。それにホルステッド家を存続させるための花嫁選びをするのに、ほかにどんな方法があるというの?」いらだちをあらわにする。「少なくとも、ひと晩くらいは若くてきれいな女性たちとダンスをして過ごして。楽しめるかもしれないわよ」

伯爵がふさわしい花嫁と出会う方法についての話し合いを聞きながら、クララは暗い気分で椅子に深く沈み込んだ。実家の客間で過ごした最後の日の記憶がよみがえる。両親が彼女とラザフォード男爵との結婚について話し合うのを聞いていたときの記憶が。

「なぜわざわざ朝食の席でそんな話を持ち出すんだ？　ほかの人間がいるところで？」アシュワースがうなるように言った。

エリザは兄の怒りを意にも介さない。「たまたま新聞記事を見て思い出しただけよ。遅かれ早かれ、この話はするつもりだったから」

「では、〝遅かれ〟のほうにしよう」伯爵の目はぎらついている。彼は立ちあがってナプキンをテーブルに放り、大股で部屋を出ていった。

クララは消えてしまいたいと願ってテーブルクロスを見つめたものの、アシュワースが結婚の話題を避けたがるのは自分の存在が理由だろうかと思うと心が躍った。やがてエリザが気まずい沈黙を破った。

「どうしたのかしら。お兄さまがあんなに神経質だなんて思わなかったわ」

クララはぎこちなく微笑んだ。「いずれ結婚をお考えになりますわ」

「そうよね」エリザが何か思案するようにクララに目をやった。その視線は不気味なほど鋭かった。

午後の陽光が弱まり、クララの背中は痛みはじめていた。後ろに手をやって凝った筋肉をほぐし、腰に巻いたエプロンの紐をほどく。顔をあげると、ミセス・マローンが目の前に立っていたのでぎょっとした。もともと厳格な顔に気難しい表情を浮かべている。

「ヘレン、わたしの部屋でちょっと話があるの」

クララは目を見開いてうなずいた。「はい、わかりました」

当惑に続いて不安が心をよぎる。家政婦長とふたりきりでの話し合いが必要になるような、どんなことをしてしまったのだろう？　伯爵と一緒にいるところを誰かに見られた？　そう考えると身が震えた。だとしたら、即座に解雇されるかもしれない。

ミセス・マローンについて部屋まで行く。家政婦長はしっかりと扉を閉め、自分の机の後ろに座った。クララは部屋の中央に立った。

家政婦長は石のように冷たい灰色の目でクララを見つめた。「ある使用人が、あなたは不適切な行いをしていると訴えてきたわ」

狼狽のあまり、全身から冷や汗が出た。やはり伯爵と一緒のところを誰かに見られたらしい。いまやどこへも行くあてがなく、別の仕事を探す時間もない。息が詰まりそうになりながら言った。「その訴えの具体的な内容を教えていただけますか？」どんな答えが返ってくるかとびくびくしながら、かすれた声で尋ねる。

「いいわ。あなたがいかがわしいことをしているという話があったの……土地差配人のパクストンと」

クララはあんぐりと口を開けた。最初は驚きで、次にとてつもない衝撃で。いったいどんな状況を見て、そのような報告がなされたのだろう？　必死で頭をめぐらせる。そのとき、食堂近くでパクストンと出くわしたことを思い出した。ミセス・マローンの呼び出しに遅刻して、あわてて階段をおりたときだ。エプロンが帽子に引っかかり……髪がくしゃくしゃになって……アメリアに会い……。

アメリア。

いくらアビゲイルの姉であっても、告げ口をするだろうと予期しておくべきだった。おなかの中で怒りが渦巻き、クララは無表情のミセス・マローンを見つめた。

「アメリアの話をそんなに信用なさらないことを心から願っています。とりわけ、わたしの人格に対する非難を」クララは息巻いた。「パクストンには話をお聞きになったのですか?」

家政婦長はクララの怒りに気圧《けお》されて言いよどんだ。「まだよ。あの人は村に住んでいるから、話し合いの場を設けるにも少し時間がかかるの」

クララは目を閉じ、深呼吸して怒りを抑えようとした。「パクストンとお話しになっていたら、わたしと同じ説明を聞くことになるはずです。わたしはあの日、二階で仕事をしていました。使用人たちのダンスパーティの日です。急いで階下までおりようとして、エプロンを脱ぐとき帽子に絡まりました。そこでパクストンに出くわしたのです」目を開けて、正面からミセス・マローンを見据える。「そこへアメリアがやってきました。食堂のそばでした」

ミセス・マローンが唇を引き結んだ。「わかったわ、ヘレン。もういいわ。ほかに何かあれば知らせるから」

クララは感情的になるまいとしながら扉まで歩いていき、ノブをまわして廊下に出た。外へ出たい。新鮮な空気を吸って、頭をすっきりさせたい。早足で厨房まで行ったとき、アメリアの姿が見えた。あのいまいましいメイドは、かまどのそばでジリーと話している。クララが入っていくとアメリアは顔をあげ、口元に小さな笑みを浮かべた。だが、クララが詰め寄ると笑みは消えた。

「よくもあんなひどいことを。わたしにどんな恨みがあるか知らないけれど、もうどうでもいい。今後あなたとは口をきかないわ、アメリア」

啞然としている使用人たちに背を向け、クララは厨房を出て、重い扉を勢いよく閉めた。

13

ウィリアムは頭を低くし、馬をさらに速く走らせようと、かかとで軽く蹴った。馬は反応して、まわりの風景がぼんやりとしか見えなくなるまで速度をあげた。鞍から少し腰を浮かせて前かがみになった彼は、髪をなびかせる強い風を歓迎した。領地の北の境界に広がる草むした丘をのぼり、手綱を引いて方向転換する。

昨日の朝食室での会話にはひどく動揺してしまった。エリザは舞踏会のことを少し口にしただけだというのに。昨夜は胸がざわついて落ち着かず、まんじりともせずにベッドに横たわっていた。これから取るべき行動がひとつしかないのはわかっている。妹の計画に従って花嫁を探すことだ。

ときどきヘレンへの思いを受け入れてしまうのは、長らく世間から遠ざかっているからに違いない。彼女と一緒にいると心が慰められることも、彼女を自分のものにしたいという欲望に悩まされていることも否定はできない。しかしヘレンとふたりきりになり、無防備になっておのれの弱さに屈してしまうようなときでも、家族のこと、その不本意な早すぎる死は忘れられない。それに伯爵としての義務に抵抗しつづけることもできない――いまいましい舞踏会を開くのも、その義務をまっとうするためだ。

永遠とも感じられるあいだ馬を走らせた。地面を踏むリズミカルな馬の足音に耳を傾けながら、鬱々とした思いにふける。ロートン・パークに近づくと体を起こし、馬に水を飲ませるために森の小川へ向かった。そこがヘレンと最後のキスをした場所だと気づいたときには愕然とした。

ぶつぶつ言いながら馬をおりて休憩させ、あのときのことを思い返したいという願望にあらがう。濡れたドレスが張りついた体に触れようと手をさまよわせたこと、その感触に途方もない満足を覚えたことを思い出しても、なんの得にもならない。ヘレンが情熱的に体を押しつけてきたこと、彼に抱き寄せられたときのうめき声を思い出しても、なんの役にも立たない。あのときウィリアムは感じてほしかった――いかにヘレンを求めているかを、いかにそそられているかを。森の中で彼女を奪っても、誰にも知られずにすむだろうと……。

「やめろ！」

馬の驚いた反応を見るまで、声に出して叫んだことに気づいてもいなかった。馬は川から顔をあげ、不安げに小さくいないてこちらを見ている。ウィリアムはいつしか握っていたこぶしを開き、馬に歩み寄って胴体を撫でてやった。やがて馬はまた頭をおろして水を飲みはじめた。

屋敷に戻ったときには、夕闇が広がりかけていた。ウィリアムは打ちひしがれ、混乱していたものの、それでも計画どおりに行動しようと決意していた。伯爵らしくふるまおう。花嫁を見つけるのだ。ヘレンは単なるメイドにすぎないと思い込めばいい。

ひとり静かに書斎にこもりたくて、早足で廊下を進んだ。だが客間から静かな声が聞こえたとき、歩みをゆるめた。

息を殺して近づき、扉の陰からのぞき見る。ヘレンがいる——もちろんそれはわかっていた。彼女が炉棚の端から端まで優雅に動きながら鼻歌まじりに拭き掃除をしている様子に魅了され、ウィリアムはじっと見つめた。彼女が一瞬黙ったので見つかったのかとうろたえたが、それは単にいったん端まで拭き終えたからだった。彼女は少しのあいだ手を休めたあと、また拭きはじめた。鼻歌は舞踏室で演奏されるワルツのように思える。メイドがそんな曲を知っているのは不思議だ。もちろん、距離があるのではっきり聞こえるわけではないが。

ここから離れるべきなのはわかっている。なのにウィリアムは、ダンスをするようにゆっくりと体をくねらせるヘレンの動きに魅せられて、その場にたたずんでいた。けれども真にウィリアムの注意を引いたのは、彼女の目の奥に垣間《かいま》見える苦悩だった。この一年半のあいだ毎日、彼も鏡に映った自分の顔に同じような悲しみを見ている。心臓を万力で締めつけられたかのごとく胸が苦しくなり、彼女は何にそれほど悩んでいるのかと考え込んだ。

突然、ヘレンがびくりとした。ウィリアムは思いにふけって、無意識に客間に足を踏み入れていたらしい。不注意に行動した自分に腹が立つ。こうなっては言葉を交わさざるをえない。

「旦那さま」ヘレンは明らかに当惑して目を見開き、掃除用具をまとめた。「申し訳ありません。すぐに終わります」

ウィリアムは背を向けて立ち去るつもりだったが、好奇心には勝てなかった。

「さっきの鼻歌はワルツに聞こえた」

見えない壁に衝突したかのように、ヘレンが唐突に足を止めた。おずおずと振り向き、ウィリアムと目を合わせる寸前で頭を止めたとき、純白の帽子がずれた。

「ワルツなどではありません。このお屋敷でワルツが流れるのは、今度旦那さまが開かれる舞踏会のときでしょう」

弁解の口調ではなく自然な返事に思えたものの、いまのウィリアムはそんな言葉で納得する気分ではなかった。

「きみがその話題を持ち出してくれてよかった」ぶっきらぼうに言う。「エリザは正しいことを言ってくれたよ。伯爵として、わたしにはある種の……義務がある」

ヘレンの目にまた苦悩が宿り、暗い顔になった。苦悩はつねにそこにあり、一度も消えたことがないのかもしれない。「わかっております」

「それはきみが関わる余地のない義務だ」

彼女はたじろいだが、そのあと険しい顔になった。「はっきり言っていただいて、ありがとうございます」皮肉をこめて応える。「どうぞご安心ください、わたしは旦那さまの行動に異を唱えられる立場ではございません」

ヘレンの声にはわずかなとげが感じられたが、辛辣な表情の下には心痛が隠されているのも感じられた。前にヘレンがそうしてくれたように、自分もいま彼女のもとへ行って手を握ってやりたいとウィリアムは思った。ふたりは離れているほうがいい、と告げたい。激しく求め合うのは、どちらにとってもよくないのだと。けれどもそうはせず、あとずさりして、決意を強めるために傲慢そうに顎をあげた。

「お互い理解できてよかった」

「そうですね」

これは必要なことだ。それでも心はひどく痛む。ヘレンに惹かれる気持ちが、単なる肉体的な欲望でないことはわかっている。同じ考えを持つ相手、心の通じ合う仲間に惹かれる思いだ。まったく異なる地位にあるにもかかわらず、なぜだかわかり合える相手。軽く手を触れたり、やさしく話しかけたりするだけで、ウィリアムを悲惨な思いから救い出してくれた女性。

そのときのことを思い出すと、ひざまずいて許しを請いたくなった。後悔して頭を垂れる。

「ヘレン――」

本当にすまない。

だが、彼女はすでに部屋から消えていた。

二日後、ミスター・スキャンランが到着した。派手に飾りたてた馬車に乗り、上等な仕立てのスーツに身を包み、整った身なりの専属の従者を連れて、威風堂々と。

ロザの行方不明事件のせいで話し合いが延期されたことへの詫《わ》びも兼ねて、アシュワースは彼を招待して短期間滞在させることにしていた。事故のあと長期間スキャンランを避けたあげくに、自分の屋敷で客としてもてなすはめになったのは皮肉なことだ。けれど伯爵は前を向いて進む気になったのだし、これはその絶好の第一歩となるだろう。

ミセス・マローンは主人が客を迎えるのを喜んでいるものの、相手が商売人であることに懸念を示していた。でも今朝クララに言ったように、スキャンランが伯爵の貴族の友人と遠縁であることに慰めを見いだしている。そのおかげで、平民の客であっても多少は好ましく思えるらしい。

ミセス・マローンが客についてどう感じていようと、ついに到着したスキャンランに否定しがたい魅力があるのは明らかだった。彼は馬車をおりると伯爵にお辞儀をし、しっかりと握手をした。年齢は四〇歳前後、黒髪には白いものがちらほらまじっている。

「伯爵閣下、ようやくまたお会いできてうれしく思います」アシュワースがマンチェスターを発《た》った直後の悲惨な事故については、暗黙の了解によって口にされなかった。

アシュワースはスキャンランに礼儀正しく会釈をしたものの、不意に吐き気を覚えたような顔になった。「わたしもだ」淡々と応える。「ヘイスティングスからの道中は無事だったようだな」

スキャンランは肩をすくめた。「この時期、海岸の天候は変わりやすいものですが、急なスコールも人並みに楽しんでおります」小さな笑みを浮かべる。

アシュワースはエリザに歩み寄って客を手で示した。「レディ・カートウィック、こちらはミスター・スキャンランだ」

エリザが手を差し出し、ロザは母親のスカートにしがみついて見あげた。

「どうぞよろしく。ロートン・パークへようこそ」エリザは困った顔で娘を見おろした。

「この子は娘のロザですの」

スキャンランはエリザの手を取り、うやうやしく頭をさげた。「レディ・カートウィック、大変光栄です。そしてロザお嬢さまも、どうぞよろしくお願いします。ご不幸のあと、無事にご実家へ戻られたとのこと、安心いたしました」

エリザはうなずいた。「家族全員ほっとしておりますわ」

「中に入って落ち着いてもらおう」アシュワースは屋敷のほうに足を踏み出し、ミセス・マローンに目をやった。

「そうさせていただきます。ありがとうございます」スキャンランが応える。

ミセス・マローンがマシューとチャールズにうなずきかけると、ふたりは走り出て馬車から荷物をおろした。スキャンランの従者も加わり、三人は勝手口に向かった。

クララは伯爵にちらりと目をやった。そのとき、スキャンランが私道に並んだ使用人をざっと眺めたあと、アメリアに目を留めたのに気がついた。さらに驚いたことに、彼は前を通り過ぎながらアメリアにうなずきかけた。

「やあ、アメリア」

アメリアはスキャンランに笑顔を向け、礼儀正しくお辞儀をした。

「ミスター・スキャンラン」

私道の向かい側ではミセス・マローンがしぶい顔をしている。スキャンランは前を歩く伯爵に目を戻し、ふたたび歩きはじめた。

「いまのはどういうこと？」ステラがスキャンランをちらちらと見てささやく。

アメリアは軽く笑った。「何年か前、ミスター・スキャンランのご近所のお屋敷で働いていたのよ」声を落として答える。「ときどき町で顔を合わせることがあったわ」彼女は肩をすくめた。「別になんの意味もないのよ。だけど、マシューにちょっとやきもちを焼かせてもいいわね」楽しそうにつけ加える。

クララが興味を引かれてそのひそひそ話に耳を傾けていると、アメリアが視線をあげて怖い顔で見つめてきた。

「何を見ているの？」険のある口調だ。

クララはあきれて目をそらした。一瞬、自分はクララ・メイフィールドだと正体を明かして、意地悪なアメリアに身のほどを知らせてやればいいのに、と思った。そんな場面を想像すると口元に小さな笑みが浮かぶ。やがてクララはため息をつき、ほかの使用人たちの後ろから屋敷に入った。

少人数のため、その夜の晩餐はこぢんまりと行われた。ウィリアムは人数合わせにトーマスを招いており、ふたりは隣り合わせに座った。いま、スープ皿にはセロリのクリームスープが注がれている。向かい側のスキャンランとエリザは食べながらおしゃべりしていた。何か面白い発言がなされてエリザの笑い声が響いたとき、トーマスが彼らに警戒の表情を向けた。

ウィリアムはスキャンランに好印象を抱いていた。彼が商取引に精通しており、投資してくれそうな人間を商談に誘い込む才能に長《た》けているのは明らかだ。

「レディ・カートウィック」スキャンランはワインを飲み、小声で言った。「率直に申しあげるのをお許しいただきたいのですが、奥さまの深い悲しみは存じておりますし、お気の毒に思っております」ウィリアムに目を向ける。「みなさまの深い悲しみにお悔やみ申しあげます。奥さまはまだ、ご主人の喪に服しておられるのですな」彼はエリザの濃い紫色のドレスを手で示した。「しかし、奥さまは快活な方だとお見受けしました。来年ロンドンの社交界に出ることは検討なさっていますか？　奥さまのような女性がいらっしゃれば、社交界の人々も大いに喜ぶでしょう」

「どうしてそんなことをきくんだ？」トーマスが尋ねる。

だが、エリザはトーマスを無視してスキャンランのほうを向いた。「兄とも、その話はしておりますわ」そっけなく答えた。

トーマスはスープにむせ、そんな友人の様子をウィリアムは面白がって眺めた。「おいおい、別に驚くことでもないだろう」

「ああ、全然驚かないよ」トーマスは目に涙をためたまま、しぶしぶという様子で言った。「いま急にそんな話を聞いたことに驚いただけさ」

「すばらしい知らせです」スキャンランがうれしそうに声を張りあげる。「奥さまはまだお若い。このように美しい方が、永遠に田舎に埋もれているのはもったいないことだ」

「たしかに若いですけれど、それは若くして結婚したからですわ」エリザはワイングラスを持ちあげてゆっくりと飲み、テーブルのもとの場所に戻した。「主人はよき人間、よき父親でした。積極的に新たな夫を探そうという気にはなりませんけれど、そうすべきであること、夫がいれば保護が得られることは否定できません」

スキャンランが厳粛な顔でうなずく。「ミスター・カートウィックはご立派な方でした。光栄にも、マンチェスターで短時間お会いさせていただきました。どうぞ誤解なさらないでください。わたしが先ほどのようなことをお尋ねしたのは、亡くなったご主人への奥さまの愛情を軽視しているからではなく、ご主人もきっと奥さまやお嬢さまが大切に保護されることを願っておられると確信しているからです」

ウィリアムはテーブルの向かい側に座る妹を誇らしく眺めた。エリザには大いに感心している。自らの置かれた立場に付随する複雑な問題を冷静に処理しているのみならず、この一年半、とても毅然として過ごしてきたからだ。レジナルド・カートウィックは高貴な血を引く家の生まれだが、彼自身は爵位を持つ貴族ではなかった。しかし地主階級の一員として、古くから続く血筋と所有する広大な土地ゆえに貴族階級から一目置かれており、人当たりのよさでウィリアムの父親からも高く評価されていた。たしかにエリザはかなり若くして結婚し、当時ウィリアムはそれに反対したが、父はこの縁談が娘に幸せをもたらすと信じていた。父は間違っていなかった。恋愛結婚ではなくとも、夫婦は互いに愛情を育み、それはカートウィックが早すぎる死を迎えるまで続いていた。事故のあと、エリザは信じられないほどの気丈さを示していた――妹にそんな心の強さが備わっていることを、ウィリアムは知らなかった。つらい日々をロザとともに乗りきるため、エリザにはそういう強さが必要だったのだ。亡き夫の財産の相続手続きが完了すれば、ふたりはハンプシャー州の家を失うことになる。

数カ月前にエリザから事情をつづった手紙を受け取ったウィリアムは行動を起こし、ふたりがこの敷地内にある寡婦用住居に移ってこられるよう手配して忙しく数週間を過ごした。一方エリザも、いま暮らしている家に関する問題の処理に当たった。残された家族の近くで暮らすというのがエリザの望みだ。経済的な不安はない。だが、たとえ娘が毎年手当を受け取れるよう先代のアシュワース伯爵が定めていなかったとしても――実際には定めていたが――父、兄、夫の命を奪った恐ろしい出来事のせいでエリザが貧窮に陥ることは、ウィリアムが許さなかっただろう。

フォークが磁器にぶつかる耳障りな音でウィリアムはわれに返り、その音を追って友人のほうを見た。燭台からの揺れる炎に照らされたトーマスは、怒りをたたえた青い目をスキャンランに向けている。

「あなたは紡績工場について話すために来たんじゃないのか？」トーマスが語気荒く尋ねた。ウィリアムは驚いて顔をあげた。その話し合いが明日に予定されていることはトーマスも知っているはずだ。彼はいったいどうしたのだ？

スキャンランがどんな反応を示すかと、ウィリアムは見守った。

エリザがトーマスに向かって美しい額にしわを寄せ、スキャンランに言った。「彼に悪気はなかったんですのよ」

「いやいや、かまいません。率直なご質問ですし、そんな疑問を抱かれたのも、わたしがつまらないことをべらべらしゃべっていたせいです」スキャンランが応える。「喜んで話題を変えさせていただきます。伯爵閣下さえよければ、ということですが」

ウィリアムがうなずくと、スキャンランは考えをまとめるためか少し時間を置いた。

「伯爵閣下、以前にお話ししたとおり、マンチェスターでは現在、紡績工場がどんどん増えております。中でも盛んなのは綿紡績で――」

従僕が次の料理を持って現れたため、スキャンランはいったん言葉を切った。香草のスープで煮た魚の根菜添え。彼は身を乗り出し、皿から立ちのぼる熱い湯気を吸い込んだ。

「すばらしいですな。この魚は閣下の領地でとれたものですか？」

ウィリアムはうなずいた。「ほとんどすべての食材は領地内で調達している」話を続けるようスキャンランを促す。「あなたはいま、綿紡績のことを話していたが……」

亡き父はしばらく前から、一族の財産を分散投資することを検討していた。北部で生産性の高い工場が急激に増えているのに伴い、現在イングランドでは人口が増加し、国全体の収益も増大している。ウィリアムと兄も多くの人間に仕事を提供する可能性のある事業への投資に関心を持ったものの、工場労働者の生活の質については懸念を抱いていた。マンチェスターを見てまわったとき、全面的にしろ部分的にしろ工場に出資するのなら、働く者の健康が保証される措置を講じる必要があると確信したのだ。

スキャンランは膝の上にナプキンをきちんと広げ、フォークとナイフを手に取った。「そうです。ご記憶かと思いますが、マンチェスターは綿紡績工場に最適の土地です。豊富な水と石炭のおかげで工場には充分な蒸気が供給されますし、技術の進歩によって生産工程はいまや完全に機械化されています」

「ああ、マンチェスターに運河が張りめぐらされていて、製品や石炭の輸送が便利なのは知っている。しかしながら、わたしが知りたいのは、その中でも特にあなたのところへ出資すべき理由だ」

スキャンランはのんびりと、小さく切った魚をフォークで突き刺して食べた。「わたしには二〇年近く製造業や織物産業に携わった経験があるからです。マンチェスターやサルフォード、ロッチデールといった周辺地域に多くの工場を所有しており――」

「そうだな」ウィリアムはさえぎった。「だがあなたは今回、ケンブリッジ・ストリート沿いに従業員約二〇〇〇人を雇う紡績工場を建設する計画を持ちかけてきた。それには巨額の資金が必要となる。失礼だが、現在あなたが所有しているのは、従業員二〇〇人程度の小規模な工場ばかりだ。それだけでは、わたしの金が適切に使われるという保証にならない」

スキャンランは食べるのを中断してウィリアムを見つめた。口の中のものをのみ込み、咳払いをする。「伯爵閣下が先例をお求めになるのは当然です。わたしがこれまで自分の工場で大成功をおさめてきたことや、北部の工場経営者の多くをよく知っているということをお考えになれば、安心していただけるのではないでしょうか。工場は非常に生産的であり、その運営方法を踏襲すれば、新たな工場もきっと――」

「生産的かもしれないが、わたしが見学した工場の労働環境はひどいものだった」ウィリアムは言った。「わたしがマンチェスターで投資を行うのであれば、労働者の状況の改善にも取り組んでもらわねばならない。これは絶対条件だ」

スキャンランはフォークを置き、ナプキンでそっと口元をぬぐった。「数字は見直してみます。しかしおわかりいただきたいのですが、ほかの工場よりも労働条件をよくするのであれば、かなり追加の費用がかかることになります」少し間を置く。「ほかの方にも投資していただければ、閣下のご負担も減るのではありませんか?」

スキャンランに意味ありげな視線を向けられ、トーマスは鼻を鳴らした。

「あつかましいことを――」エリザのほうに顔を向けたとき、トーマスの黒髪がきらりと光った。エリザはナプキンで口を押さえて笑いを隠している。トーマスは彼女から目をそらし、深く息を吸ってから、あらためて口を開いた。「いいだろう。では、こうしよう……現在の計画と労働条件の改善を含んだ場合の計画の、ふたとおりの数字を出してくれ。そうしたら、ぼくはアシュワース卿と一緒に数字を検討する。ただし言っておくが」スキャンランに向かって眉をあげる。「ぼくがこの事業に関心を示したことはないし、投資するという約束などできないぞ」

「しなくてもいい」ウィリアムは口をはさんだ。「わたしは金を惜しんでいるわけではない」

スキャンランは平然として、まずはウィリアム、次にトーマスを見やった。「二日以内に、ふたとおりの提案書をご用意しましょう」

ウィリアムはふだん、同じ考え方を持つ人間に投資する。スキャンランが工場の労働条件改善を必ずしも評価していないことには不安を覚えるが、驚きはない。マンチェスターにおける現在の労働環境に関して、彼はほとんど懸念を示していなかったのだ。それでもウィリアムはスキャンランの考え方がいずれ変わることを願って、彼の経験と豊富な専門知識に賭けてみるつもりだった。

「では、そのときにまた検討しよう」ウィリアムはしっかりとうなずいた。

昼前の琥珀色の日光に照らされながら、クララは慎重に階段をのぼってスキャンランの部屋に向かった。銀製のトレイに置いた磁器のティーセットがかちゃかちゃと鳴る。

今朝、アシュワース伯爵は馬で領民たちに会いに出かけた。敷地の洪水の問題が先日の工事によって改善したかどうか、確かめに行ったのだろう。スキャンランは提案書の作成に励むために同行せず、ひとりきりで部屋にこもって紅茶を頼んだ。エリザとロザは馬車に乗って村へ買い物に出かけたので、屋敷にいま伯爵の家族はひとりもいない。

スキャンランの部屋に近づいたとき、廊下の奥からおかしな音がした。くぐもった悲鳴のような奇妙な声。クララは困惑してたたずみ、エリザの寝室のほうに目をやった。伯爵の妹は留守だ。ということは、あの部屋に誰かいるとしたら使用人に違いない。今朝階上で働いているのはアメリアとステラのどちらだったか、彼女は思い出そうとした。

調べに行くのに協力を仰ごうと、スキャンランの部屋をノックする。そのときまた廊下の奥から悲鳴が聞こえたので、ぎくりとした。急いでしゃがみ込み、トレイを部屋の前に置いて廊下を走った。扉が少し開いていたので指を引っかけ、そっと開ける。床に羽毛のはたきがぞんざいに置かれていた。さらに中をのぞき見る。

そこにいたのはスキャンランだった。ベッドの上で、アメリアに大柄な体で覆いかぶさっている。アメリアは恐怖におびえて抵抗しているものの、いまにも屈服しそうだ。スキャンランは大きな手の片方でアメリアの口をふさぎ、もう一方の手を下におろしてスカートをつかんでいる。アメリアがもがきながら必死になって相手の髪や顔を引っかくと、男は口に当てた手を離し、彼女の両手首をつかんで頭上に持っていった。

「やめて！　お願い！」

アメリアは泣きながらもがきつづけている。

「黙れ」スキャンランのしわがれた声を聞いたとたん、クララは吐き気を覚えた。「じっとしていろ」

使用人、特に女の使用人が雇い主や訪問客に乱暴される話なら、聞いたことはある。でも、スキャンランにそんな残虐なことができるとは思いもしなかった。自分の目で見るまで、そんな恐ろしい現実があることを真に理解していなかった。とはいえ、ラザフォード男爵と過ごした経験から、そのような状況の恐怖は充分に想像できた。

武器として使えそうなものを探して部屋を見まわす。サイドテーブルの花瓶……小さすぎるし軽すぎる。ペーパーナイフ……危なすぎる。一歩さがって廊下を見たとき、床に置いた銀製のティーポットが目に入った。あれなら使えそうだ。ただし熱い湯をかけたらスキャンランに重傷を負わせる可能性があるし、下手をすればアメリアもやけどをするかもしれない。そのとき、ティーポットの下のトレイに気がついた。あれでいいだろう。

走っていってティーセットをトレイからおろし、音をたてないようひとつずつ床に置く。空になった大きなトレイを握りしめ、さっきの部屋に戻って後ろから忍び寄った。スキャンランの下ですすり泣くアメリアの声を聞いたとき、胸が悪くなった。恐怖感を覚えつつ唾をのみ込み、爪先立ちで歩いていく。素早く動かなくては――あんな大柄な男性に勝つには不意を突くしかない。銀製のトレイを右肩まで持ちあげると、陽光を反射してきらりと光った。クララは力が最大になる角度に腕をあげた。

「ミスター・スキャンラン！」

驚いた彼が上体を起こした瞬間、クララは身をひねり、渾身《こんしん》の力をこめて頭を横から殴打した。スキャンランが苦しげなうなり声とともに、アメリアの隣にくずおれる。アメリアはベッドから這い出て支柱の陰に隠れた。スキャンランがうめき、頭を抱えて起きあがった。ふらふらして頭を振り、こちらを向く。クララは彼の髪の生え際が大きくふくらんでいるのを見て取った。スキャンランがどちらに飛びかかってくるのかわからず、女ふたりは身じろぎもできずに彼を見つめた。それから同時に扉へ向かって駆け出したが、スキャンランはクララが安全なところまで逃げる前に腕をつかんだ。肩越しに後ろを見ると、男の怒り狂った目が見返してきた。

「戻れ、このあばずれ」

クララが悲鳴をあげたので、アメリアは大きく目を見開いて振り返った。

「助けを呼んできて！」クララがそう叫んだ直後、スキャンランが彼女の体を回転させて自分のほうを向かせ、腕を振りかぶった。よける間もなく、彼女は憎しみをこめたこぶしの一撃を受けた。目の前で星がまたたき、後ろに倒れて尻もちをつく。唖然として顔をあげると、部屋がぐるぐるまわった。

スキャンランは再度攻撃しようとしたが、アメリアの悲鳴が廊下に響きながら遠ざかっていくのに気づいて足を止めた。ほかの使用人たちがすぐに集まってくるのを悟って立ちあがり、腹立たしげな顔で寝室から走り去る。クララはエリザの部屋の美しい模様が入った柔らかな絨毯に横たわったまま取り残された。

ほっとして上体を支えていた肘をおろし、目を閉じたが、消えそうにない痛みに顔をゆがめた。遠くから、廊下を走ってこちらに向かってくる足音が聞こえる。やがてクララは真っ暗な闇に完全にのみ込まれた。

目覚めたときには地下の使用人用食堂にいた。部屋の奥にあるベンチに座っている。隣に誰かがいるけれど、よく見えない。その人はクララをしっかりと抱きしめ、濡れた冷たい布を頬に押しつけている。まわりでは多くの人の声が聞こえた。怒りの声、心配する声。まだ朦朧《もうろう》としているので、会話の内容はちっとも理解できない。いまわかるのは顔が痛いこと、頭がずきずきすることだけだ。もぞもぞと体を動かすと、とたんに吐き気に襲われた。

「意識が戻ったぞ!」

「ヘレン、聞こえる?」隣から女性の声がする。クララはゆっくりと頭をあげ、抱きしめてくれている人の顔を見つめた。意外にも、それはアメリアだった。クララは困惑して眉根を寄せ、動かないよう押さえているアメリアの手を振りほどいて、体をまっすぐ起こそうとした。次に聞こえてきたのはミセス・マローンの声だ。

「落ち着いて、ヘレン。あなたは殴られたのよ」

頭をあげると、家政婦長の深刻な顔がぼんやり見えた。ぐったりと頭をおろし、アメリアの肩にもたせかける。張りつめた声の会話は続き、やがて階段を駆けおりて食堂に入ってくる大きな足音が聞こえた。

「旦那さまがお戻りだ」チャールズが息を切らせて叫んだ。

「マシューも一緒なのね?」家政婦長がきく。

チャールズはうなずいた。

「よかった。旦那さまをひとりにしちゃだめよ。あなたかマシューのどちらかが、つねにおそばにいるようにして――」

その言葉は階段の上から轟《とどろ》くさらなる足音にさえぎられた。現れたアシュワースに強く押しのけられ、食堂にいた人々が左右に分かれる。すぐ後ろから追いかけてきたマシューがアメリアの横まで来て、にらみつけるミセス・マローンに申し訳なさそうな顔を向けた。

「すみません、旦那さまは足が速くて」

伯爵を見て、クララはまた上体を起こそうとした。何か重大なことが起きている。いったいなんだろう？　アメリアがやさしく腕をつかみ、まっすぐ座らせてくれた。

食堂は気味が悪いほど静まり返った。ぼうっとしたまま伯爵に目をやったとき、その理由がわかった。

彼はいまにも誰かを殺しそうな顔をしている。

こぶしをかたく握り、胸を大きく上下させて呼吸していた。怒りをたたえた目は瞳孔が開いて色濃くなっている。伯爵の視線がクララからアメリアに移動し、彼女の裂けたドレスや乱れた髪に向けられた。

「大丈夫か？」その低い声には、怒りとともに同情もあふれていた。どうしてそんなことが可能なのか、クララは不思議に思った。

アメリアがうなずいた。「ちょっとあざができただけですみました、彼女のおかげで」クララのほうに顔を向ける。

その言葉に驚いたクララは体をひねってアメリアを見つめた。なんの話か、まったく思い出せない。氷のような恐怖が胸に広がる。彼女はアメリアの袖をぎゅっとつかんだ。

「何があったの？」かすれた声で尋ねた。

伯爵が進み出て、クララの目の前でひざまずいた。彼女の手を取ろうとするかのように両手を差し出したが、心配そうな顔の使用人たちをちらりと見て引っ込めた。

クララの目を見ながら、あざのできた頬を指先でそっと撫でおろす。彼女は痛みにたじろいで声をもらし、伯爵の視線を避けて横を向いた。

「やめてください。痛いんです」

彼は眉をひそめた。「きみはけがをした。傷を調べたい。わたしが誰かわかるか？」

「はい」

つかのまの沈黙。「誰だ？」

「あなたは……アシュワース伯爵でしょう？」

自信なさげな返答を聞いて、彼の顔に不安がよぎった。「では、自分の名前はわかっているか？」

「もちろんです」クララは答えた。「クララ・メイフィールド」

部屋にいる全員が息をのんだので、彼女はうろたえた。目に涙が光る。背後から、アメリアの恐怖に満ちたつぶやきが聞こえた。「よほどひどく殴られたのね、自分をメイフィールド家の娘だと思っているわ」

アシュワースが手をあげて使用人たちを黙らせ、ぞっとした表情でクララの手を取った。

「わたし、何か間違ったことをしたのですか？」彼女は声を震わせた。

「間違ったことなどしていない」伯爵が安心させるようにささやく。「動くんじゃない」

彼はしばらくクララの前でひざまずいたまま、じっとしていた。ミセス・マローンは悲しげにその様子を見守っていたが、伯爵が立ちあがると気をつけの姿勢になった。

「医者を呼べ。ふたりを診てもらう。スキャンランの従者はどこだ？」

「階上にいます。ご主人のところに」

「荷造りをさせろ」吐き捨てるように言う。「やつらの馬車を屋敷の前にまわせ。いますぐに」

それだけ言うと、アシュワースは背を向けて食堂を出ていった。次に聞こえたのは、彼が緑色のベーズ張りの扉をくぐっていく音だった。

「追いかけるのよ、旦那さまがあの人を殺す前に！」ミセス・マローンがあわてて従僕ふたりに呼びかける。

呆然としていたマシューとチャールズがはっとわれに返り、主人を追って階段を駆けのぼった。

14

ウィリアムは猛烈な勢いで中央階段をのぼっていった。荒い呼吸音が壁にこだまする。スキャンランはどうにかして、自分をまともな人間だと思わせていた。ヘレンのあざのできた顔が鮮明に脳裏に浮かび、あらためて激しい怒りがウィリアムを襲う。彼はその場にいて、ヘレンを守ってやらなかった。

守ってやれなかったのだ。なぜなら、ヘレンはウィリアムのものとして守るべき対象ではないから。彼女が伯爵夫人——ウィリアムの妻——だとしたら、彼の権力と爵位によって保護できただろうに。ヘレンを自分のものだと宣言できたなら、あつかましくも手を触れた人間に即刻復讐しただろうに。

胃袋がねじれる。打ちひしがれて混乱したヘレンを地下で目にしたことで、肉体的な苦痛すら感じていた。アメリアが強姦《ごうかん》されかけたことへの嫌悪感が、その苦しみに拍車をかけた。

ウィリアムは雄叫《おたけ》びをあげて廊下を突進した。当然ながら、卑怯者《ひきょうもの》の部屋は施錠されている。彼は怒りに口をゆがめて扉に寄りかかった。

「一秒だけ待ってやる、この扉を開けろ！」応答がないので、大きく一歩さがって勢いをつけ、力いっぱい扉を蹴った。戸板が割れて内側に倒れる。主人の傷の手当てをしていた従者が、乱暴に侵入してきた相手を見て金切り声をあげた。

「なんの騒ぎです?」スキャンランが憤って叫び、更紗《さらさ》張りの肘掛け椅子から立ちあがった。

ウィリアムは立ち止まって答えようとはしなかった。そのまま突進してスキャンランの喉をつかみ、体を壁に叩きつける。振動で、近くに飾られていた絵が絨毯に落ちた。

「わかっているはずだ」ウィリアムが憤怒《ふんぬ》もあらわに手の力を強めると、スキャンランの顔は真っ赤になった。

スキャンランはかすれた声で、この状況で可能なかぎり笑おうとした。「おっしゃりたいのは……メイドのことですか?」指を引きはがそうともがきながら、あきれたようにうめく。

「閣下は謝罪なさるべきです……女どもの失礼な態度を……」

ウィリアムはスキャンランの首をつかんだままぐいと引っ張り、ふたたび壁に叩きつけて黙らせた。マシューとチャールズが息を切らせて部屋の入り口に現れた。

「旦那さま――」マシューは目の前の光景に啞然とした。

ウィリアムはふたりを一瞥《いちべつ》したあと、スキャンランに目を戻した。

「さがっていろ」使用人たちに怒鳴る。

従僕ふたりは命令にそむいて部屋に入り、ウィリアムに手が届く距離まで近づいてきた。

スキャンランの従者は、何もできずに部屋の隅で身を縮めている。

「だめです、旦那さま」チャールズが言う。マシューはさらに近づいたが、その目は怒りに燃えてスキャンランをにらんでいた。

「話し合いましょう、男同士として」スキャンランは目の前の怒れる男たちをきょろきょろと見ながら声を絞り出した。「ちょっとした誤解が……」

ウィリアムが手を下に滑らせてスキャンランの胸ぐらをつかみ、部屋の反対側の端まで投げ飛ばすと、相手は壁にぶつかってぐったりと倒れた。

「誤解？」ウィリアムは嘲りの笑いをもらした。「唯一の誤解は、おまえがわたしの屋敷でわたしのメイドを襲っていいと思い込んでいたことだ」スキャンランにつかつかと歩み寄る。「男同士として話し合いたいだと？　本物の男はいやがる相手を襲ったりしない。本物の男は女を殴らない。絶対に」

スキャンランは恥知らずなことに激怒した顔を見せた。「あの女はわたしを殴ったんです！濃い茶色の髪をした売女《ばいた》が――」

マシューが息をのんで足を踏み出したものの、ウィリアムのほうが速かった。スキャンランとともにサイドテーブルに衝突して粉々にし、絨毯の上を転がる。そのあいだもウィリアムは相手を殴りつづけた。スキャンランも小柄ではないが、たくましく敏捷なウィリアムの敵ではない。ウィリアムはわれを忘れて取っ組み合い……こぶしで殴りつけ……痛みのうめきを聞き……。

車輪が割れて外れる大きな音……大きく傾いた馬車……金属がねじれるギーギーというきしみ……。

ウィリアムはぞっとしてスキャンランから手を離し、床に尻もちをついた。息ができず、胸が苦しい。階段で会ったときのヘレンの助言が思い出された。

呼吸しろ……。

マシューとチャールズに立たされたスキャンランは、傷だらけで苦しげに荒く息をしていた。震える指をウィリアムに突きつける。

「よくもこんなことを」シャツの袖で血みどろの口をぬぐった。「治安判事を呼びますぞ！わたしを襲うなんて……」

正気を取り戻したウィリアムは、従僕ふたりに止められながらもスキャンランに詰め寄った。「わたしが治安判事だ。どんな手段を用いても、自分の屋敷とそこに住む人間を守る」

スキャンランが目を丸くし、恐怖のまなざしで従者を見やった。

「荷物をまとめろ、ルパート」

「わたしがおまえを階段から投げ落とすまでにルパートが荷造りできるのなら、どうぞそうしてくれ」ウィリアムは皮肉たっぷりに言った。

ルパートは主人のトランクをひとつだけ持ち、私道で待つ馬車までうんうん言いながら走っていった。ウィリアムは従僕の手を振りほどき、心配そうなミセス・マローンの前を通って、ふたりのあとからついていった。

スキャンランは愚かにも、馬車に乗る前に振り返り、捨てぜりふを吐いた。

「閣下は今後、マンチェスターでは何もできませんぞ。わたしには人脈がある！」

ウィリアムはスキャンランを突いて、後ろ向きに馬車へ押し込んだ。

「わたしにはもっと人脈がある。おまえの工場など葬ってやるさ。今度ここに顔を出したら、おまえ自身も葬ってやるからな」


呼び出しを受けて、まもなく村からドクター・チャップマンがやってきた。メイドふたりがミセス・マローンの部屋で診察と治療を受けるあいだ、ウィリアムは使用人用食堂で傷だらけの木製のテーブルにつき、やきもきして待った。

彼の周囲では、いつものように使用人たちが忙しく廊下と厨房のあいだを往復し、今夜の夕食に備えて仕事を続けている。最初にすべきはエリザの部屋を整頓することだった。妹が帰ったとき、あの荒らされた部屋を見せたくない。ただし、今日の出来事を知らせずにおくことはできない。

だがウィリアムはいま、そうしたことを落ち着いて考えられなかった。ヘレンへの心配を抑えるのに必死だった。すでに治療を終えたアメリアは自室でひとりきりで休んでいるよりみんなと一緒のほうが気が晴れると言い張り、仕事に戻っていた。しかし、ヘレンはまだ診察中だ。少なくとも三〇分は部屋から出てきていない。

扉がきしんで開いたので、ウィリアムは背筋を伸ばした。ドクター・チャップマンが食堂に入ってきて黒い鞄を床に置き、挨拶をする。ウィリアムのすり傷ができて腫れた指の関節を眼鏡越しに見て眉をあげた。

「閣下の手を見せていただけますか？」

ウィリアムは手をテーブルからおろして隠した。「大丈夫だ」淡々と言う。「それより、メイドの具合はどうだ？」

チャップマンは眼鏡を外し、レンズがぴかぴかになるまで布で拭いたあと顔に戻した。「アメリアは手足にあざやすり傷ができていますが、深刻なけがはありません。状況を考えれば幸運だと言えるでしょう。軟膏《なんこう》を塗っただけですみました。ですがヘレンは……」

ウィリアムは椅子から身を乗り出した。

「どうした？」

医師はテーブルの向かい側まで行き、大きな音をたてて椅子を引くと、腰をおろしてため息をついた。

「しばらくゆっくり休んでいるのがいちばんでしょうな。頭を殴られたことで脳震盪《のうしんとう》を起こしたようです」チャップマンは問いかけるように顔をあげた。「ヘレンはクララ・メイフィールドと知り合いでしょうか？」

今日、二度目にその名前を聞いて、ウィリアムの背筋に冷たいものが走った。表情を殺して答える。

「メイフィールド家で働く友人がいるそうだ」いったん間を置いた。「それに先日、わたしの妹がミス・メイフィールドについて話すところに居合わせた」

「なるほど」チャップマンは両手の指先を合わせて顎にあてがい、慎重に椅子にもたれた。

「クララ・メイフィールドの話題がいま新聞をにぎわせているのは知っております。ヘレンは短時間意識を取り戻したとき、自分がその女性だと思い込んだようです」

ウィリアムは医師を見ながら考えをめぐらせた。「クララ・メイフィールドが行方不明になって一カ月になる。ヘレンがロートン・パークに来たのは一カ月前だ」顔から血の気が引くのが感じられる。「きみはまさか彼女が――」

「いいや、それはありえません」チャップマンは大笑いし、手を振ってその意見をしりぞけた。「ヘレンは単なるメイドで、脳震盪のあとに目覚めたとき、自分が逃げた裕福な花嫁であると妄想したにすぎません。ご安心ください。ヘレンは診察を受けているあいだに、自分がミス・メイフィールドであることに自信を失っていき、わたしに何度も質問されるうち動揺を見せるようになりました」

ウィリアムは事態を楽観視しようとした。しかし正直なところ、まだなんとなく納得できない。「診察のあいだにヘレンは妄想から回復したわけか?」

「そういうことです。でも、元気になるにはあと三日ほど休んだほうがいいでしょう。お屋敷がそれでやっていけるのであれば」

「なんとかしよう」ウィリアムは立ちあがって手を差し出した。医師は傷に触れないよう気をつけて、その手を握った。そして少しためらったあと、鞄を開けて軟膏の小さな容器を取り出した。

意味ありげに身を乗り出してささやく。「伯爵閣下ご自身が正義の裁きを下すおつもりでしたら、そのあとこれをお使いください」

ウィリアムは村へ行ったものの、事件以来いらいらして仕事が手につかず、なんの成果もあげられないままロートン・パークに戻ってきた。部屋に戻ると上着を手近な椅子の背もたれにかけ、落ち着きなく歩きまわりはじめた。ときどき立ち止まっては、ずきずきと痛む手をさする。あの男を殺せるなら、すべての指の関節が折れてもかまわない。それでも従僕が止めてくれたことには感謝している。

あれから一日が経過した。ヘレンに会いに行きたくてたまらない。彼女はまだ傷が重く、頭は混乱しており、しかもひとりきりだ。ヘレンは以前に一度だけ父親のことを口にしたが、会いに行くという話をしたことはない。両親を亡くして身寄りがないのかもしれない。医師の診察のあと、ミセス・マローンはヘレンを休ませるためすぐに上階の部屋へ連れていき、ウィリアムが会う機会はなかった。

怒りがこみあげる。何かして、胸の苦しさをやわらげねばならない。もう何回目になるかわからないが、この状況のばかばかしさを思った。自分の家の階段をのぼり、自分が雇う使用人の部屋を訪れることがなぜできない？　ヘレンの容態を確認するだけのことが、そんなに悪いのか？　単純なことに思える。だがもちろん、実際には単純ではない。

女性、それも男に襲われた女性の部屋を訪れるのが礼儀に反するのは当然だ。しかも身分の差もある。使用人を助けるためにスキャンランに殴りかかった話が広まれば、ウィリアムの評判は落ち、おそらくは嘲笑の的になるだろう。ロンドンでも田舎でも。それでなくとも、あまり評判がいいとは言えないというのに。

問題は、自分自身がそんなことを気にするかどうかだ。家族を亡くしたあと、ウィリアムは上流社会に背を向けた。自分が彼らと同類でないことには、なんの疑いもない。舞踏会や夜会に招かれはするが、それは由緒正しい血筋の裕福な独身男性だからであって、貴族たちに人気があるからではない。家族の悲劇により、ウィリアムは遠く離れた土地から運ばれて観賞される珍しい動物のような見せ物になってしまった。だったら、なぜいまさら世間の目を気にする必要がある？

ひとりでヘレンの部屋を訪れることを正当化しているだけなのはわかっている。本来なら許されないのだ。それでも会いに行きたい気持ちは変わらない。

彼は静かに扉を開け、廊下の突き当たりまで行った。装飾を施したはめ板の裏には秘密の入り口が隠されている。そこから足音をたてずに、使用人の居住区画までらせん階段をのぼっていった。

両側に扉が並ぶ薄暗い廊下に出た。幸い、そろそろ使用人たちは夕食の時間なので、邪魔が入る恐れはない。書斎でヘレンと交わした会話を思い出す。彼女は自分の部屋が夜は寒いと言っていた。だとすると、屋敷の中央からいちばん遠い部屋に違いない。その条件に当てはまりそうな扉が右側に見えたので、歩いていってノブをまわした。

できるだけ静かに扉を開ける。部屋はきちんと片づき、家具は少なくて殺風景だ。午後の陽光は弱まりつつあるが、狭い部屋の奥のベッドに横たわるヘレンを見分けることはできた。薄暗い中だと真っ黒に見える髪は、肩のまわりで長く豊かに波打っている。

　視線は下へ向かい、女らしい曲線を描く腰にたどり着いた。その一部は毛布に覆われている。毛布がしっかり体に巻きついているのを見たとき、ウィリアムは満足感を覚えた。

　間違いを犯す前に頭をすっきりさせようと、深呼吸をする。ヘレンが目覚めて、部屋の入り口にいる彼を見て驚いたとき、どんな言葉をかけたらいいか考えておかなくては。ここに立ちつづけていたら、いずれヘレンは目を覚ますだろうから。起こすべきだろうか？　そもそも自分はなんの権利があってここにいるのだ？　いま、ウィリアムにふさわしい花嫁を見つけるための計画が立てられている。その花嫁とはヘレンではない。彼女に求婚することはできない。しかも彼はヘレンをスキャンランから守ってやれなかった。それどころか、あの卑劣漢を屋敷に招待することによって、彼女を危険にさらしてしまった。

　ヘレンが眠たげなため息とともに扉のほうへ顔を向けた、ウィリアムは息をのんで目を凝らし、その比類なき美しさと、黒くなって醜く盛りあがった目のまわりを見て取った。彼女が目覚めかけているかのように毛布の下でもぞもぞ体を動かす。ウィリアムは突然、見つかる前にここを出たいという強い衝動に襲われた。ここへ来てはいけなかったのだ。

　そっと扉を閉めようとしたとき、蝶番が大きくきしんだ。ヘレンが身じろぎをやめてかたまったので、ウィリアムの心臓は激しく打った。彼女がぱっと起きあがり、きょろきょろと部屋を見まわす。彼女をおびえさせてしまったことを内心で罵りながら、ウィリアムは自分の姿が見えるように急いで足を踏み出した。

「ヘレン、わたしだ」小声で言い、恐怖に顔をこわばらせたヘレンがこちらを認識するのを待った。数秒後、彼女の荒い呼吸が少しおさまった。

「旦那さま?」

ウィリアムは安堵の息をついた。「そうだ。ヘレン、びっくりさせてすまない。きみが大丈夫かどうか、自分の目で確かめたくて……」それ以上何を言っていいかわからず、口ごもった。

単にきみに会いたかったんだ。

ヘレンが目をきらめかせ、少し肩の力を抜いた。「入られたほうがいいでしょう、人に見られる前に」

彼は扉を閉めてベッドに歩み寄った。一瞬ためらったあと、しゃがみ込んで手を差し出す。最後にいやな別れ方をしたにもかかわらず、ヘレンはその手を取り、彼が軽く抱擁するのを許した。彼女がシュミーズしか着ていないという事実を、ウィリアムは極力意識するまいとした。

ヘレンは彼の腕に身をゆだね、肩に頭をのせた。「ここにいらっしゃってはいけません」

「そうだな、しかしわたしはあまり礼儀作法を気にしない人間のようだ」ウィリアムはヘレンの髪に口をつけて応え、彼女がくすりと笑う声を聞いた。それからヘレンは体を引き、真剣な顔で見あげた。

「ミスター・スキャンランはどこですか？」

「誰も話していないのか？」

「あの、話したかもしれませんけれど……覚えていません」

ウィリアムはこぶしを握った。「あいつは……昨日追い出した。屋敷へ戻ってすぐに」

「これはそのときの傷ですか？」ヘレンが彼の右手を持ちあげて傷を眺めた。

彼女の肌は柔らかい。「そうだ」

「そんなことをなさるべきではありませんでした。噂になります」

「どうせ人は噂をする。あの男を殴ったことは後悔していない。唯一の後悔は、もっと早く追い出さなかったことだ」たちまち罪悪感が胸に広がり、彼はうつむいた。

ヘレンが目をしばたたく。「こんなことになるなんて、わかるはずがなかったでしょう？」

「直感に耳を傾けるべきだったんだ。晩餐の席での話し合いのあと、やつを信頼できるという確信を持てなくなった。あいつは工場労働者への気遣いを少しも示さなかった。だから、わたしのメイドにも敬意を払わないやつだと気づくべきだったのに」

「必ずしも直感に従うべきだとはかぎりません」ヘレンが少し皮肉めかして言う。

その指摘は正しいが、ウィリアムはそれを無視した。「この屋敷にいるかぎり、二度と誰にもきみに手を触れさせない」

「旦那さま以外は、ということですか？」

それは非難だと解釈することもできただろうが、実際には違う。彼女は事実を述べているだけだ。とはいえ、そういう言葉を聞くのは腹を殴られるのと同じくらいつらい。

「ヘレン――」

彼女はウィリアムの腕に手を置いて止めた。「わたしは大丈夫です」悲しげに言う。「もう行ってください。旦那さまがここにいることを人に知られてはいけません」

もっと言いたいことはあったものの、ウィリアムはあきらめて立ちあがった。ヘレンが形のいい脚をベッドの脇におろして少しでも慎み深くしようとシュミーズの裾を引きおろすあいだ、彼は床に目を据えていた。彼女が肩に毛布をはおると、見えるのは足だけになった。だが、ウィリアムはその足に魅了された。ヘレンそのものと同じく、美しくて小さい。とたんに彼女とベッドに入ることを空想した。毛布の下にもぐり、あの完璧な爪先でふくらはぎを撫でられるところを。

早くこの部屋を出なければならない。

手を伸ばしてヘレンの頬に触れ、醜いあざをなぞる。「もう行くよ。だが、本当にどんな具合だ？　それをききたかったんだ」

「明日にはすっかり元気になっていると思います」ヘレンは感謝のまなざしを向けた。「今日一日、休ませてくださってありがとうございました」

ウィリアムは真顔で首を横に振った。「医者は三日間休むべきだと言った。だからそうしてもらうよ、クララ」

ヘレンのダークブラウンの目が見開かれる。「な、なんとおっしゃいました？」

少しからかうだけのつもりだったので、彼女の反応には面食らったが、ウィリアムは冷静な口調を保とうとした。「使用人用食堂で、きみは自分がクララ・メイフィールドだと言った」思いやりをこめて彼女の豊かな髪を撫で、耳の後ろにかけてやる。

ヘレンはぞっとしたような表情で彼を見つめている。「そんなことを言ったのですか?」

「ああ。たしかに言った。朝食の席でのエリザの話が、きみの頭にこびりついていたようだ」ウィリアムはまじめな調子で言った。「だから、もう一度きく」かがみ込んで、ヘレンと目の高さを合わせる。「自分が誰かわかっているか?」

美しい顔が、彼には読み取れない感情で曇った。

「自分が誰かはわかっています」

ウィリアムは手を彼女の顎から口まで滑らせ、親指で下唇の曲線をなぞった。

「では、わたしが誰かは知っているか?」やさしく尋ねる。

ヘレンはうなずき、毛布をさらにきつく体に巻きつけた。

身をかがめて顔を近づける。「わたしの名前を言ってくれ」

彼女が息をのむ音が聞こえた。これが間違いなのはわかっている。ウィリアムは目を合わせたまま、心の中でその願いを繰り返した。

わたしの名前を言ってくれ。

ヘレンの濃いまつげが色白の頬に影を落とす。

「ウィリアム――」彼女はささやいた。

次の瞬間、彼は唇を奪った。名前を呼ばれたときに感じた親密さは、想像を絶するほど強烈だった。必死で自制しようとしながらも、舌を口に差し入れて舌を求める。森でのときと同じく、ヘレンは彼に正気を失わせるほどの熱心さで応えた。

毛布の上から体を撫でおろしていき、丸いヒップまで達した。何も考えずにそこをつかみ、ぐいと引き寄せる。彼の下腹部がこわばっているのが、薄いシュミーズ越しに感じられるだろう。ヘレンが唇を引きはがして小さくあえいだ。

やめろ。彼女はこんなふうに襲われることを求めていないはずだ。あれほどの暴力を受けたのだから。

ウィリアムは首を横に振って手を離した。「すまない――」なんとかそれだけを言う。ヘレンが閉じていた目を開けた。まなざしは、まだどこかぼんやりしている。シャツをつかまれて、彼ははっとした。ヘレンは落ち着いて見えるが、手のわずかな震えが緊張を示している。彼女がウィリアムを見据えて優雅に肩をあげると、はおっていた毛布が足元まで滑り落ちた。目の前にしどけない姿で立たれたとき、彼はわれを忘れた。

家族。義務。責任。

そう弱々しく自分に言い聞かせながら、ヘレンを見つめる。薄いシュミーズから透けて見える豊かな胸を……シュミーズの下からのぞく腿の魅力的な肌を……その瞬間、抵抗する力はあえなく消え去った。

ヘレンが欲しい。離れているべき理由は山ほどあるけれど、心は彼女を求めている。体は彼女が欲しくて燃えている。

ウィリアムはうなり、ダークブラウンの髪に顔をうずめた。首筋に口づけて深く息を吸う。ヘレンのうめき声の響きを唇で感じ取った。

首の付け根を甘噛みし、彼女の香りを吸い込む。すばらしいにおいだ。これまでに会った顔も覚えていない多くの若い娘のような、スミレやジャスミンの香りではない。どんな香水よりもかぐわしい、ヘレン自身の甘いにおい。ふたたび彼女の体を探り、今回は上へ向かって胸のふくらみを覆った。ああ、彼女は柔らかい。とても柔らかい。ヘレンは背中を弓なりにして体を押しつけ、小さく息をあえがせている。ウィリアムはそれに応えてシュミーズの上からやさしく胸を包み、指で敏感な先端を撫でた。

「そうよ」彼女がささやき、息をするためにいったん顔を引く。「ああ、そうよ……」

左の肩紐を引っ張ると、ヘレンは息を止めた。彼は貪るようにキスをしたあと唇を離し、ヘレンに抗議できる時間を与えた。だが、彼女は息を止めたまま何も言わない。ウィリアムはふたたび肩紐を引いて、シュミーズに包まれていた豊かな胸の片方を解放した。

「呼吸することを思い出すんだ」そうささやきながら、指先でたわわな曲線をなぞり、彼女の額をそっと唇でかすめる。

ヘレンが小さくかわいい声をあげた。

「きみほど美しい人は見たことがない」ウィリアムはそう言って、飢えたように彼女を見おろした。もう片方の肩紐もおろし、両方の胸を狭い屋根裏部屋の冷気に触れさせる。

見つめられてヘレンは頬を染めたものの、彼を止めようとはしなかった。目を閉じて、愛撫に身を震わせている。ウィリアムが頭をさげて胸の先端を口に含むと、彼女は声をあげてのけぞった。ダークブラウンの髪が背中に流れる。ヘレンは彼の手と唇しか感じられないようだった。ウィリアムの髪をつかんで引きあげ、激しくキスを求めた。

ヘレンの手が髪からウエストに移ったとき、彼はわれに返った。

「やめなくては」シャツの裾をズボンから引っ張り出されて、ウィリアムは息を荒くした。

「ヘレン——」

腹部を撫でられた瞬間、彼は身をかたくした。ヘレンはやめるどころか、ウィリアムに触れたいようだ。筋肉質の胸を撫でてため息をつき、さらにシャツをめくりあげて肌と肌を合わせる。今度はウィリアムのほうが息をあえがせる番だった。そして気がつけば、彼はヘレンを乱暴に壁に押しつけていた。

彼女の脚のあいだに腿を割り込ませる。ヘレンの呼吸が速くなった。熱っぽい目で、ウィリアムに負けないほどの欲望をこめて見あげている。彼がさらに下腹部を強く押しつけると、ヘレンの顔は真っ赤になった。

これが許されないことなのはわかっている。だがヘレンを腕に抱いているこの瞬間、そんなことは気にしていられない。悲惨な結果を招くとわかっていながら、ふたたび魅力的なピンク色の唇を味わおうと顔をさげ……。

小さなノックの音にさえぎられて、ヘレンが凍りついた。ウィリアムは募る欲望を懸命に抑えようと小さくうめき、体を離した。急いで部屋の隅に向かう。彼女はあわててシュミーズをもとに戻した。扉越しにくぐもった声が聞こえてきた。

「ヘレン、ステラよ。起きているの？　声が聞こえたと思ったんだけど」

忍び足でベッドまで行ったヘレンはうろたえた顔でウィリアムに目をやったあと、眠そうな声を出した。

「ステラ？　わたしは大丈夫よ……寝ようとしているだけ」

すぐに返事がなかったので、彼はステラが行ってしまったのかと思ったが、そのとき次の言葉が聞こえた。

「男の人の声が聞こえた気がするの」

まずいぞ。

それを聞くとヘレンは立ちあがり、落ちた毛布を床から拾いあげて体に巻きつけ、扉を数センチだけ開けた。ステラを見つめる。

「女性用の区画で？　冗談でしょう？」皮肉めかして言った。

扉の向こうで、ステラが小さく笑った。「絶対に聞こえたと思うんだけど……」

ヘレンが扉を大きく開けて無人のベッドを指し示したので、ウィリアムは部屋の隅で身を縮めた。

「変ね」ステラは困惑している。「空耳だったのかも。それで、気分はどう？　ひどい顔だわ」

「まあ、うれしい」ヘレンは冗談で返した。ノブをつかむ指は震えているが、それだけが緊張のしるしだった。

「ごめんなさい、ただ、あなたの顔――」

「本当に、わたしは休んでいなくちゃいけないのよ」ヘレンがわずかにいらだちをにじませた口調になった。

「ああ、ごめんなさいね。また様子を見に来るわ」

ヘレンは小さく息を吐いて扉を閉め、もたれかかって体を支えた。ウィリアムと目が合う。

〝危なかったわ〟彼女は口の動きだけで、そう伝えた。

実際どれほど危なかったか、ヘレンには見当もついていないだろう。

15

クララはきちんと見えるように髪をしっかり帽子におさめたあと、顔の左側にそっと触れてみた。腫れはほとんど引いたものの、醜い黒や紫色のあざが残っていて、完全に消えるには数週間かかるだろう。そう思うと気分が悪い。人からどう見えるかが気になるからではなく、あの事件をいやでも思い出すからだ。それに傷のせいで、使用人たちの中にいるとき自分ひとりが目立ってしまう。

次に伯爵と顔を合わせるのが怖い。あそこで中断してよかった。それでも素肌を唇でなぞられたこと、脚のあいだにたくましい腿を差し入れられたことを思い出すと、いまも体が快感でしびれる。そのことを考えてはいけない。考えたら、次に会ったとき、恥知らずにも彼に身を投げ出してしまう。アシュワースが欲望を感じていたのは間違いないけれど、いずれ別の女性と結婚するという事実は変わらない。

ため息をついて姿勢を正し、階段から食堂に向かった。入っていくと、使用人の大半が軽い朝食の真っ最中だった。突然現れたクララを見て、驚きや喜びの声があちこちからあがった。

「ヘレン！」チャールズが目を輝かせた。椅子から立ちあがり、駆けてきて強く抱きしめる。アメリアもすぐに立ち、やってきて抱擁した。

「よかったわ、元気になって」一歩さがって顔を眺める。「ずいぶんよくなったみたいね」

馬番のオスカーが、飲んでいた紅茶から顔をあげて目を丸くした。「前はそれよりひどかったってこと？」

チャールズが腹立たしげにオスカーを見て、後頭部を軽くはたいた。オスカーはむっとしたものの、それ以上の発言を控えるだけの分別はあった。

「もう充分よ、みんな。喧嘩《けんか》はやめなさい」ミセス・マローンがテーブルの上座からそっけなく言う。立ちあがってナプキンを丁寧にたたみ、クララに微笑みかけた。いつも無表情な家政婦長の笑顔は少々不自然だった。顔の筋肉が笑うことに抵抗しているかのようだ。「おかえりなさい、ヘレン。座って何か食べて」

クララはお辞儀をすると、ステラとテスのあいだの空席に腰をおろした。テスは恥ずかしそうに微笑んで紅茶を注いでくれたが、ステラは視線をそらしている。クララは気持ちが沈んだ。

バター付きパンと薄切りハムという簡素な朝食はとてもいいにおいがして、クララは喜んで皿に取った。「ありがとう、テス。調子はどう？」意味ありげに横目でオスカーをちらりと見て、若いメイドに尋ねる。

テスはその質問の隠れた意味に気づいて笑った。あわてて頬に手を当て、照れを隠す。

「すごくいいわ。あなたが戻ってきてくれてよかった」

クララはにっこりした。「よかった。それを聞いてうれしいわ」湯気のあがる紅茶をひと口飲むと、かごからロールパンをもう一個取り、ステラのほうを見る勇気を奮い起こせるよう時間を稼ぐ。ついに目をやったとき、ステラはこちらをじっと見つめていた。

「気分はよくなったみたいね」

「ええ。体を休める時間が持ててよかったわ。だけど戻れてうれしい。この三日間、ひとりきりで寂しかったから」

ステラは何か考え込むような表情になった。「そうなの？」

クララの心臓が止まりそうになった。

ああ、どうしよう、ステラは知っているんだわ。

「あの――あなたが何を言いたいのか……」

「ヘレン！」

振り返ると、いま食堂に入ってきたばかりのマシューが廊下に出るよう手招きしている。

クララは邪魔が入ったことに感謝してマシューのところへ行き、階段のそばの人目がないところまで歩いた。なんの用だろうと首をかしげて尋ねる。

「どうしたの、マシュー？」

振り返った彼はクララをしっかりと抱きしめた。突然の好意的な仕草には驚いたが、うれしくもあった。とりわけ、長いあいだ家族と離れている身にとっては。こういう友好的な親密さを感じられなくて寂しかったのだ。感情がこみあげて胸が締めつけられる。喜んで抱擁を返したあと、体を離してマシューに微笑みかけた。彼も笑顔で見おろす。

「きみが戻ってきて本当にうれしいよ、ヘレン。ずいぶんよくなったみたいだね」あの日の出来事を思い出したのか快活さが消え、マシューは目をそらした。「スキャンランのやつを殴り飛ばしてやりたかったよ、きみのため、それにアメリアのために」

「どうしてそうしなかったの？」冗談めかしてきく。

「旦那さまのせいだよ！　ぼくもチャールズも、あいつに近づくことすらできなかった。アシュワース卿が先に扉を蹴り倒して、あいつに襲いかかったからね」彼は眉をあげて口笛を吹いた。

　クララは目をむいた。「旦那さまが扉を蹴り倒したの？」

「ああ、そうさ。きみが、自分は家出したメイフィールド家の跡取り娘だと言ったあとに」マシューは笑いを押し殺そうとして顔を真っ赤にしたが、結局はこらえきれず大声で笑った。

「あれは面白かったよ。ぼくも頭をけがしたとき、ああいう話をしてみようかな」

「わたしったら、ばかみたいね」クララは弱々しく笑いながらも吐き気を覚えていた。どうやらみんなの前で本名を口にしていたらしい。「アメリアはどんな具合？　かなりよくなったみたいだけれど」

　マシューは柔らかな目つきになった。「もうすっかり元気だよ。あの事件のあと、ぼくたちは話をして、ぼくは——気持ちを告白したんだ」

「まさか！」

「本当さ」

「それなのに、あなたはいまここに立っている……生きた体で！」

マシューは笑った。「そのとおりだよ。それに」にやりとしてつけ加える。「あの子、ぼくにからかわれるのが好きなんだって」

クララは彼の体に腕をまわした。「だったら、やめないほうがいいわね」ぎゅっと抱きしめる。「わたしもうれしいわ！」

体を離して見あげたとき、マシューの視線が彼女の頰に向かった。笑みを消し、重苦しい表情であざの近くを撫でる。「きみには早く治ってほしい。スキャンランを思い出させる傷なんか、なくなってほしいよ」

クララは笑顔になった。「心配しないで。もうずいぶん――」

頭上でベーズ張りの扉が開き、アシュワースが早足で階段をおりてきた。クララが見あげると、彼はハンサムな顔に戸惑いを浮かべて立ち止まった。

違うわ、そうじゃない……。

マシューがぱっと手をおろし、大きく一歩さがってクララと離れた。

「旦那さま」少しわざとらしいほどはきはきと言い、深くお辞儀をする。「いま階上へ行こうと思っていたところです……紅茶を持って……旦那さまとパクストンのお話し合いに備えて」言葉がしどろもどろになった。

アシュワースはクララをちらりと見たあとマシューに視線を戻した。首をかしげ、目をぎらりと光らせる。

「それなのにおまえはヘレンと一緒にここにいて、紅茶のトレイはどこにも見えない」

不安でクララは気分が悪くなった。伯爵は激怒している。マシューと逢引していたわけではないと、彼に告げる手段はない。

マシューはなんとか仕事に意識を戻そうとしている。「ああ、本当だ、そうですね。いますぐトレイを取ってきてお届けします、旦那さまがお望みであれば」後ろめたそうに咳払いをし、主人に顔を向けた。

伯爵は永遠とも思えるあいだじっと立っていたが、やがてぶっきらぼうにうなずいた。

「いいだろう。書斎まで持ってきてくれ」

マシューが急ぎ足で去ると、アシュワースは険しい顔で射抜くようにクララを見据えた。

「もっとほかにするべきことがあるだろう。マシューと関係のない仕事はたくさんあるはずだ」

屈辱、不安、そして非難された心の痛みが一気にクララを襲った。でも正直なところ、それは不当な非難だ。彼女は挑むように顎をあげた。

「旦那さま、おわかりいただきたいのですが――」

「そうだ――」アシュワースが怒りをこめた声でさえぎる。「わかっておくべきだった。さて、わたしは失礼する。重要な仕事があるのでね」

急に冷たい態度を取られて何も言えなくなり、クララはその場に立ち尽くした。頭上の階段から伯爵の足音が完全に聞こえなくなるまで。

ウィリアムは書斎に駆け込み、乱暴に扉を閉めた。あんなことがあってまもなくヘレンが別の男の腕に抱かれるところを見るとは思っていなかったが、それは予期しておくべきだったのだろう。彼女とのつながりを断ち切ろうとしたのはこちらではないか？　自分と釣り合う妻を見つけるために、ヘレンとのあいだに線を引いたのは？

しかしそれは、ヘレンの部屋に入り込み、彼の名前を言ってくれと懇願する前のことだった……。

〝ウィリアム――〟

机の後ろの椅子に座り込み、両手に顔をうずめる。マシューのことはけっこう気に入っていた。あの男を憎むことになるのは残念だ。だが、マシューならヘレンを大切にするだろう。それに自分とヘレンが相思相愛でなくてよかった。彼女はすでに同じ身分の相手とつき合いはじめている。一方ウィリアムは愚かにも、書斎にこもってヘレンに思い焦がれていた。しかし、これで花嫁探しはもっと容易になるだろう。少なくともそうなることを願っている。

胸の中では暗く激しい怒りが渦巻いているものの、最終的に口から出たのは笑いだった。最初は静かに、そのあと徐々に大きく。ヘレンが愛してくれていると思い込むなど、なんと愚かだったのか。なかなか説得力のある芝居だったが、結局は偽りだったのだ。そしていま、栄光あるアシュワース伯爵は女ひとりのことで落ち込んでいる。それも単なる女ではなく、自分が雇っているメイドのことで……。

怒りに任せて腕を横に払い、机の上のものを床にぶちまけた。立ちあがって、荒く息をつきながら惨状を眺める。もう笑ってはいない。インク壺は倒れ、足元に散らばった多くの帳簿や本はインクまみれだ。絨毯もひどく汚れている。

使用人のひとりが、このインクで汚れた紙や本の山を掃除しなければならない――それはヘレンかもしれない。そう考えると少しは気分がせいせいした。

小さなノックの音が、紅茶を持ってきたマシューの到着を告げた。

「入れ」ウィリアムは怒鳴った。

乱れた部屋を目にしたマシューの驚愕の表情を見たとき、ウィリアムの中でふたたび怒りがわきあがった。心から後悔するようなことをしてしまう前に、新鮮な空気を吸い、散歩をし、とにかく何かしなければならない。マシューをにらんで床を指さす。

「誰かにここを掃除させろ。それからパクストンには、また今週中に会うと伝えろ。わたしは外出する」

返事を待つことなく、仰天しているマシューを押しのけ、ウィリアムは自分の屋敷から逃げ出した。ほんの数分のあいだに、突然嫌悪を感じるようになった屋敷から。

翌朝、初雪が降った。まだ一二月にもならない時期の降雪は、ケント州としては早いほうだ。クララはまたエリザに呼ばれた。今回は裏庭に。呼び出しの手紙は短く、それを読んだときは胸がどきどきした。〝ロザがあなたにテラスまで来てほしがっています〟

何を予期すべきかわからない。スキャンランの事件以来、エリザと話す機会はなかったのだ。

外の寒さを考えて手袋をはめ、ブーツを履き、地味な茶色のマントをはおる。うんざりと姿見を一瞥したあと外へ出た。どんなに不満を覚えても、それで見かけがよくなるはずはない。正直なところ、高価な生地でレースの飾りがついた上等のドレスがたまに懐かしくなる。そういうドレスは、不愉快な状況に直面するとき自分を守ってくれる鎧《よろい》のようだった。

ため息をついて階段をおりる。こんな生活には疲れてしまう。疲れるどころではない。ときどき正気を失いそうになる。正体を偽っているだけでもつらいのだ。しかも家族には会えないし、伯爵の寵愛《ちょうあい》もいずれ失う運命にあると思うと……もう耐えられない。

でも、どうすればいいのだろう？

ラザフォード男爵からは自由になったけれど、結局ここでの生活にも自由はない。しかも婚約者から逃げたことは、上流社会で長いあいだ面白半分に噂される醜聞を生んでしまった。使用人となって身を隠していることがばれたら？　クララの評判はずたずたになり、名誉回復は不可能だ。

彼女のせいでアシュワースの体面が傷つくことになってはならない。彼の家族の体面も。自分の家族の体面も。

ごくりと唾をのみ込んで、喉のつかえをほぐそうとする。いまや自分の将来がはっきりと見える。そこにクララとアシュワースが一緒になれるという筋書は含まれていない。

クララが少しでも幸せになれるとしたら、それはラザフォードが別の女性と結婚して――本当はこの世から消えてほしいのだが――彼女が帰宅し、両親の許しを請うた場合だ。母はクララに会えて喜んでくれるだろう。でも、父がどんな反応を示すかはわからない。反抗的な行動を取ったことで娘をふたりとも勘当するとは思えないけれど、一生独身のまま過ごすクララを受け入れてくれるだろうか？

姉に頼ってみることはできる。だが、たとえルーシーに妹を助ける気があるとしても、義兄の稼ぎは少なく、クララを養うのは難しそうだ。もちろん使用人として働いてきたいまなら、重労働もいとわない。同居させてもらえるのなら、自分の食い扶持《ぶち》は稼ぐつもりだ。

気がつけば踊り場で立ち止まり、指に血が通わなくなるほどきつく手すりを握っていた。ゆっくり息をして落ち着きを取り戻し、扉を開けて廊下に出る。重圧に負けてはならない……負けてなるものですか。大きな危険を冒してがんばってきたのだ。どんな結果になろうと、この芝居をやり抜くしかない。

外に足を踏み出し、屋内の暖気を逃さないよう急いで扉を閉める。ロザの小さな体が跳ねるように歩道をやってきたかと思うと、クララのスカートにしがみついた。

「ヘレン！　どこにいた――」顔をあげてクララの傷ついた顔を見たとき、生来の好奇心よりも衝撃が勝って、少女は黙り込んだ。クララはひざまずいて目を合わせ、心をこめて微笑んだ。

「ちょっと事故があったんです。しばらく自分の部屋で休んでいましたけれど、もうかなりよくなりました」

「よくなってないでしょ。痛そう」悲しくなったのか、ロザの小さな鼻が赤くなる。

エリザが静かにやってきた。紫がかった灰色の短いケープをはおり、そろいのボンネットをかぶった彼女はとても美しい。大きく悲しげな目がクララの目と合った。娘のすぐ後ろで足を止め、その肩に手を置く。

「本当によくなっているのよ。だけど、抱きしめてあげたらもっと元気になるかもしれないわね」

クララが両腕を広げると、ロザは飛び込んできて首に顔をうずめ、ぎゅっとしがみついた。少女に抱きしめられたとたん、今朝の陰鬱な思いや感情が消え、クララは安堵のため息をついた。ようやく抱擁が解けたとき、気分はかなりよくなっていた。

「ロザ、もっと雪玉をつくれる？」エリザがきく。「あそこの噴水のそばが吹きだまりになっているわ」

「うん、お母さま」

ロザがテラスを歩いていくと、雪に小さな靴の跡が残った。エリザがにっこりしてクララに近づき、肩に腕をまわす。

「少し今朝のお仕事から解放してあげようと思ったの。それにわたしもあなたに会いたかったから」けれどもそのあとエリザの顔から笑みは消え、澄んだ緑色の目には心配と後悔が浮かんだ。「ああ、ヘレン、いまでも信じられないわ、スキャンランがあんなひどい人だったなんて」

「あの人の本性を知るすべはありませんでした。というより、どんな人であっても本性を知るのは難しいものです」

エリザは一歩さがり、うかがうようにクララを見た。「そうね。だけどわたしの娘が危機にさらされたとき、あなたは身の危険を顧みずに探してくれたわ。アメリアがあの男に襲われたときも、あなたは自分を危険にさらしてまでも助けた」クララをぎゅっと抱きしめて手を離す。「わたしはあなたのことをよく知っていると思いたいわ」

とたんに罪悪感に襲われ、クララはもじもじした。信頼している使用人、娘を託すくらい信用している相手が正体を偽った食わせ者だと判明したら、エリザはどんな反応を示すだろう？

クララは感情を殺して微笑もうとしながら、雪に覆われた石畳のテラスをエリザと並んで歩いていった。

「気分はどうなの？」沈黙を破ってエリザが尋ねる。

「もうすっかりよくなりました。お気遣い、ありがとうございます」

少しためらったあと、エリザは次の質問を発した。「それで、あなたは……自分が誰だかわかっているの？」

彼女もクララが朦朧として口走ったことを聞いたらしい。皮肉なのは、クララがけがのせいで自分が誰かを忘れたのではなく、逆に思い出したということだ。

「ご安心ください、自分が誰かはわかっております。ただ、家出した資産家の跡取り娘だと思い込むのも気分が悪いことではありませんね」なんとか軽く笑ってみせる。

嘘つきね。

エリザが興味を引かれて目を輝かせた。「たしかに、そんな立場になったら胸がわくわくするでしょうね。クララ・メイフィールドのことは気になるわ」少し言葉を切って考える。「自分の意志で逃げたのだとしたら、とても勇敢か、とても愚かなんでしょう。どちらかは判断できないわ」彼女は笑いながら言った。

クララも同じような反応を見せようとしたが、笑顔というよりしかめっ面に近い表情になってしまった。面白がっていると思ってもらえればいいのだけれど。

「両方かもしれません」ようやくそれだけ言った。

エリザは考え込むような表情になった。返事をしようとしたとき、ゆるく握った雪玉が肩に当たった。驚いてぽかんと口を開け、ロザを見る。少女は凍った噴水のそばで何食わぬ顔で立っていた。にやりとして生け垣を指さす。

「あの人がやったの！」告げ口するように言った。

クララは雪景色を眺めたが、誰の姿も見えない。エリザは腰に手を当て、嘘をついた娘を叱ろうとしたが、噴水近くの背の高い茂みの後ろからエヴァンストン子爵が笑顔で現れたので口をつぐんだ。黒い革のブーツが雪を踏みしめる。彼はいたずらっぽく目を輝かせ、雪玉を手の中で転がした。

「トーマス、悪い人ね！」エリザが目を細めてにらみつけた。「そもそも、どうしてここにいるの？」

その質問に、エヴァンストンは傷ついた表情を装った。「おいおい、エリザ。愛想が悪いな」自分の手を見おろす。「きみの兄上に会いに来たのさ。紡績工場についてのつまらない話し合いだよ。だからその前にちょっと遊ぼうかと――」

彼の胸に雪がぶつかった。エリザから仕返しに雪玉を投げつけられ、発言は途中で打ち切られた。エヴァンストンが目をあげた瞬間、彼女はふたたび雪玉を投げつけた。狙いは正確だったが、彼はひょいと身軽によけ、雪玉は的をそれて背後の茂みに飛び込んだ。

エヴァンストンが明るく青い目でつまらなそうにエリザを見る。

「それでおしまいかい？」

挑発されたエリザは腹立たしげに声をあげ、もっと雪を集めようとかがみ込んだ。

「ほら、ヘレン。あなたも参加して！」

クララはそれに従い、やがて女性ふたりは腕いっぱいに雪玉を抱えて立ちあがった。ところがエヴァンストンは早くも攻勢に転じ、テラスに突進してきた。ロザが後ろから追いかけ、自分のつくった小さな雪玉を彼に投げつけている。

エリザたちはあとずさりしながら雪玉を投げつづけた――クララは使用人としての立場を

わきまえ、エヴァンストンに当たらないよう注意していたが。テラスの端まで行くとふたりは分かれ、エリザは北へ向かってロザと合流し、クララは戦いから逃げて西へ走った。茂みの後ろに身を隠し、雪玉を握って待機する。ロザの甲高い声と凍った地面を走るエリザの足音にしばらく耳を傾けたあと、茂みの端まで移動して外をのぞき見た。

よく聞こえるよう首を伸ばすと、東のほうが騒がしくなった。音を追って噴水の横をまわり込み、足音を殺して冷たい石の小道を歩く。休眠中の木や茂みに身をひそめながら進んでいくと、ついに戦場に出た。

エヴァンストンはふたつの生け垣がぶつかる隅にエリザとロザを追いつめていた。恐怖を装って抱き合う母娘の足元めがけて雪玉を投げている。エリザは背後の茂みに積もった雪を集めて雪玉をつくろうとしたが、エヴァンストンは機敏に動き、彼女の手首に雪玉をぶつけて妨害した。

「まいったと言え！」

ロザがくすくす笑いながら、雪をかき集めて丸めた。「まいった！」と叫ぶと同時に、雪玉をエヴァンストンの脚に投げつける。

彼は体をふたつ折りにして大笑いした。「〝まいった〟というのは負けを認めて降参するという意味だぞ、ロザ」雪の中でしゃがみ込んで両腕を広げる。「いいことを教えてやろう。ぼくにキスしてくれたら許してあげるよ」

少女はためらうことなくエヴァンストンの腕に飛び込み、チュッと音をたてて頬に口づけた。後ろでは母親が楽しげに鼻息を吐いた。

「裏切り者ね」非難めかして言う。

エヴァンストンは雪玉を握ったまま、ロザの真っ赤なボンネットと鼻をぽんぽんと叩いた。それから進み出て、ふざけた表情でエリザを見る。

「まいったと言うんだ」

彼女は冷たい空気の中でつんと顔をあげた。

「言うものですか」

エヴァンストンはもう一歩前進してエリザと触れ合わんばかりに近づき、いたずらっぽくにやにやした。

「降参して、ぼくにキスしたらどうだ?」笑顔で見おろし、小声で言い添える。「きみが降参してもしなくても、ぼくはキスするかもしれないぞ」

エリザの顔に驚きがよぎった。

「親友の妹にいやがらせをしたくなるくらい、口説き落とした女性たちに退屈してしまったの?」彼女はさげすむように言ったが、頬に差した赤みは隠せなかった。

この気まずい状況からエリザを救わなければ、とクララは思った。茂みの後ろから出たとき、アシュワースが庭園の反対側から現れたのでぎょっとした。黒いオーバーコート姿の彼はどこか威圧的に見える。伯爵もクララを見て驚いたようだが、視線は彼女でとどまらず、ふざけた様子のエヴァンストンに向かった。

「妹を赤面させるのはやめろ、エヴァンストン。おまえは包囲されている」厳しい口調で言う。

振り返ったエヴァンストンは、自分の両側にアシュワースとクララが立っているのに気がついた。ふたりの登場にエリザが安堵の表情を見せる。

子爵はためらうことなく雪玉を投げたが、アシュワースは優雅な身のこなしでよけ、それを見てクララの動悸は激しくなった。

「しかたない、負けを認めるよ」雪玉が尽きたエヴァンストンは、多勢に無勢を悟って潔く言った。離れていこうとするエリザの袖に軽く触れる。「ロマンスは伯爵主催の来るべき舞踏会まで取っておこう」彼が小声で言うと、エリザの顔がまたもや紅潮した。

見るからにまごつきながらも、彼女はロザを抱きしめて自信たっぷりに応えた。

「あなたが女性全員とのたわむれを終えたときには、わたしのダンスカードはいっぱいになっているでしょうね」いかにも関心がないと言わんばかりの様子だ。

挑発されて、子爵は目をきらめかせた。「そうかもしれない。もちろん、ぼくが最初にきみとたわむれることにしなければの話だが」

エリザは啞然として立ち止まった。その反応からすると、エヴァンストンの執拗さは意外だったらしい。

「やめろ」アシュワースが怖い顔になった。

ロザが母親の腕の中で身じろぎをする。「どうして舞踏会を開くの？」

エリザは娘を見おろした。話題が変わったことにほっとしているようだ。「それはね、伯父さまに花嫁さんを見つけるためよ」

ロザがクララを見た。「そうなの」小さな声には戸惑いが聞き取れる。

アシュワースはエヴァンストンのほうを向き、肩を叩いた。「そろそろ話し合いを始めよう」彼を促して屋敷に入っていく。

子爵のため息が背後にいるクララにも聞こえた。冷気の中で息は白い。「ああ。きみはスキャンランへの宣言を守るつもりでいるんだな?」エヴァンストンの表情が険しくなった。「遠く離れた北部で多額の投資を行うのはぼくにとって非常に都合が悪いと言ったら、結果は変わるか?」

「いいや」アシュワースが答える。「変わらない」

「今夜、ぼくはある女性の友人を誘うつもりで約束に遅れたくないと言ったら?」

伯爵はばかにするように眉をあげて友人を見た。「きみが情事にふけっているときを避けて話し合いを進めようとしたら、何ひとつ決まらないだろうな」

エヴァンストンが笑いだし、アシュワースは一瞬クララに目をやったあと、また歩きはじめた。彼と一緒にいるのはいらだたしい。でも、事実関係をはっきりさせるのは無理だ。マシューとはなんでもないと言ってアシュワースを安心させたいけれど、このままのほうがいいのかもしれない。クララが別の男性と愛し合っていると思ったなら、彼もあきらめてくれるはずだ。

そのほうがいい。違うだろうか？

〝いいはずないわ〟彼女の心が反論する。

エリザはロザを地面におろし、早足で兄に追いついた。「忙しいのは知っているけれど、今度の舞踏会のメニューについて意見を聞きたいの。ミセス・マローンは料理人と相談するのに充分時間が欲しいと言っているのよ」

距離があるのでよく見えないが、伯爵が横を向いて悪態をついたようにクララには思えた。

ロザが小さな手を差し出してきた。クララはその手をしっかりと握って少女を見おろした。冬服に身を包んだロザはとても愛らしい。何か内緒話をしたいらしく、クララに頭をおろすよう手招きをした。

「なんですか？」

興奮気味のロザが考えをまとめるには少し時間がかかった。やがて少女はささやいた。

「お母さまは——えっと、お母さまはヘレンに言っちゃだめって言ったんだけど……わたし、寡婦用住居でヘレンと一緒に住むのが待ちきれない！」

16

クララはマントをぞんざいに肩からはおり、頭をさげて、身を切るような風を避けた。冬になってすぐに積もった雪は降ったときと同じく突然消えたが、冷たい北風はあいかわらず吹きつづけている。でも、彼女は平気だった。悪天候はいまの気分に合っている。真っ青な夏空から降り注ぐ金色の日光を浴びながら絶望に陥ったなら、違和感を覚えただろう。この冷たい灰色の空は、現在の生活によく似合う背景だ。

冬服に身を包んだ人々の群れをかき分けて、村の中を歩いていく。今日はアシュワース伯爵主催の舞踏会の前日。ミセス・フンボルトとジリーは、ケーキやビスケットやサンドイッチ――豪華な舞踏会の軽食テーブルを飾る食べ物――をつくるのにてんてこ舞いをしている。長年料理の腕を存分に振るえずにいたミセス・フンボルトは、表面的には自信たっぷりに熟練の技を披露していた。けれど内心はまったく違うことにクララは気づいていた。顔がどんどん赤くなり、悪態をつくことが目立って増えているのがその証拠だ。とはいえ、それは料理用のシェリー酒をこっそり飲んでいるからかもしれない。

今日の分のケーキを全部つくり終える前にレモンバターを使いきってしまい、ミセス・フンボルトは驚いていた。だが、ミセス・マローンの驚きはその比ではなかった。まじめな家政婦長と騒々しい料理人はふだんは仲がいいけれど、この計算違いに関してふたりが大喧嘩をするのではないかと思って、クララははらはらした。ジリーはクッキーを焼くのに忙しかったので、クララが代わりに必要な材料を買いに村へ行くと申し出た。朝の仕事はすでにすませていたため、ミセス・マローンはしぶしぶ同意した。

店の扉の上に吊りさげられた銀の鈴の音を聞いたとき、クララは母と姉のことを思い出した。シルバークリークにいた頃、三人で何度も一緒に買い物へ行った。ロンドンでも買い物はしたけれど、田舎のこぢんまりした商店のほうが心に残っている。たぶん、田舎ではロンドンの店で買い物をするときのような厳格な礼儀作法を求められず、店の人は客を温かく親しげに迎えてくれるからだろう。高級なドレスの生地やボンネット用のサテンのリボンを探して、よく午後を過ごしたものだ。もちろん、クララの家族にとって費用はいくらかかってもかまわなかった。にわか成金という不愉快な評判を払拭したかった父は、上流階級の夜会に出席するとき、ルーシーとクララに最新流行のドレスで身を包むように命じた。

いま、クララは店主が目の前に注意深く置いた、なめらかなガラス瓶を指でなぞった。台越しに硬貨を渡して店をあとにするとき、父の希望を打ち砕いてしまったことへの後悔を感じずにはいられなかった。クララがなんとかして父を喜ばせたかったこと、父がふさわしいと認める男性の注意を引きたかったことを、父自身は知るよしもない。

でも、義兄のダグラス・トンプソンは善良で立派な男性なのだ。思いやりのある人。彼はルーシーを愛し、このうえなく崇拝している。なのに両親は彼を拒んだ。社会的地位がないから。高貴な人々とのつながりがないから。

アシュワース伯爵があの夜、メイフェアでの舞踏会に出席していたなら。クララが彼との結婚にこぎつけていたなら。それによって家族が仲直りできていたなら……そうしたら、こんなはめにならずにすんだのに。

クララは喉のつかえをのみ込んだ。アシュワースが彼女を寡婦用住居に追いやることには、感謝すべきなのだろう。実際、それが最善なのだ。伯爵が新たな生活を築くところを間近で見ていたくはない。

外へ出ようと扉を開けると、ふたたび小さな鈴が鳴った。初めて伯爵に会った日、村で事故に遭いかけたことを思い出し、左右に目をやってから通りを渡る。危ういところで馬糞《ばふん》をよけ、クララはうんざりした。いま置かれている状況を考えると、馬糞を踏むのが自分には似合っているという気がする。

「ヘレン！」男性の声。

クララは立ち止まった。誰の声かわかったので、しぶしぶ振り返ってパクストンを見た。彼は愛想よく挨拶した。クララのほうに馬を向け、下馬して帽子を傾ける。

「こんにちは、パクストン」彼女は笑顔をつくろうとした。「このあたりになんの用？」

彼はにぎやかな道路に目を走らせながら笑みを返した。「領民のひとりから連絡をもらってね。最近の雪解けで排水溝があふれて、農場がまた水浸しになったらしい」

「それは残念だこと」クララは考え込んだ。「もちろん、春まで地面は冷たくてかたいでしょうね。冬のあいだ、これ以上排水溝を掘ることはできないわ」いったん言葉を切る。「その農場に風車はある？」

パクストンが驚いて目を見開いた。「ああ、あるよ。いまは穀物を粉に挽《ひ》くのに使っている。だが旦那さまはこの前、水をくみあげるのにも使えるようにすべきだと提案なさって……」

「いい考えだわ。ほかの農場で、それがうまくいった実例を見たことがあるの。この冬は間に合わないかもしれないけれど、うまくいけば来年は大雨の被害を減らせるんじゃないかしら」

パクストンに当惑の表情で見つめられ、クララは自分の立場を思い出した。正体は隠しておかねばならない。とはいえ、育ちのいい裕福な若い娘がいつも父の土地差配人についてまわり、いまはメイドとして身を隠しているなど誰も想像しないだろう。

そのメイドはいまレモンバターを持って、ミセス・フンボルトが待つ厨房に急いで戻らなければならない。

クララはかごに目をやり、屋敷のほうを向いた。「料理人のところに戻らなくちゃ。あなたもお屋敷へ行くところ？」

「ああ。農場のことでアシュワース卿と話をしに行くんだ」パクストンはにっこりした。「いい助言をありがとう。きみがなぜそんなことを知っているのかはわからないが、感謝するよ」

彼女は無表情を保ったものの、内面では吐き気を覚えていた。「どういたしまして」おずおずと言う。冷たい風が吹きつけ、マントのフードがはためいた。

「やっぱり冬の寒気は居座っているようだな」パクストンは話題を変え、マントの前をかき合わせた。

「そのようね」クララはそう応えながらも、いま自分を包む寒けは季節の変化となんの関係もないのだと陰気に考えた。

ウィリアムはパクストンとしっかり握手をしたあと、机の後ろに座った。今日は寒いが、ありがたいことに近くではぜる暖炉の炎のおかげで暖まってきた。

「話し合いを始める前に一杯どうだ?」彼は愛想よく尋ねた。

土地差配人は小さく首を横に振った。「いえ、けっこうです。舞踏会の準備でお忙しい中、こうしてお時間をいただけただけでもうれしく思います」

明日の夜の催しを思い出し、ウィリアムは顔をしかめた。「なかなか会えなくてすまなかった。前回、急に約束を反故にしたのも申し訳ない。融通をきかせてくれたことに感謝する」

「いつでもなんなりとお申しつけください」パクストンが愛想よく言う。「さて、農場での洪水の件ですが、残念ながらまた発生しました。いま村へ行って、領民たちと会ってきたところです」

ウィリアムは何気なく指先で机の端をなぞった。「それを聞けてよかった。わたしも領民とあらためて話をする前に、きみと会っておきたかったのだ。現存する水車を水のくみあげ用に改造するという案に、彼らは賛成かな？」

「はい。改造も賛成ですし、その目的のために新たに水車をつくることも考えております。ついさっき、この種の改造が成功したという話も聞いたところで、工事に関する不安も少しは解消されました」

「どこでそんな話を聞いたんだ？」

パクストンはもじもじした。「実は意外な情報源からです。村でヘレンと出くわしたのですが、彼女は別のところでそういう改造がなされるのを見たことがあると教えてくれました」

ウィリアムはさっと顔をあげた。先日書斎で聞いた彼女の発言が頭をよぎる。

〝父が、そういう問題を扱った経験があるのです〟

彼は眉根を寄せた。「ヘレンがどこでそんなことを知ったかはわかるか？」

「いいえ」パクストンが不安そうに答える。「わたしも少々驚きました。しかし、もしかすると出身地の村でそういうものを目にしただけかもしれません」

ウィリアムは身を乗り出して、机に肘をついた。「彼女は前に、洪水を起こした農場の問題を自分の父親が処理したと言っていた」

「ヘレンが——旦那さまとそんな話をしたのですか？」

「何かの話のついでにな」さらなる質問を許さない尊大な口調で答える。伯爵とメイドがいつそんな話をする機会を持ったのかと、パクストンがいぶかっているのは間違いない。この土地差配人には見当もつかないほど、ウィリアムとヘレンはこの二カ月でさまざまなことを分かち合ってきたのだ。それを後悔して、彼は歯を食いしばった。「ちょっとした立ち話だったが、わたしは彼女の発言に興味を引かれた」

「なるほど」パクストンがささやく。「ヘレンの父親も、わたしと同じく土地差配人だったのかもしれません。でしたらわたしと話したときに、それを教えてくれてもよかったのに」

たしかにそうだ。ヘレンはなぜ家族の話題を避ける？　平凡なメイドに、何を隠す必要があるというのだ？

だめだ。もうこれ以上、彼女のことを気にしてはいけない。ヘレンはすでに前へ進んでいる。自分も前に進もう。だが、どうしてもあと一度だけ彼女を抱きしめたい――背中を撫でるとき手のひらに当たるドレスのごわごわした生地の感触を確かめたい、押しつけられたヘレンの熱い口が彼の悲痛な告白を吸い取ってくれることに驚嘆したい。一介のメイドに慰められ、話に耳を傾けてもらえたのはすばらしいことだった。ふたりの仲は残念な終わり方をしたが、それでもヘレンはウィリアムを救ってくれたのだ。だからこそ、彼女を失ったことで自分の一部も失われた気がするのかもしれない。

胸に穴が開いたように感じつつ、ウィリアムは無関心を装って肩をすくめた。

「ヘレンは私生活を大事にしていて、人に明かしたくないのかもしれない。まあ、どうでもいいことだが」急いでつけ加え、下を向いて机の書類をかきまわす。「さて、今度の春に間に合わせるには風車の建設をいつ始めるかだが――」

ふたりは工事の段取りについて話を続けたが、ウィリアムの思いは別のところに向いていた……個人的に急いで成し遂げるべきことに。

それはヘレンを彼から離して寡婦用住居に移すことだった。

舞踏会の夜になった。クララは数えきれないほどの舞踏会に出席してきたが、いま初めて、そうした催しのための準備がどのようなものかを知った。

今回は豪華できらびやかなドレスと宝石を身につけてゆったり身軽に到着するのではなく、手荷物預かり室《クロークルーム》で働くことになる。舞踏室の床磨きですでに体のあちこちが痛む体で、地味なメイドの制服を着て。ダンスの時間はろうそくの淡い光の下で人々と交流して過ごしたものだけれど、今夜のクララは背伸びして、そのろうそくを灯す係だ。本来なら殿方と踊るのに備えているはずなのに、いまは痛む足を引きずりながら、今夜訪れる女性はみなアシュワース伯爵を狙っているのだと考えて、やきもきしながら地下で動きまわるしかない。

女性の使用人たちは、地下でミセス・マローンに厳しく身なりを調べられる前に、自分たちであらかじめ確認しておくために上階の廊下に集合した。ここロートン・パークには充分な人数の使用人がいないので、ひとりひとりが舞踏会のあいだ最大限の働きをすることが求められる。マシューとチャールズは招待客のいちばん近くで働くことになるが、残念ながらメイド数人も客に姿を見せねばならない。これは慣例に反するため、エリザも家政婦長も気に入らず、村から臨時に男性を雇って手伝わせるべきだと伯爵の説得を試みたものの、失敗に終わっていた。アシュワースは見栄のためだけに余分の人手を雇うという考えを一蹴し、エリザは兄が舞踏会の開催を許可しただけでもましだとあきらめざるをえなかった。

クララは、黒いドレスと白いエプロンをまとって帽子の下にきちんと髪をおさめたメイド仲間を眺めた。格好はいつもと変わらないものの、みんなの顔にはいつになく興奮が見える。クララも同じように感じられればよかったのだが、実際には暗い気分になっていた。華やかなドレスに身を包み、伯爵の関心を引こうと笑顔でまとわりつく若く美しい娘たちを見ることは避けられない。そのうえ彼も女性たちに関心を寄せるところを見たら、耐えられないだろう。

アメリアがひとりひとりの前を通り、申し分ない格好であることを確かめてから、さがらせていった。最も経験豊かなメイドである彼女は家事に長けているとともにほかの使用人ともうまくやっていけることをミセス・マローンに納得させ、ついにメイド頭に昇進していた。一カ月前なら、それは悲惨な結果を招いただろう。アメリアは自分の特権を悪用して、クララをいじめただろうから。けれどもいま、そんな不当な悪意が向けられることはない。

最後にクララとアメリアのふたりだけが残った。アメリアは壁の突き出し燭台からの揺れる明かりの下でクララを見つめ、やさしく言った。

「あなたにちゃんとお礼を言う機会がなかったわね、ヘレン。わたしが間違っていたと認める機会も」アメリアは模様の入った絨毯に目を落とした。「アビゲイルからもらった手紙には……あなたもわたしたちと同類だと書いてあった。だけどあなたがここに来たとき、わたしはそれが信じられなかったの。あなたはきれいすぎる。あまりに非の打ちどころがない。しかも規則を破るのをいとわないように思えた。だからあなたが嫌いだったのよ。わたしを助けるために規則を破ってくれるまでは」

クララはなんと言えばいいかわからなかった。アメリアはこの屋敷の使用人の中で最も観察力があり、勘が鋭い。ステラはクララと伯爵の望ましからぬ関係に気づいたけれど、初対面のときからクララの素性や性質に関して不審に思ったのはアメリアだけだ。それについて彼女を責めることはできない。アメリアの意地悪には困らされたものの、彼女が気づいたとおりクララは素性を偽っているのだ。いずれアメリアには真実を見抜かれるかもしれない。

気まずさにクララはもじもじした。早くここから去りたい。「お礼なんていらないわ、アメリア。ただ、やっとお互いにわかり合えたことがうれしいの」

「いいえ、言わなくちゃならないのよ、ヘレン。あんなに意地悪だったわたしには、助けてもらう資格なんてなかったのに」アメリアが残念そうに頭を振る。「とにかく言わずにはいられなかったの。それにわたしたちは率直に話し合って誤解を解くべきだと、マシューからもしつこくせっつかれたから」

「そうなの？」クララは笑顔になった。「マシューがわたしのほうを好きだとあなたが思い込んだのが不思議でならなかったわ。だって、彼が興味を示している女性はどう見てもあなただけだったもの」

アメリアはいたずらっぽく眉をあげ、にっこりした。「彼があなたに示した好意を友情以外のものだと誤解しちゃったみたい」顔が髪の鮮やかな色と同じくらい真っ赤になる。

そういえば、マシューとの友情を誤解したのはアメリアひとりではなかった。

ふたりは階段をおりて、使用人用食堂で待機するほかの使用人たちと合流した。皿がかちゃかちゃ鳴る音とそれに続く悪態が、厨房から廊下を通って聞こえてくる。けれど珍しく、ミセス・マローンの耳には届いていないようだ。彼女の顔は張りつめ、目つきは鋭い。ロートン・パークがふたたび大規模な催しを開く日をこの家政婦長が待ち望んでいたことは、クララも知っている。ついにその日が訪れたいま、どれだけ使用人が少なくとも、ひとつの失敗もなく進めるとミセス・マローンは心に決めているのだろう。

彼女は一列に並んだメイドたちをひとりずつ検分して歩いた。クララの前で立ち止まり、髪をもっときつく引っつめるよう小声で指示する。聞き分けのない髪の一部が早くも帽子から落ちているのに気づいたクララがしっかりピンで留め直すと、ミセス・マローンは満足げにうなずいた。

「いいでしょう」早口で使用人に指示を与える。「みんな、よく聞いて。マシューとチャールズは飲み物を持って舞踏室と廊下を動きまわるわ。ふたりはかなり忙しくなるから、ときどき軽食室のテーブルの食べ物を補充するのにメイドが呼ばれることもあるかもしれない」

ふたたび列の前を行ったり来たりする。「アメリアはメイドを配置して――婦人用控え室、クロークルーム、軽食室にはつねに誰かがいるように」彼女は誇らしく胸を張った。「アシュワース伯爵の使用人として、今夜のあなたたちの働きぶりが旦那さまとこのお屋敷の評判を決めるのよ。それを絶対に忘れないこと」視線がクララに向かった。「お客さまと目は合わせず、必要に応じてお手伝いするとき以外は話をしない。口をきくのは話しかけられたときだけ。わかった？」

一同は声をそろえて返事をした。その説教が特に自分に向けられたことを、クララは情けなく思って苦笑した。

ミセス・マローンが短くうなずく。「よろしい。みんな、旦那さまに誇らしく思っていただけるよう努力してくれるわね」彼女はもう一度全員を厳しく見据えたあと解放した。

使用人たちはそれぞれの仕事を仕上げるために散っていこうとした。そのとき突然伯爵が食堂に入ってきたので、クララはたじろいだ。

アシュワースは彼女にとって、いつも完璧な男らしさの見本のような人だ。服装がどんなに乱れているときでも。だが今夜、彼を見た瞬間にクララはあんぐりと口を開け、そのみっともない表情を誰かに見られる前にあわてて閉じた。

彼のすべてが……筋肉質の脚に張りつく黒いブリーチズから、広い胸板をぴったり覆う白いベストにいたるまで、何もかもが完璧だ。真っ白なクラヴァットは喉元で正確に結ばれ、正装の黒い上着は肩幅の広さを強調し、裾は優雅な燕尾状になっている。ブーツは光を受けて輝いていた。その堂々たる姿を目にして、クララは呼吸をするよう自らに言い聞かせなければならなかった。彼はあらゆるものに視線を走らせている。クララ以外のあらゆるものに。

アシュワースが小声で家政婦長と話しているあいだ、クララはじっと見つめていた。彼は今夜の舞踏会を楽しみにしているというよりは、断固たる決意を持って臨もうとしているように見える。だが、クララの気持ちは休まらなかった。伯爵は客たちの前で自制心を失うことを恐れているのだろうか？　今夜の彼は昔の恐怖と闘っているのかもしれない。彼女がマシューの腕に抱かれているのを見たことで、心はさらに乱れているのでは？

なんとかして慰めてあげたい。少なくとも自分の本当の気持ちを伝えたい。身ぶりや表情で謝罪の思いを伝えたい。それで彼が感じているに違いない痛みを少しでもやわらげ、ふたりのロマンスを円満に終わらせることができるのなら、やってみる価値はあるだろう。なのにアシュワースは、クララのほうを見ようとしなかった。

彼は話しながら腕をあげ、金のカフスボタンを調節した。その腕が自分にまわされたことをクララは思い出した――あの長い指が体を這って、火をつけていったことを。あの狭い屋根裏部屋での情熱的な出来事を思い返しただけで、全身がほてってしまう。

〝わたしの名前を言ってくれ……〟

悲しくなって視線をそらすと、驚いたことにステラがこちらを見つめていた。アシュワースが部屋を訪れたあの夜以来、ステラはよそよそしい態度を取っていたが、いまクララを見つめる顔には哀れみらしきものが浮かんでいる。

ミセス・マローンへの指示を終えると、アシュワースは来たときと同じく足早に食堂を出ていった。クララはうろたえた。彼は階上へ行こうとしている。おそらくは、妻となる女性と出会うために。その前に、ふたりのあいだの不和や自らの葛藤を少しでも解消しておきたい。

クララはテスやチャールズとぶつかりそうになりながら食堂から飛び出した。どうかミセス・マローンが仕事に気を取られていて気づきませんように。よき使用人としてふるまうという約束を早くも破っているのを家政婦長に知られたら、ただではすまないだろう。

階段の下でアシュワースに追いついた。クララとマシューが一緒にいるのを見て、彼が誤解したのと同じ場所だ。必死で手を伸ばし、高級な生地の袖に触れる。

「旦那さま、すみません……ちょっとお話しさせていただけませんか？」

アシュワースがびくりとして振り返った。視線がクララの手から顔に移動する。彼がうれしくなさそうなのを見て取り、クララの心は沈んだ。

「いったいなんの話があるというんだ？」アシュワースはこわばった声できいた。

ああ、彼はいいにおいがする。こうしてそばにいると、すぐに恋しくてたまらなくなってしまうのが腹立たしい。時間があまりないので顔を近づけた。そんなことをすれば自分が正気を失いかねないのはわかっていたけれど。

「おわかりいただきたいのですが、わたしとマシューのあいだには何もありません。それから……」積もり積もった罪悪感と悲しみで喉がふさがり、言葉がとぎれた。「旦那さまにすばらしい花嫁が見つかることをお祈りしています」

アシュワースが眉をあげ、あとずさりしてふたりのあいだに距離を置いた。金色のまざった緑色の目に後悔がよぎり、顎がこわばる。彼はじっと考え込むようにクララを見おろした。

「たとえそうだとしても……きみとマシューが単なる友人だとしても……それで何かが変わると思っているのか？」

「いいえ、もちろんそんなことは思っていません。旦那さまに知ってほしかっただけです」

クララは小声で答え、唇を噛んで涙をこらえた。

アシュワースがこれ以上何か言う前に、彼女はその場を立ち去った。彼の視線が背中を焦がすのが感じられる。せわしない足音を長い廊下に響かせながら早足で歩いていると、食堂から出てきたステラとぶつかった。

「ごめんなさい」袖で顔を拭いて声を絞り出す。ステラの横をすり抜けようとしたとき、やさしく腕をつかまれ、無人だったミセス・マローンの部屋に引き入れられた。ステラが扉を閉めて振り向いたとき、彼女の険しい表情は同情でやわらいでいた。

「自分より高い身分の男性に恋した女性は、あなたが初めてというわけじゃないわ、ヘレン。だけど、あの方にとってあなたが気晴らし以上の存在だったと思い込むのは愚かなことよ」

クララは愕然とした。「ステラ、いったいなんの話か……」

「わかっているでしょう」ステラは自信ありげに、白い帽子をかぶった頭を傾けた。「それに旦那さまが気弱になったあなたにつけ込んだのはひどいと思うわ。スキャンランに襲われ

う。

「違うわ」消え入りそうな声で言う。「そういうことじゃないの」

ステラは疑わしげだ。「そうかしら。旦那さまが今夜、この地域で有数の美しくて若い女性たちに求愛するとき、そのことを考えてみて。それでもあなたの言うことが間違っていないのかどうか」彼女は近づいてきて、クララを親しげに抱きしめた。「ああいう男性を好きになっても、わたしたちのような女にとって決していい結果にはならないのよ」やさしく言う。

それは紛れもない真実だ。ステラの言うような、身分が違うという理由だけではない。

不意に部屋の扉が開き、クララとステラが振り返ると、アメリアが驚いた顔で見つめてきた。

「ここにいたのね！　何か問題でも起きたの？」眉間にしわを寄せる。

ステラはクララの腕をぎゅっと握り、意味ありげな視線を送ってきた。クララはすでに多くの嘘をついてきた。だったら、あとひとつ嘘をついても同じではないだろうか？

「別に何も」平然として言う。「すぐ持ち場に行くわ」

17

ウィリアムは手袋をはめた華奢な手の上にかがみ込んだ。今夜、もう一〇〇〇回も同じことをしている気がする。視線をあげ、この若い娘を紹介されて喜んでいるように見える顔をつくろうとした。相手は上等なドレスとサテンの靴という扮装《ふんそう》をして遊んでいる少女にしか見えない。熱心な母親は娘のすぐ後ろに立ち、誇らしげに満面の笑みを浮かべている。

チュールや薄絹を何枚も重ねた明るく輝くドレスに身を包んでいたら、ヘレンはどんなふうに見えるだろう？　ここにいるどの女性よりも魅力的なのは間違いない。それどころか、メイドのドレス、エプロン、帽子という姿で舞踏室に入ってきたとしても、誰よりも輝いて見えるのではないか。

予想どおり、頭がずきずきと痛みはじめた。ヘレンのことを考えたのは愚かだった。これまでは複雑な感情を隠すことに成功していた。その努力を水の泡にしたくはない。いまはだめだ。ヘレンが別の男と恋愛関係にあるのは腹立たしいが、彼女が同じ社会的地位の相手を見つけたことには安堵すべきなのだ。ところが実際には安堵どころか怒りを覚えており、舞踏会に気持ちを集中できない。そのせいで、花嫁探しという今夜の試練がいっそうわずらわしく感じられる。さっき階段の下で会ったとき、意に反してヘレンの懇願に耳を傾けてしまった結果、困ったことにいまは後悔を感じている。彼女は心から悔しがり、誤解だと訴えていた。

本当にあれは単なる誤解だったのか?

ウィリアムは心の中でため息をついた。怒りが消え、みじめな気持ちになる。だが、それがどうした? ヘレンを寡婦用住居に移す手配はすでに整えた。胸の空洞が大きくなり、自分自身がその穴に吸い込まれそうになる。永遠にヘレンを失うということを、まだ完全には納得できていない。しかし、彼女への思いは時間とともに消えていくだろう。そうなると信じなければならない。

あえて現実に注意を戻し、目の前に立つ娘に弱々しく微笑みかけた。

「お会いできて光栄です、ミス・モレル」低い声で言う。礼儀正しい笑顔をつくったが、その娘と母親が舞踏室に入っていくやいなや笑みは消え、きつく目を閉じた。手をあげて鼻梁をつまむ。「頼むから、これで全員だと言ってくれ」ぶつぶつとこぼした。

右側に立つトーマスの抑えた笑い声が聞こえると同時に、左側の妹からきつく肘打ちをされた。

「愛想よくしてちょうだい」エリザは緑色の目をきらめかせ、険しい声でささやいた。「伯爵位の将来がかかっているんだから」

ウィリアムは鼻息を吐きながらも、妹の真剣さを感じ取っていた。トーマスが驚いて目を丸くし、ウィリアムを見る。

「おいおい、舞踏会を始めるには陰気すぎるぞ」トーマスは意味ありげに声を落とした。「でも今夜は若くて美しいご婦人がたくさんいるから、ぼくは喜んでダンスを……」

「まあ、驚いた」エリザが口をはさむ。

「やめてくれ、エリザ。心外だな。きみの兄上が自分のために集まった女性たちと踊りたくないなら、ぼくは紳士として代わりにその重荷を負わねばならない」トーマスはさりげなく肩をすくめたが、目は笑っている。「考えてみてくれ、そうしたらぼくは救いの神ということになる」

エリザが口をとがらせた。「あなたに神さまらしいところなんて何もないわ」トーマスの前を通って舞踏室に向かうとき、波紋模様が入ったシルクの銀色のドレスがふわりとはためいた。「行きましょう、お兄さま。花嫁が見つからないとしても、エヴァンストンが数えきれないほどの女性と踊るのを見るくらいは――」

妹が急に黙り込んだので、ウィリアムはどうしたのかと前を見た。トーマスがエリザの前に立ちはだかり、進路をふさいでいる。顔は真剣だが、明るい青色の目はいたずらっぽくきらめいていた。

「ぼくがほかの女性と踊ると思うと、きみは動揺するのかい？　どうもそうらしいな」

エリザが頬をバラ色に染め、黙ってトーマスを見つめる。ウィリアムは警告のうなり声を発した。トーマスが単なる楽しみのためにエリザをつけ狙うのは許せない。

「エヴァンストン――」

「もっともな質問だとは思わないのか？」トーマスはにやりとして答えを迫った。「だとしたら、解決するのは簡単だ」小さくお辞儀をし、エリザに右手を差し出す。「どうか今夜、ぼくと踊っていただけませんか？　すべての女性とたわむれ終えるまでに、きみのダンスカードがいっぱいになってほしくない」

エリザは凝った形に結いあげた金髪を撫でつけ――それが緊張したときの仕草なのをウィリアムは知っている――おずおずとトーマスを見あげた。

「あなたの言うとおりだわ、トーマス。わたしは辛辣すぎたみたい。ごめんなさい」ちらりと振り返ってウィリアムを見てから、また歩きはじめる。「中に入らないと……。お客さまを待たせるのは失礼だし……」

エリザはトーマスの胸にぶつかり、ふたたび歩みを止めた。小さな驚きの声をあげたが、彼は動こうとしない。

「それは断るということかい？」

舞踏会の礼儀に従うなら、ほかの人からすでに誘いを受けていないかぎり、女性が男性からのダンスの誘いを断ることは許されない。舞踏会が始まりもしないうちに廊下で行われた誘いにもその作法が適用されるかどうかはわからないが、トーマスはエリザにそれを守らせるつもりらしい。

ふつうならエリザは笑い飛ばしただろうし、トーマスの腕をぴしゃりと叩きもしただろう。

ところがなぜか、いつになく狼狽しているようだ。トーマスはウィリアムと幼なじみで、昔からよくロートン・パークを訪れている。ウィリアムの父、兄、エリザの夫が亡くなったあと、その頻度はさらに増していた。エリザもトーマスとはとても親しい……でも、いまは居心地が悪そうにふるまっている。気まずそうに。

そして興味深そうに？

ウィリアムは憤慨した。友人のことは高く評価している。だが、トーマスがエリザを口説くことだけは許せない。彼は放蕩者《ほうとうもの》だ。ロンドンの賭博場に入り込んだり、そのときいちばん気に入っている女性のベッドにもぐり込んだりできることを自慢している。トーマスがたわむれる評判の悪い女たちと、わが妹を一緒くたにされては困る。そんなことを許したら、ウィリアムは兄として失格だ。

エリザがトーマスの誘いに応えざるをえなくなる前に、ウィリアムは妹と腕を絡め、友人を彼女と反対側の自分の隣に来させた。

「そういう冗談は舞踏会が終わってからにしないか？」警告のまなざしでトーマスをにらむ。すると恥知らずにも、彼は怒ったような顔になった。

ウィリアムは歯を食いしばった。今夜はとても長い夜になりそうだ。

クララはアメリアとともにクロークルームに立った。到着した女性たちのショールやマントを預かり、崩れた髪型を直し、破れたドレスを繕う。香水を振りかけて美しく装った娘たちが、伯爵の心を射止めるためにここへ来ているのはわかっている。クララの伯爵の心を。おさまってくれない吐き気を忘れようとしながら、クララはせっせと働いた。仕事は次々と生じる。用事を言いつける女性たちも次々と現れた。今夜を無事に乗りきるには、感情を殺すしかない。だから返事が必要とされるときしか口を開かず、視線はいま自分がしている仕事に据えていた。

　ひとりの年配の女性がふくらんだスミレ色のスカートをはためかせ、きれいに手入れした手に白い長手袋を持って現れた。もうひとり、女性がついてきている。片方の手だけがむき出しであることから考えると、その手袋の持ち主らしい。ふたりは高慢な表情でメイドを見た。

「わたしはミセス・レヴィンタールよ。この手袋を繕ってちょうだい」婦人は手袋をクララに渡すと鏡を見て髪型を確かめ、アメリアをにらみつけた。「髪を直して。さっさとしてね」鏡台の前に座り、一緒に来た女性を横目で見て笑いかける。「ハリエット、わたしはお友だちを伯爵に紹介するつもりよ。今夜の注目の的になるでしょうね」

　ハリエットと呼ばれた女性は楽しげだがあきれたような表情を見せ、顔を寄せて少し大きめな声でささやいた。「まだ信じられないわ。彼はこの一週間、あなたの屋敷に滞在していたんですって？」

　アメリアは無表情のまま、器用に手を動かして婦人の髪をまとめている。

「ええ、そうよ。もちろん、彼と一緒にここへ来るわけにはいかなかったわ。だって、彼がこの地域を訪れたのは人探しのためだもの。だけど、わたしたちは幾晩も……楽しみに満ちた会話をして過ごしたの」婦人は下品な笑い声をあげた。

クララとアメリアはつかのま視線を合わせ、お互いに面白がっていることを確かめた。

「あなたなら彼に、逃げた婚約者のことなんてすぐに忘れさせられるわね」ハリエットが冷笑を浮かべる。

針を持つクララの手が止まった。

あの人、いまなんと言ったの？

ぱっと顔をあげてミセス・レヴィンタールを眺め、素早く値踏みした。黒髪にはかなり白いものがまじっていて、おそらく五〇歳くらいだろう。ドレスの濃い紫色と黒いレースのひだ飾りは喪に服していることを示しているが、夫の死をあまり深く嘆いてはいないようだ。未亡人でも、このような舞踏会に出席して踊ることは許されている。耳たぶにぶらさがる大きなアメジストのイヤリング、そろいのネックレス、ブレスレット、そして数多くの宝石の指輪は、彼女の裕福さを示していた。

ミセス・レヴィンタールは不機嫌そうに鼻を鳴らした。「ケント州での滞在を延長するのはお互いのためになると説得しようとしたんだけど、彼は明日エセックス州に戻ると決めているのよ」友人のほうを向いて眉をあげる。「今夜はありとあらゆる手練手管を用いて説得しなくちゃならないわね」

ハリエットがにやりとする。「あなたならきっとできるわ」

氷に閉じ込められたかのような絶望的な気分で、クララは立ちあがった。体も冷たくなっている。

エセックス州は広い。婚約者とうまくいかなかった男性は数えきれないほどいるはずだ。それが自分に関係があると思い込むのは傲慢というものだろう。

小さな咳払いの音がして、クララははっとアメリアに目をやった。彼女は手早くミセス・レヴィンタールの髪を直しながら、青い目に困惑の色を浮かべてこちらを見つめている。幸い、女性ふたりは下品な噂話に興じていて、クララが手を止めたことにも、アメリアが注意を引こうとしていることにも気づいていない。

まさかそんなはずは……。

だが、アビゲイルがこっそり送ってきた手紙はその可能性を示唆していた。

クララがまだ思いにふけっているのに気づいたアメリアが意味ありげに目を見開き、さらに鋭い視線を送ってきた。クララはようやく現実に戻り、破れた手袋の繕いを再開した。

たとえあの男爵が今夜ここに来ているとしても、クララがクロークルームにいるかぎり顔を合わせることはないはずだ。

そう考えて、ようやく少し安心できた。それに、さっき話題になっていた男性がラザフォードである可能性は低い。クララは突拍子もない結論に飛びついた自分をたしなめ、繕いを終わらせた。手袋を表返し、持ち主に確かめてもらうために差し出す。ハリエットは感謝の言葉もなく受け取って手袋をはめると、またおしゃべりを続けた。

アメリアがミセス・レヴィンタールの髪型を仕上げてあとずさりする。クララとアメリアはお辞儀をし、たっぷりのスカートをはためかせて舞踏会に戻る女性たちから離れた。アメリアがあきれた顔でクララのほうを向いた。

「いったいどうしたの？」

どう答えていいかわからず、クララは忙しく手を動かした。説得力のある返事を思いつけずにいると、ミセス・マローンがせかせかと部屋に入ってきた。色も形もサイズもさまざまな豪華な服を吊るした棚に目をやる。

「よかった、ここはそれほど忙しくなさそうね。軽食室で手が足りないの。ヘレン、手伝ってちょうだい」

冷たい恐怖がクララの中を駆け抜けた。ラザフォード男爵が出席している可能性は考えまいと決めていたにもかかわらず、思わず体が震えた。

「で、でも、ミセス・マローン……」

「いますぐよ。お願いね」ミセス・マローンはそっけなく言って出ていった。

クララは身じろぎもせず立ち尽くしたが、やがて大きく見開いた目をアメリアに向けた。

「いったいどうしたっていうのよ？」アメリアはいらいらと両手を投げあげた。

どんな弁解も思いつかない。クララはあいまいな笑みを浮かべて肩をすくめた。

「こんな大きな催しは初めてなの。ちょっと緊張しているみたい」

アメリアはあまり納得していないようだが、それでもクララの腕を握った。「大丈夫よ。

あなたが仕事を終えて戻ってくるまで、ここで待っているわね」

手が震える。クララはこぶしを握りしめてうつむき、クロークルームを出た。


「少しは楽しんでいる？」

ウィリアムが振り返ると、妹が見あげていた。その心配そうなまなざしから、彼女が今夜を成功に導くために何週間も努力したことが思い出される。ウィリアムが不機嫌な理由をエリザは知らないし、彼も教える気はない。第五代アシュワース伯爵が、ここに集まって羽繕いをしているクジャクのような娘たちの誰にも関心がないなど、妹に話せるわけがない。求めている女性はただひとり、自分にはまったく釣り合わない、村で初めて会った瞬間に彼の心をとらえたメイドであることなど、とうてい打ち明けられない。

失望で暗くなった父の顔が脳裏に浮かぶ。

そんな想像を振り払い、ウィリアムは温かく微笑んで、エリザの手を手袋の上からぎゅっと握った。「これまでのところは、とてもすばらしい夜だ」

マシューが足を止め、目を合わせないよう注意しながらシャンパンのトレイを差し出した。ウィリアムは気まずい雰囲気を無視してグラスを口元に運び、一気に中身を飲み干して、空のグラスをトレイに戻した。

マシューが急いで離れていくのを見ながら、エリザがぶつぶつと言う。

「お兄さまは嘘が下手ね」

ウィリアムはため息をついた。「おまえこそ、客と交流すべきだ。わたしが楽しんでいるかどうかを気にして、せっかくの時間を無駄にしないでくれ」

エリザが応える前に、年配の男女が近づいてきた。女性はミセス・レヴィンタール、村の反対側の端に住む人だ。早くに妻を亡くしていたウィリアムの父は生前、彼女が昔しきりに自分と結婚したがっていたことをよく話していた。いまは亡きミスター・レヴィンタールと結婚する前、彼女は父を狙っていたのだという。

ミセス・レヴィンタールがお辞儀をしたので、ウィリアムも頭をさげて挨拶を返した。

「ミセス・レヴィンタール」

「伯爵閣下、何年ぶりかでお会いできて光栄ですわ!」彼女は大声でまくしたてた。「レディ・カートウィック」エリザにもお辞儀をする。

エリザも頭をさげた。「ロートン・パークへようこそ」

ミセス・レヴィンタールの目は興奮でぎらぎらしている。「ありがとうございます、奥さま。お友だちを紹介させていただきますわね。つい最近、この地方にいらっしゃったんですの」つんと鼻をあげ、横にいる男性を手で示した。「ラザフォード男爵です」

ウィリアムは挨拶しようと男性のほうを向いたが、エリザが小さく息をのむのを聞いてためらった。妹は遠慮がちに好奇心を示して目を見開き、一歩前に踏み出した。

「失礼ですけれど、あなたさまは――」

「はい」男性がしわがれ声でさえぎった。「お気づきのとおりです。わたしは婚約者のクララ・メイフィールドを探してケント州まで来ました」

クララはそっと軽食室に入り、レモンケーキのトレイをテーブルに置いた。姿を見られるのではないかとびくびくしながらも、時間を取って皿をきちんと並べ直す。舞踏室からはカドリールの陽気なメロディが流れてくる。突然、胸が重くなった。あの部屋のどこかで、伯爵は美しい女性と踊っているのだろう。これがほんの数カ月前だったら、その女性は自分だったかもしれないのに。

笑い声がしたので顔をあげると、派手なドレスをまとった若い女性がふたり、テーブルに近づいてきた。注意を引きたくないので、クララは隠し扉から部屋を出て扉を閉め、壁にもたれて安堵の息をついた。こうして暗い廊下で安全に隠れていると、さっきクロークルームであれほど不安に襲われたのがばかみたいに思える。

ロザのことに思いをはせた。少女は今夜、エリザ付きのメイドのパターソンと一緒に上階にいる。クララは壁から離れ、屋敷の奥に隠された迷路のような通路を歩いていった。クロークルームに戻るのではなく、ぐらぐらする木製の階段をのぼって三階まで行く。なぜだかわからないけれど、あの小さく人なつこい顔をどうしても見たくなったのだ。

足音を殺して子ども部屋に向かう。少し開いたままの扉から黄色い光がもれていた。ロザとメイドがいるのだと思って入っていったが、部屋は無人だった。暖炉では炎が明るく燃えている。窓から冷たい夜気が忍び込む中、暖炉の熱はありがたかった。食べかけのクランペットがベッドの足元近くの皿に放置されている。

クララは歩いていって皿をサイドテーブルに移し、上掛けに散らばったクランペットのくずを払い落とした。にぎやかな舞踏室を見たいとだだをこねるロザの相手で、パターソンはこの数時間、大変だったのではないだろうか。ベッドでクランペットを食べるのを許すくらいは大目に見てもいいだろう。

カーテンを押し分けて窓から外を見ると、一頭の馬に引かれた馬車が私道にまわされるところだった。もう帰る客がいるのだろうか？　たしかに時刻は遅いけれど、舞踏会から帰るには早すぎる。この種の催しに必要とされる体力のない人かもしれない。社交シーズンのあいだ――そしてこういう田舎での舞踏会で――夜明けの灰色の薄明かりの中、主催者に失礼のないようあくびを嚙み殺して、倒れるように馬車に乗り込んだことを覚えている。

クララの一部――意地悪な部分――は、すべての馬車を私道にまわしてさっさと客を帰らせることができたらいいのに、と思った。

いらだちのため息をついて子ども部屋をあとにし、中央階段に向かう。ロザのことだから、パターソンに頼み込んで、もっと近くで舞踏会を見せてもらうことにしたのだろう。

予想どおり、踊り場の少し上で少女とメイドに出くわした。ロザは寝間着とガウンという姿で、ラッカー塗りの木製の手すりにしがみついていた。お気に入りの人形を腕に抱いている。人形のピンク色のドレスは、何カ月ものあいだあちこち連れまわされたせいで、すっかり汚れていた。

クララの足音を聞いて、パターソンが振り返った。「世界じゅうのクランペットを用意しても、舞踏室をひと目見たいというお嬢さまを止めることはできなかったでしょうね」

クララは微笑み、ロザの横で絨毯の敷かれた階段にしゃがみ込んだ。少女はクララの腕につかまって肩にもたれたが、そのあいだも眼下の玄関ホールから決して目を離さなかった。

「いま、紫色のドレスを着た女の人を見たの」うっとりして息を吐く。「すごくきれいだった」

「ええ、きっときれいでしょうね」クララはミセス・レヴィンタールのことを考えて嘘をついた。「でも、そろそろ寝る時間ですよ。お嬢さまがひと晩じゅう起きていらっしゃったら、お母さまがどんなにお怒りになるか、想像してみてください」立ちあがり、少女に手を差し伸べる。「階上へ行きましょう」

立ちあがったロザは、ダンスをさせるかのように人形を高く掲げた。

「見て、舞踏会で踊ってるの！」

少女は自分にとって最も優雅な表情――眉をあげ、目を伏せ、口をすぼめた表情――を浮かべ、布製の柔らかなパートナーをくるくるまわした。そのとき階下の廊下をこちらに向かってくる足音が響き、クララとパターソンは不安になって顔を見合わせた。

「さあ、お嬢さま」クララは焦ってロザの腕を引っ張った。「もうベッドに入りましょうね……」

少女がよろめいて手を離してしまい、人形が大理石の床まで落ちていった。三人は同時に息をのんだ。

クララがぞっとして落ちた人形を見つめているあいだも、玄関ホールに近づく足音はどんどん大きくなる。

振り返り、ふたりのほうに指を突きつけた。「階上へ行って、急いで！　わたしは人形を拾うわ」

メイドがロザを抱きあげ、クララは階段を駆けおりた。この状況ではとにかく速く動くのがいちばんなので、玄関ホールに走り込んでロザの人形をつかみ、安全な階段まで逃げ帰ろうと後ろを向いたとき……。

胸を張って歩いてきた客と正面衝突した。

客はクララが人形をつかもうと必死になっているあいだに玄関ホールに入ってきたに違いない。その人物は衝撃にうめき、クララは突然のことにうろたえた。最悪のことが起こってしまった。屋敷の中で、高位の人たちだけが通ることを許された場所に入り込み、招待客と文字どおりぶつかってしまったのだ。

ミセス・マローンの言葉が頭の中で響く。この混乱の中では、それはばかげた無意味なものに思えたけれど。

〝お客さまと目は合わせず、必要に応じてお手伝いするとき以外は話をしない。口をきくのは話しかけられたときだけ〟

クララは男性の光沢のある革のブーツに目を据えて後ろにさがり、ロザの人形をきつく抱きしめてお辞儀をしようとした。このまま階段まで行ければ、相手はクララの無作法を大目に見て解放してくれるかもしれない。

「どうかお許しくださいませ」あとずさりを続けながら、うやうやしく言う。やがて、かかとがいちばん下の段にぶつかった。なぜか男性の足は最初の場所からちっとも動いていない。きっと驚きの表情でクララを見つめているのだろう。彼女のひどいふるまいに唖然としているのではないだろうか。顔をあげて、それを確かめようとは思わなかった。

おそるおそる、左足を最初の段にかける。そのとき、客が光沢ある大理石の床をクララめがけて走ってきた。相手が暴力を振るおうとしていることに、彼女はすぐには気づかなかった。うっかりぶつかったのをとがめるにしては、あまりに極端な行動だ。だが男の手が首にまわされたとき、クララは危険な状況をはっきりと認識した。万力のように首を絞める手を引きはがそうとするうち、ロザの人形は床に落ちた。さらにきつく首を絞められて、目の前に黒い点々が浮かぶ。息ができない。ぞっとして男性を見あげた。

ラザフォード男爵の狂気に満ちた目が見返してくる。

彼が顔を寄せた。すでに紅潮しているクララの顔を、彼の息がさらに熱くした。

「見つけたぞ」男爵は怒鳴った。

現実離れした悲鳴が楽団の演奏とまじり合い、ミス・モレルと退屈なダンスをしていたウィリアムは唐突に動きを止めた。驚いてパートナーの手を放し、舞踏室を見まわしてトーマスを探す。トーマスは部屋の端でエリザのそばに立っていた。

「エヴァンストン」ウィリアムは鋭く呼びかけ、扉のほうに頭を傾けた。子爵が不安げにうなずく。ふたりがダンスフロアの当惑した男女たちのあいだを抜けていくと、演奏はやんだ。音楽が消えたため、悲鳴はさらに大きく、甲高く聞こえた。

ウィリアムとトーマスは同時に扉にたどり着いた。トーマスが両手をあげ、好奇心もあらわな客たちのほうを向く。

「われわれは少し失礼しますので、みなさまはどうぞ隣の部屋で軽食をお楽しみください」彼は最高に愛想のいい笑顔を見せた。「すぐに戻ります」

いらいらしながらも、ウィリアムは友人の機転に感心した。おかげで人々に邪魔されずにすむ。舞踏室を出たところで、うろたえた顔のエリザも合流したが、彼は守るように腕で制止した。

「だめだ。何が起こっているかわからないが、おまえは――」

「ロザの悲鳴はどこにいても聞き分けられるわ！」エリザが怒って叫び、兄を押しのけた。淡い灰色のスカートをなびかせて走りだす。ウィリアムとトーマスも追いかけ、玄関ホールまで来ると、三人は呆然とした。

パターソンが冷たい床にひざまずき、暴れるロザを止めようとしっかり腰をつかんでいる。少女はもがいて、見えない敵を攻撃するかのように人形を振りまわしていた。玄関扉は開いていて、娘の前でしゃがみ込んだエリザに冷たい風が吹きつけた。

「何があったの？」

「ロザ」エリザは大きな声で呼びかけ、手袋をした手で娘の顔を撫でた。「何があったの？」

「おじさんがあの人を連れてったの！」みるみるロザの目に涙があふれる。

「誰を連れていったの？」

「おじさんが！　悪い人がヘレンを連れてったの！」

ウィリアムとトーマスは顔を見合わせた。エリザが狼狽した表情でふたりを見あげる。冷たく重苦しい恐怖が、ウィリアムの胸の奥深くに根をおろした。彼は泣き叫ぶ少女に近づいた。

「ロザ、大事なことなんだ。ふたりはどこにいる？」いまやウィリアムの血管には氷が流れている。

「ば、馬車――」ロザは泣きじゃくり、抱きしめる母親の腕の中におさまった。

マシューとチャールズが玄関ホールに駆け込んできたので、ウィリアムは視線をあげた。

「旦那さま――」

彼は険しい顔でふたりを黙らせた。

「馬を用意しろ。いますぐに」

18

男爵の馬車は道のでこぼこや石を踏んで跳ねながら、猛烈な速度で私道を走った。乗客も激しく揺れる。クララは懸命にバランスを取りながら、ラザフォードから逃れようともがいた。

「手を離して!」そう叫んで相手の顔を引っかく。

ありったけの力で相手を振りほどこうとしたが、男爵はクララをベルベット張りの座席に押しつけた。頭がラッカー塗りのはめ板にぶつかる。あまりの衝撃にまぶたの裏で星がまたたき、体から力が抜けた。その機会をとらえてラザフォードが彼女の白い帽子をつかみ、乱暴に引っ張って脱がせる。鋭い痛みが頭皮から首へと走った。彼はクララに覆いかぶさって動きを封じた。侮蔑の念に満ちた顔はぶるぶる震えている。

「使用人。使用人だと! 結婚式の前夜に窓から逃げたあげくに、使用人として他人の屋敷で働いていたのか? よくもそんなことができたものだ」真っ赤になって、怒りを隠そうともせずにクララをにらむ。「わたしを欺いたことをたっぷり後悔させてやるぞ」

「そんなことさせるものですか!」彼女は叫んだ。「あなたがどんなに残酷な人間か、わたしの両親も知ることになるわ。だって、もう隠せないもの。あなたは今夜、アシュワース伯爵の姪の目の前で本性を現したのよ」

「あのがきか？　誰があんな子どもの話を信じる？　それに、そんなことが問題になるか？」ラザフォードは冷笑した。「おまえの父親にとって、わたしはいまもいちばんのお気に入りであり、名誉回復のための頼みの綱なんだぞ」

クララは男爵をにらんだ。「絶対にあなたとは結婚しません！」

「するしかないんだ」男爵がしたり顔で言う。「御者には北へ向かうよう命じてある。グレトナ・グリーンにな。二、三日もすれば、わたしたちは夫婦だ。おまえがどう思っていようと」クララの狼狽した様子を見てにやにや笑い、エプロンの端をつかんで一気に引き裂いた。クララは息をのんだ。彼は面白くもなさそうな笑い声をあげ、破れたエプロンを床に放った。

彼女は身を震わせ、吐き気をこらえた。たとえ結婚式のあいだ大暴れしたとしても、貴族である男爵の威信によって婚姻は有効と認められるだろう。でもスコットランドまで行くには数日かかるし、ひとつたしかなことがある――わたしはおとなしくしているつもりはない。食事や休憩のため、いずれどこかの宿屋で止まらざるをえなくなる。そのとき騒ぎを起こして、周囲の注意を引くことはできるはずだ。

手足を縛られてさるぐつわを噛まされ、毛布にくるまれていなければ。それを考えて、クララは絶望を覚えた。おそらくそうされるに違いない。

「ミセス・レヴィンタールは？」彼女は必死で言い募った。「あの人だって、わたしと同じ程度にはあなたの要求を満たすでしょう？」

ラザフォードが驚いてクララを見つめたが、やがて面白がるように鼻を鳴らした。彼女の体を上から下まで眺め、好色な笑みを見せる。

「いいや。あの女では物足りない」

クララは激しい嫌悪を感じて悲鳴をあげ、逃れようともがきつづけた。動いている馬車から飛び出したら、どれほどのけがを負うだろう？　男爵の妻になる以上にひどい害はありえない。扉まで行くことができれば……。

どんなに抵抗しても、ラザフォードはびくともしなかった。クララは取り乱した。徐々に力が弱まっていく。そのとき馬車ががくんと前に傾き、急停止した。彼女は当惑して顔をあげたあと、なんとか落ち着きを取り戻して扉の取っ手をつかもうとした。けれどもラザフォードのほうが早く立ち直り、腕で彼女の胸を押さえて動きを制した。肉づきのいい手にステッキを握り、天井を強く叩く。

「バレット！　どうして止まった？　馬車を動かせ！」

外から何人かの声が聞こえたかと思うと、扉がこじ開けられた。不意に冷たく新鮮な空気が入ってくる。目をあげたクララは、はっきり見ようとまばたきをした。胸に当てられていたラザフォードの腕の重みが急に消えた。彼を引きはがしたのは、誰あろうアシュワース伯爵だった。馬車のランプの炎が、精悍《せいかん》な顔をぼうっと照らし出す。

クララは呆然として彼を見つめた。

わたしを助けに来てくれたのね。

ラザフォードの怒声が聞こえる。アシュワースの凶暴な表情を見たとき、クララは彼が男爵をこの場で殺すつもりではないかと心配になった。だが伯爵はラザフォードをエヴァンストンに乱暴に押しつけたかと思うと、すぐさま馬車に入ってきた。

「ヘレン――」

抱き寄せられて、クララは彼にもたれかかった。しわひとつない正装の服に顔を押しつけて泣き声をあげる。燕尾服の襟をつかみ、温かな首に顔をうずめた。アシュワースが手を背中にまわして、さらに強く彼女を抱きしめる。

「やつはきみに危害を加えたのか、いとしい人?」彼が喉の奥で低くうなるように言った。その愛情をこめた呼びかけに、クララは一瞬唖然としたあと、首を横に振った。伯爵は何かささやきながら、やさしく彼女の髪を撫でつけた。そのとき色白の首に男爵の手がつけたあざが見え、彼の手が止まった。

「あいつを地獄へ送ってやる」アシュワースはしわがれた声でうなった。

ラザフォードはクララを傷つけていない。少なくとも、彼女が最も恐れていた意味では。でも彼はたったひとことで、クララの人生を崩壊させることができる。彼女が正体を偽っていたことは、すぐに明かされるだろう。少しでも冷静さを保つよう、クララは自らに言い聞かせた。外から人々の話し声が聞こえる。男爵が抗議をまくしたてる声もする。クララを守ろうとしていたアシュワースの気持ちが軽蔑に変わるのも、時間の問題だ。

「さあ」彼がささやいた。手は怒りで震えている。「馬車からおりよう」

「いいえ、わたしは……」クララは顔をくしゃくしゃにし、ふたたび泣き崩れた。「ごめんなさい、ウィリアム。どうか許して……」

薄暗い馬車の中で黒く見える彼の目に戸惑いが浮かんだ。「許す？　何を許すんだ？」

エヴァンストンが外から呼びかけた。その陰鬱な口調に、クララはたじろいだ。

「アシュワース、こっちに来て話を聞いたほうがいい」

伯爵に見つめられ、馬車から逃げ出したいという衝動に駆られる。

彼が手袋をはめた手を差し出した。もともと白かったその手袋は、手綱を握っていたせいで汚れている。クララはその手を取り、よろよろと地面におり立った。顔をあげると、マシューとチャールズがエヴァンストンと並んで立ち、ラザフォードはエヴァンストンにつかまれて動きを封じられていた。

「謝罪してもらうぞ、アシュワース」男爵がにやりとする。

アシュワースはクララの手を放し、険しい顔でラザフォードに歩み寄った。「なんだと？　謝罪するのはそっちだろう」相手の胸ぐらをつかんでエヴァンストンから引きはがし、馬車の壁に押しつける。「話してもらおうか、友人を装ってわたしの屋敷に入り込み、わたしの大切な使用人をさらって傷つけようとした理由を――」

「使用人？」その言葉にラザフォードは大笑いした。「おまえはこの女にすっかりだまされていたのだぞ」

伯爵の目がクララに向かう。彼女は絶望の表情で見返した。

「このメイドは」男爵がいやみをこめて言う。「エセックス州でも有数の裕福な一家の娘、そしてわたしの婚約者でもある、クララ・メイフィールドだ」

ウィリアムはぽかんと口が開いたような気がしたが、確信はなかった。突然、全身の感覚がなくなったからだ。だが、そう考えると筋は通る。彼女自身、脳震盪を起こしたあとにそう名乗らなかったか？　それに、これで彼女の使用人らしからぬふるまいも説明がつくのでは？

あっけに取られ、破れた黒い制服姿で馬車の横に立つ彼女を見る。乱れたダークブラウンの髪、みじめな表情。本当なのか？　ウィリアムの愛する女性は最近巷《ちまた》を騒がせている、資産家の家出した跡取り娘なのか？

良家の娘が身を隠すために、使用人となって屋敷の地下に身をひそめるなど考えられない。突飛すぎて滑稽でさえある。たとえ花婿に不満があるとしても――あったのは明らかだが――結婚しないために家出して、このような手段を用いて身元を隠すのは、あまりに驚くべきことだ。

その場を覆う静寂の中で、ウィリアムの声はかすれて自信なさげに響いた。

「クララ・メイフィールド？」

それは質問というより確認だった。

彼女の長いまつげがあがり、おびえた目があらわになる。ランタンの揺れる炎に照らされたその目は涙で揺らめき、ふたたび下を向いた。

「はい、旦那さま」

ウィリアムの呼吸が止まった。

そんなばかな。

彼女の返事を聞いた男爵はにやりとして、いまいましげにウィリアムの手を振り払った。上着の乱れを直し、つかつかと歩いていってクララの腕をきつくつかむ。

「わたしへの乱暴な態度について謝罪を要求する」ラザフォードは気取って言った。「わたしは、おまえや仲間からこれ以上妨害されることなく旅を続ける」クララを引き寄せる。「ミス・メイフィールドとは一週間以内にグレトナ・グリーンで結婚する」

グレトナ・グリーンだと？　だめだ……。

ウィリアムはじっと立ち尽くした。心の中は激しく葛藤している。彼は激怒していた。クララはウィリアムを、そして使用人たちをも利用し、身元を偽って彼の屋敷に入り込んだ。この醜聞によって、家名は無傷ではいられない。背を向けてラザフォードに婚約者を返すのは、アシュワース伯爵として当然の権利だ。しかし……。

ウィリアム・ホルステッドは胸が痛くなるほど、どうしようもなく彼女を愛していた。評判はすでにずたずたになっているとはいえ、彼は自分のため、家族のために、できるかぎり高潔に生きている。それでも彼女と誘拐犯を追いかけるかどうか、一秒たりとも迷いはしなかった。

そして彼女を見つけたら——今夜、ふさわしい妻を見つけようと懸命に芝居を続けてきたにもかかわらず——どうするつもりだった？

メイドである彼女を伯爵夫人にして、上流社会をあっと言わせるつもりだったのだ。

クララは男爵につかまれたまま立っている。目からこぼれ落ちる涙が、光を反射してきらりと光った。彼女はウィリアムに見捨てられると思っているに違いない。

彼はこぶしを握った。心を決め、歯を食いしばる。怒りに燃えて、ふたりのほうへ歩いていった。

「謝罪はしない」重々しく言い、いずまいを正して男爵を見おろす。「この女性が自分のものだという、おまえの主張は無効だ。誘拐の罪で牢屋に放り込まれる前に彼女を解放しろ」

クララが驚いた顔でウィリアムを見あげ、ラザフォードの表情は当惑から敵意へと変わった。

「なぜ無効なのだ？　この女の父親は縁組に同意した。われわれは結婚することになっている」

「わたしの見るところ、本人は結婚に同意していないようだが」ウィリアムは皮肉たっぷりに言った。

ラザフォードは手を振ってその反論をしりぞけた。「少々問題だが、結婚を取りやめるほどの理由ではない」

ウィリアムはさらに近づき、顔を寄せて荒々しく言った。「わたしはこの女性とベッドをともにした。彼女が結婚するのはわたしだ」

男爵とクララが愕然としてウィリアムを見つめ、マシューとチャールズは気まずそうにうつむいた。一方、トーマスは見直したと言わんばかりの表情でウィリアムを見ている。

クララがラザフォードの手を振りほどいて足を踏み出した。

「旦那さま！ わたしは――」

ウィリアムは射抜くように彼女を見据えた。「黙れ。そっちで立っていろ」マシューとチャールズのほうを指さす。クララが貞操は失われていないと主張して自らを危険な立場に追い込むことは避けねばならない。

彼女はウィリアムのきつい口調にたじろぎながらも、言われたとおりに従僕たちのほうへ移動した。マシューとチャールズはさらなる不愉快な状況から守ろうとするかのように、彼女の前に立った。

ラザフォードはいまにも心臓発作を起こしそうだ。全身を震わせ、ウィリアムの前でこぶしを振りまわしている。

「決闘だ」荒々しい口調で言う。「夜明けに」

ウィリアムは疑わしげに男爵を見た。「決闘なら、必ずわたしが勝つのはわかっているはずだ」顔をさげて声を低める。「こんな争いを続けるのは愚かだぞ。彼女がおまえから逃れるためにこのような手段に出たという事実が明るみに出れば、おまえが恥をかくだけだ。たとえ彼女がまだ婚約者であってもな。実際には違うが」

「この女の存在は、おまえにも恥をかかせるのではないか？」

「幸い、わたしは外聞など気にしないのでね」

ラザフォードの顔が紫色に変わっていく。「わたしの主治医にこの女を診察させるぞ！　そうすれば――」

「そんなことは許さん」ウィリアムは冷たくさえぎった。「忘れるな、わたしはいまでもその気になれば、おまえを誘拐の罪で逮捕させられるんだ」首を横に振る。「だめだ」彼はきっぱりと言った。「その気たっぷりのミセス・レヴィンタールと早急に結婚して、こんないまわしい事件はなかったことにするほうがおまえ自身のためだぞ。おまえは財産も土地も手にすることができる……手に入れられないのは彼女だけだ」クララを指さす。「彼女はわたしのものだからな」

そう口にしたとき、原始的な独占欲がウィリアムの中にあふれた。強く断言した言葉を聞いて、クララがぱっと顔をあげる。彼女は安堵しているのか、それとも怒っているのか？　いまはそれを心配している場合ではない。クララの所有権を主張する男爵を抑え込まねばならないのだ。誰がこの場を支配し、誰が状況を掌握し、すべてにけりがついたとき誰がクララと結婚するのかについて、なんの疑いも残してはならない。

ようやく黙り込んだラザフォードを見つめる。男爵はウィリアムの発言について考え、自分の取るべき選択肢や、この事件が明るみに出た場合の世間の評判を検討しているようだ。

そしてついに……。

敗北を認めた。

激しい憤りに顔をゆがめ、ラザフォードは無言で馬車まで歩いていった。

「帰るぞ、バレット」そう怒鳴ったあと、憎しみをこめた目でクララに最後の一瞥をくれた。

一連の光景をぽかんと見ていた御者は主人からにらまれ、あわてて馬車に乗り込んだ。ラザフォードのステッキが天井を叩く音が、はめ板越しにくぐもって聞こえる。私道を少し走ったあと、彼は窓をおろし、クララのエプロンと帽子を冷たい夜気の中に放り出した。エプロンと帽子はひらひらと舞った。これまでのクララの亡霊のように。

馬車の車輪の音が遠ざかって消えたとき、今夜繰り広げられた不愉快な物語のあいだ張りつめていたウィリアムの神経が、ようやくゆるんだ。しばらくうなだれていると、トーマスがやってきて力強く肩に手を置いた。

「よくやった、ウィリアム、感心したぞ」きっぱりと言う。「特に、彼女とベッドをともにしたとやつに言ってやったのは――」

「協力には感謝する、エヴァンストン、だが頼むから黙ってくれ」

子爵はにんまりすると、ウィリアムと並んで、クララと従僕たちのほうに向かって歩いた。

クララは一二月の夜の冷たさに耐えられる服装ではなく、破れたドレスは身も凍る寒さから少しも彼女を守っていない。もっとも、彼女が震えているのは夜気のせいか、あるいは心痛のせいかはわからない。ウィリアムは自分の黒い上着を脱いでクララの肩にかけ、襟元をつかんで彼女のほうにかがみ込んだ。

「話し合う必要がある」

クララは美しいダークブラウンの目を彼に向けたものの、唇はきつく引き結んでいた。

ウィリアムは一歩さがって、マシューとチャールズに話しかけた。「きみたちの協力に感謝する。そして、この慎重に扱うべき問題への気遣いにも」意味ありげに彼らを見つめる。「地下で話題になるのはわかっているが、ヘレンが実はクララ・メイフィールドだったことを認める以外には、今夜のことは口外しないでくれ。ほかの使用人たちはなんらかの説明を期待するだろうが、詳細は公にしたくない。わかってくれるか？」

従僕ふたりはうなずいた。

「マシュー、ミス・メイフィールドを屋敷まで連れていき、勝手口から中に入らせてくれ。わたしとエヴァンストン卿は今夜の客を帰らせる。屋敷からすべての客がいなくなるまで、彼女にはわたしの部屋にいさせろ」

「承知いたしました」マシューが応えた。

その命令を聞いて、クララが顔をあげる。「わたしはひとりの暴君の手から、別の暴君の手へと渡されるのですか？」

ウィリアムは彼女を鋭く見据えたあと、近づいていった。「いくら横暴だと思われようと、残念ながらこれは必要な措置であり、こうなった原因はきみが正体を偽ったことだ。きみのせいで、今夜わたしはかなりの面倒を強いられている」

クララの恥じるような顔を見て、ウィリアムの気持ちはおさまった。自分の馬まで早足で歩いていき、鞍にまたがる。妹に状況を説明することを思ってうんざりしながら、かかとで馬の腹を蹴って歩きださせた。

クララは伯爵の部屋の中でせわしなく歩きまわり、彼が階下の舞踏会から戻るのをそわそわと待った。二時間もかかるとわかっていたら、きれいな服を取りに屋根裏部屋へ立ち寄らせてほしいと頼んだのに。乱れた髪はなんとか撫でつけたけれど、ボタンが取れ、縫い目が裂けた黒いウールのドレスは見るからにぼろぼろになっている……いまの彼女自身と同じように。

こんな騒ぎを招いたのが、男爵との結婚を避けるためにクララが取った型破りな手段であることは事実だ。それでも、貞節を疑われて屈辱感を覚えずにはいられない。たしかにアシュワースと親密な時間は過ごした。けれど実際の行為と、彼が主張していることのあいだには大きな差がある。

今夜の彼の言葉によって苦痛と怒りを感じているとはいえ、その同じ言葉のおかげでラザフォードから逃げられたのもわかっていた。それにクララと親密な関係にあると認めるのは、アシュワースにとっても自らの名誉を危険にさらすことになる。伯爵の家族にまで悪影響を及ぼす可能性もあるのに、彼は意に介さなかった。アシュワースが家族の評判を大切にしていることを考えると、それは驚きだ。

けれどもクララは、彼女の素性が明らかになっていなかったとしてもアシュワースは結婚を宣言していただろうか、と考えずにはいられなかった。

〝彼女はわたしのものだからな〟

ぶるっと震え、せわしなく自分の腕をこすりながら燃え盛る暖炉に近づく。いまもアシュワースの黒い燕尾服を着ていられたらよかったのに。だが、彼はいったん舞踏会へ戻るために上着を取り返していた。エリザが兄のために入念に計画した舞踏会が無駄に終わったことを思うと、罪悪感で胸が痛む。すべてに決着がついたあとも、エリザがクララをまだ友人だと思ってくれることを祈るばかりだ。とはいえ、こんな事態になったからには、今後エリザが兄と親しくしつづけるかどうかも定かではない。

男性から所有物のように扱われるのは腹が立つ。でも、自分が彼にふさわしくないのはわかっている。それでも正直なところ、アシュワースから自分のものだと宣言されたのはうれしくもあった。

彼は本当にわたしを妻にしたがっているの？

それを考えると、おなかの中がざわざわした。

物思いは、廊下から近づいてくる足音にさえぎられた。クララは反射的に自分の体に腕をまわした。避けられない対決から身を守ろうとするかのように。

ノブがまわり、扉が開く。大柄な体で立ちはだかる伯爵の目には、怒りと苦しみが見て取れた。死に物狂いで羽ばたく鳥のごとく、不安がクララの胸の中で暴れる。彼女は暖炉の前に座ったままアシュワースを見つめ、彼が言葉を発するのを待った。

伯爵は扉をしっかりと閉めて振り返り、険しい顔でクララを見据えた。

「きみは嘘をついた」とがめるように言う。

クララは憤怒で息が詰まりそうになった。「あなただって!」

「わたしが嘘をつかねばならなかった理由は、きみだってよくわかっているだろう」彼は腹立たしげに言い返し、大股でクララのほうに歩いてきた。「今夜嘘などつくはめになったのも、すべてきみが……素性を偽っていたせいだぞ!」

「わたしだって、こんなことはしたくなかった!」屈辱の熱い涙がこぼれ、クララはいらいらとそれをぬぐった。「家族を裏切り、あなたの使用人たちに嘘をつき、あなたに嘘をつくなんて」理解を求めて彼の目を見つめる。「わかってください……一日たりとも、胸が痛まない日はありませんでした。とりわけ、わたしが……あなたが……」

そこで最後の糸が切れた。長らく抑え込んでいた不安、苦悩、心痛が一気にあふれる。顔を両手で覆い、押し寄せるみじめさを隠すことしかできなかった。

「だめだ、泣くな――」

アシュワースの声はしわがれていて、怒っているようにも聞こえる。彼は進み出てクララに腕をまわした。彼の唇が髪、額、そして頬をかすめると、クララの肌は欲望で震えた。ついに唇が合わさり、彼女の涙の塩味がアシュワースの舌に残るブランデーの味とまざった。クララは必死でしがみつき、アシュワースは彼女の口を貪る。ようやく彼が顔を離したとき、クララは息も絶え絶えになっていた。

「話してくれればよかったんだ」アシュワースは彼女のこめかみに、怒りをこめてささやいた。「なぜ黙っていた？」

クララは大きく首を横に振った。「話せなかったんです」声が詰まる。「あの男のもとに送り返されるかもしれないと思ったから。あなたのような立場の人なら、誰だって――」

「きみが村で歩いているとき、男爵に見つかっていたらどうなっていたと思う？」アシュワースがさえぎる。「あるいは今夜、ロザがあの場所にいなかったとしたら？　きみは跡形もなくここから消えていたかもしれない。そんなことは考えるだけでも耐えられない――」

彼はクララの髪に指を差し入れ、ふたたびキスをした。罰するように。彼女はアシュワースの望むようにさせた。抵抗するつもりもない。やがて怒りがやわらぐとともに、キスも穏やかになった。ゆったりとクララの口を探り、舌で愛撫する、官能的なキスに変わっていく。いまやおなじみとなった欲求で、彼女の体は目覚めた。

アシュワースがクララを押しのけた。胸が大きく上下している。顎がぴくぴくしているのは、感情や欲望を必死で抑制しようとしているしるしだ。彼女はこの機会をとらえ、指先でアシュワースのこわばった顎を撫でた。

「わたしのために嘘をついてくれなくてもよかったのに」小声で言う。

彼はあきれたような顔でクララを見つめた。「きみのために嘘をついたんじゃない。自分のためだ。きみを失うと考えただけで、わたしの心が引き裂かれそうになるのがわからないのか？」いらだちにため息をつき、自分の髪をかきむしる。「そうしなければ、あの男はきみを連れてグレトナ・グリーンへ行っていたんだぞ！」

クララは頭を振った。ラザフォードの計画が成功目前だったことを思うと身が震える。「あの人に手荒な扱いをされたのは、今回が初めてではないんです。あんな男と一生を過ごすと考えると……」ごくりと唾をのみ込む。「わたしはいずれ殺されたでしょう。だから逃げなくてはならなかった。父の願いにそむいても」

アシュワースが首をかしげた。「願いというのは？」

「父はにわか成金という評判を払拭したかったのです。尊敬を得るのに最も有効な方法は、わたしの姉を貴族と結婚させることでした」クララはひと息ついた。「でも姉のルーシーは身分の低い相手と結婚したので、その願いはかないませんでした。わたしも姉の駆け落ちに協力しました」弱々しく笑う。「その結果、一家の評判を回復させる最後の手段が、わたしの結婚となってしまいました。わたしもその役割を受け入れました。けれど社交シーズンの終わりにラザフォード男爵から結婚を迫られたときに、窮地に陥ったことがわかったのです」

アシュワースは困惑しているようだ。「つまり……シーズン中は、ほかに求婚者が現れなかったということか？」

「そうです」クララは恥ずかしさを覚えながら答えた。

彼は呆然としている。「ロンドンの男はみな、頭がどうかなったのか？」

クララの顔がほてった。今回は予想外の喜びで。それでも、しばらくためらったあとに尋ねた。

「シーズン中にわたしを見かけていたとしたら、声をかけたかもしれないと思いますか？わたしの家族が醜聞にまみれていても？」

「声をかけたかもしれないだと？」アシュワースがばかばかしそうに言う。まなざしが熱っぽくなった。「喜んで、きみのダンスカードを自分の名前で埋めつくしただろう」

感情があふれて喉が詰まり、クララは足を踏み出して彼の襟にそっと指を滑らせた。「シーズン最後の舞踏会に出るため、わたしはメイフェアにいました」

アシュワースが目を見張る。「わたしが欠席した舞踏会――」

彼女はうなずいた。

彼はクララの手を振りほどき、歩いていって炉棚に両手をついた。自力では立っていられないかのように。

「あのときわたしが思いきっていれば、こんな厄介な事態はすべて避けられたのか――」

「今夜、思いきったことをしてくださいました」穏やかに指摘する。

アシュワースがぱっと顔をあげ、肩越しに彼女を見た。「わたしが出席するつもりだったのは知っていたのか？」

クララは唇を噛んだ。彼は真実を知っても喜ばないだろう。それでも彼女はうなずいた。

「それこそまさに、わたしがここで働くことにした理由です。アシュワース伯爵がそれほど上流社会との交流をいやがっているなら、身を隠したい女にとっては安全だろうと考えました」

「しばらくのあいだ、きみはラザフォードからは身を隠していたかもしれない」彼は振り返ってクララと向き合った。「だが、わたしから隠れることはできなかった。昼も夜も、わたしはきみのことしか考えられなかった」歩いてきて、自分のものだと言わんばかりに彼女のウエストに手をまわし、もう一方の手で乱れた髪を撫でる。「ああ、あれは拷問だった」

クララは彼に身を寄せた。動悸が激しくなりはじめる。「ええ、そうでした」

アシュワースの唇が素早く動いて彼女の唇をとらえた。熱く、なめらかに、欲望をこめて。クララが喜びに身をくねらせ、頭を横に傾けると、彼は首に軽くキスを浴びせていった。

不意にアシュワースが顔をあげたので、彼女はびくりとした。彼は恐ろしいまでの怒りの形相で、喉を見据えている。男爵につけられた新しいあざに、指でそっと触れた。クララは一瞬、彼があとずさりするのかと思った。やめるのかと。ところが驚いたことに、アシュワースは温かな唇であざをなぞっていき、痛みを快感に変えていった。クララはしっかり彼に抱きつき、なめらかな髪に指をもぐり込ませた。

明らかに欲求を感じているにもかかわらず、というより感じているからこそ、アシュワースはやさしく彼女を自分から引きはがした。それでも熱いまなざしは、彼の心の内を物語っている。少し時間を取って自らを落ち着かせ、彼はふたたび話しはじめた。「ミス・メイフィールド、わたしたちにはまだ話し合うべきことが――」

「そんなふうに呼ばないで」クララは彼の上着をつかんで引き戻した。「わたしの名前を呼んで……」唇にささやきかける。

アシュワースに彼自身の言葉――ふたりでクララの部屋で隠れていたときに彼が口にした言葉――を思い出させたとき、二カ月以上にわたって募っていた渇望と思慕が噴出し、話し合いは忘れ去られた。

「クララ――」

ふたりの唇が重なる。クララは彼の首に抱きついて背伸びをし、ぴったり体を合わせた。アシュワースは喉の奥で低い声をもらすと、素早く彼女を抱きあげてベッドに投げ出した。広い肩から上着を脱いで、ベストとシャツも体からはぎ取る。それからクララのほうへと手を伸ばしたが、彼女はアシュワースを押し戻して上体を起こすと、彼の前で膝立ちになった。大きく目を見開き、むき出しになった上半身を見つめる……たくましい胸板、それを覆う細い金色の毛……ブリーチズのバンドに吸い込まれていくような引きしまったウエスト……。

クララの下腹部にうずくような感覚が広がった。大きく息を吐き、手のひらをアシュワースの腹部に当てる。肌は熱い。手を上にやって胸を探り、筋肉が収縮する感触や彼のうめき声を堪能する。かがみ込んで鎖骨に軽く歯を立て、キスをしながら喉に唇を滑らせる。そこで止まって彼を味わい、その反応を楽しんだ。いままでになかったような力を感じる。すっかり魅せられて探索の手をおろしていき、ブリーチズの下のふくらみを覆った。彼のすべてに触れたい。

その瞬間、アシュワースの全身がびくりとした。

まあ、すごい……。

すぐさま手をつかまれ、引きはがされた。

「だめだ」彼がかすれた声で言う。「まだ」

「でも――」

アシュワースは激しいキスでクララを黙らせ、彼女が抵抗できなくなったのを利用して仰向けにすると、制服のボタンを外していった。破れた黒いドレスが床に落ちる。コルセット、シュミーズ、ドロワーズもすぐあとに続いた。ストッキングだけを身につけた姿でアシュワースのベッドに横たわっているのは恥ずかしいけれど、ひどくみだらな感じもする。彼がストッキングをおろしていくと、クララは震えた。敏感な肌に触れる彼の手は、まるで炎のようだ。彼女は無防備で無力になった気分でアシュワースを見あげた。クララの全身に目を走らせた彼の呼吸が乱れる。

「きみがわたしのベッドにいるところは何度も思い描いた。だが、ヘレン――」

「クララよ」小さく笑って訂正する。

アシュワースが上体をかがめて彼女の唇をとらえた。胸毛が彼女の胸のふくらみをくすぐる。クララはうめき声をこらえた。

「慣れた名前で呼ばないようになるには、少し時間がかかるだろうな」アシュワースが問いかけるように微笑む。「それで、なぜヘレンという名前にしたんだ？」

クララは彼の下で身悶《みもだ》えした。マットレスに彼女を押しつけるアシュワースの重みが心地いい。

「あなたの書斎での最初の面談で、名前をきかれて……」

アシュワースが下へ動き、胸の先端を口に含んだ。クララはうめき声を止められなくなり、背中をそらして彼の口に胸を押しつけた。敏感なつぼみを愛撫され、思わず爪先を丸める。

それでも、彼の甘い攻撃に抵抗して話を続けた。

「うろたえたとき、『イーリアス』が目に入って……」

アシュワースが顔をあげた。納得した表情だ。「トロイのヘレネーか」ささやき声で言う。

「歴史上、最も求められた女性……」

彼の片方の手が下へ向かい、腿のあいだに入って秘められた部分を巧みに愛撫したとき、初めての感覚にクララは声をあげた。

身をくねらせて上に逃れようとする。「ウィリアム……」

彼は小さくうなりながら指を動かしつづけ、速度をあげていった。クララは何が起こっているのかわからなかった――その感覚は圧倒的だった。やがて快感が中心の一点に集中し、彼女は未知の高みへとのぼっていった。けれどもそこに到達する直前、ウィリアムが手を引いた。クララのいらだちの叫びを聞いて小さく笑う。

彼女は頭をあげた。心臓は激しく打っている。閉じた窓の隙間から冷たい風が忍び込み、肌がぞくぞくした。

彼はじれったいほどゆっくりと、クララの腹部、ウエスト、腿の敏感な肌に唇を這わせていった。

まさか彼は……。

クララが眉根を寄せた直後、ついさっき手が置かれていた場所に唇が移動し、舌がみだらに動いた。彼女は思わずウィリアムの髪をつかみ、背中を弓なりにした。巧みな愛撫に翻弄され、頭の中の考えはすべて、驚いた鳥の群れのように飛び去ってしまう。誰に聞かれてもかまわないとばかりに、クララは大声をあげた。生まれてこの方、これほど強い快感を覚えたことはない。心地いい緊張が急速に高まり、とても耐えきれなくなる。やがて彼女は目もくらむ快感の爆発によって空高く舞いあがり、無数の燃える断片に砕け散った。

ようやく少し正気を取り戻したとき、ウィリアムが上に移動して、クララの額に口づけた。いまの親密な行為を思って恥ずかしくなり、ほてった顔がさらに熱くなるのを感じて、彼女は横を向いた。彼が顎に指を添えて自分のほうを向かせ、首を横に振る。

「だめだ。恥ずかしがるな」声は興奮でざらついている。ウィリアムは膝立ちになった。「さっきのことがわたしにどれほどの影響を与えたか、きみには見当もつかないだろう。わたしは長いあいだ想像していた……きみがわたしのベッドにいて快感に悶えるところを……」

彼がブリーチズを脱ぎ捨て、さらなるかたい筋肉と小麦色の肌をあらわにしたとき、クララの不安は吹き飛んだ。思わず息をのむ。ウィリアムはふたたび彼女の隣に横たわった。熱いこわばりが腿に当たる。彼は欲望に満ちた目でクララを見おろした。

「痛みを避ける方法があればよかったんだが……」

彼の手がまた脚のあいだに入り、最も感じやすいところを探った。指先をゆっくりと中に差し入れていく。クララは驚きに目を見開き、小さくうめいて体をそらした。彼はなんのことを言ったのだろう？　これは少しも痛くない……とても気持ちがいい。

「ああ、そうよ――」ため息まじりに言う。

ウィリアムの呼吸が荒くなっていく。ゆったりとした探索は激しさを増していった。クララも彼に触れたかった。ウィリアムのあらゆる部分と触れ合いたい。手をおろして、彼の欲望の証を握りしめた。ウィリアムはびくりとして、いったん息を止めたあと、荒々しく吐き出した。一瞬ののち、彼女も探索を始めた。なめらかな皮膚の感触に感嘆しながら、手を上下に動かす。

「くそっ」彼は息を切らした。

愛撫するクララの手をしばらく熱いまなざしで見つめたあと、ウィリアムはこらえきれないとばかりに、彼女に覆いかぶさって脚のあいだに身を置いた。詫びる言葉をささやきながら、自らをあてがう。クララは息を殺し、彼がゆっくりと入ってくるときの圧迫感に耐えた。ウィリアムが大きなうなり声をあげる。刺すような痛みに身をかたくしつつも、彼女はひとつになれた喜びに浸った。

「許してくれ、いとしい人――」彼は言葉を絞り出し、この感覚に慣れる時間をクララに与えるために動きを止めた。

だが、彼女は止まってほしくなかった。あえぎながらウィリアムの背中に指を食い込ませ、腰を浮かせて彼をさらに奥へと引き込む。

「だめ」クララはささやいた。「ウィリアム、やめないで」

彼は頭をおろしてクララの髪を唇でなぞり、ふたりにとって心地いいリズムを見つけるように動きはじめた。何度も突き入れ、彼女の欲望を満足させて、あらゆる意味で満たしていく。クララは喜んで彼を受け入れた。求められているという感じがうれしい。すっかり痛みを忘れ、ふたたび砕けるような解放の瞬間に向かって上昇していった。

めくるめく快感の波に襲われたとき、彼女はウィリアムの名前を叫んだ。それは彼にも限界を超えさせたようだ。ウィリアムは痛いほどきつくクララのヒップをつかみ、より深くまで身を沈めた。荒々しく唇にキスをし、大きくうめいて身をこわばらせる。その快感の強さに、背中の筋肉がぶるぶると震えた。

やがて彼はぐったりとクララの横に崩れ落ちた。彼女は横を向いて脚を絡めた。ふたりの息は荒い。クララが指に乱れた金髪を巻きつけると、ウィリアムは目を閉じた。彼の胸にそっと頭をのせる。その姿勢のまましばらく横たわり、これまで禁じられていた親密さをじっくりと味わった。彼のかすれた笑い声が沈黙を破る。

「それで、わたしが話し合いたかったことだが――」

「ああ、そうね」クララは恥ずかしさを覚えながら応えた。「わたしが邪魔をしちゃったみたい」

ウィリアムが眉をあげた。「邪魔をする以上のことをしたと思うが」かすかに微笑む。「だが、大事なことだ。提案したいことがある」

クララは顔をしかめて彼を見つめた。「わたしを寡婦用住居に移すこと?」

ウィリアムは驚いて目を見開いたあと、顔に浮かんだ笑いを隠そうと横を向いた。

「ロザのやつめ……」やれやれとばかりにため息をつく。

彼は頭を振り、片方の肘をついて体を起こすと、クララの両手をつかんだ。

「いまならもう、きみを追い払いたかった理由はわかっているだろう。安心してくれ、わたしが言いたいのはまったく別のことだ」真顔になる。「まず、きみが無事であることをご両親に知らせなくてはならない。明日わたしがご両親に手紙を書き、そのあとふたりでエセックス州に向かう」

胸の中で希望がふくらみ、クララは喜んでうなずいた。自分を守ってくれるたくましい伯爵とともに家へ帰れるのは、みじめな方向に舵を切った人生の一幕が、予想外にすばらしい終わり方をするようなものだ。

「次に、今夜きみが連れ去られたと知ったとき、わたしがただちにあとを追ったことは知っておいてほしい。きみを取り戻したら妻にするつもりだったんだ、ヘレン。社会的地位など関係なく」

クララはあんぐりと口を開けた。「ウィリアム――」

彼はクララの手を握る手にそっと力をこめて黙らせた。

「きみが連れ去られた直後に、何と引き換えにしてもきみを取り戻したいという思いを自覚した」まなざしがやわらぐ。「果てしない悪夢を見つづけてきたわたしにとって、きみは初めて現れたいい夢だ。きみと一緒にいるためなら、すべてを投げ出してもかまわない」

目に涙があふれ、彼女はふたりのつないだ手を唇まで持ちあげた。「だったら完璧だわ。この逃げた花嫁が結婚したい男性は、あなた以外にいないもの」

ウィリアムの顔がぱっと輝いた。不安や心配は消え失せ、喜びが広がっていく。

「それは求婚を受けるということか？　そうだと言ってくれ」

クララは笑った。「ええ、ウィリアム！　もちろんそうよ」

彼は体を起こして顔をさげ、深く入念なキスをした。やがてクララの全身が赤くなった。唇を離したとき、不意にある思いが脳裏に浮かび、彼女は笑いを抑えきれなくなった。声をあげて笑うクララを見て、ウィリアムも笑顔になる。

「何がそんなにおかしいんだ？」

クララは目を輝かせて彼を見あげた。

「きみの微笑みが大好きだ《ジェム・ル・ファソン・ドン・ヴ・ソゥリエ》」そっとささやく。

ウィリアムは愕然とした表情になり、素早くクララに覆いかぶさった。彼女は怖がるふりをして叫び声をあげた。

「わたしが何を言っているかわかっていたんだな！」彼はにらんだ。「この生意気な娘め……償いをさせてやるぞ」

そして、クララは喜んでそうした。

19

翌朝早く、寝室の扉をエリザがそっとノックした。

クララはシュミーズの上からはおったウィリアムのガウンの前をきつくかき合わせた。彼と過ごした一夜の興奮はまだ残っている。それでも心の一部は、悪夢が終わりを迎えていることを頑として信じようとしない。

自分にはこんな幸せを受け取る値打ちがないと感じてしまう。クララの行為は自らの人生を混乱させただけでなく、周囲の人々の人生にも影響を与えたのだ。こんな行動に出た理由を説明することを考えると、不安で胸が苦しくなる。

わたしがどんなふうにみんなをだましてきたかを知ったら、エリザはどういう態度を示すだろう？　友人と思うようになった使用人たちは、今後もわたしを信頼してくれるかしら？　わたしに仕えることを思って怒りを覚えるのでは？　わたしと伯爵のあいだでロマンスが進行中なのを知らなかった人々——おそらくステラ以外の全員——は、彼がわたしを選んだことをどう受け止めるだろう？

事態を正す行動を起こさなければならない。まずは将来の義妹と率直に話し合うのだ。

扉を開けると、ライラック色のドレスを着たエリザが、手に別のドレスを持っていた。彼女はそっと咳払いをしておずおずと微笑み、兄の目と同じくらい美しいけれど、まったく異なる緑色の目を伏せた。

「おはよう、ヘレン……じゃなくて、その……」

ばつが悪そうに顔をあげる。ふたりはしばらく見つめ合ったあと、同時に息が苦しくなるほど大笑いした。

「ごめんなさい――」エリザは息をあえがせた。「ノックをする前に練習もしたのに！」

クララは笑いを噛み殺し、エリザの肩に手を置いてそっと部屋の中に導いた。「気休めになるかどうかわかりませんけれど、アシュワース卿も同じことで苦労なさっています」扉を閉め、まじめな口調になる。「みなさんにはひどい迷惑をかけてしまいました」

エリザは持ってきたドレスをベッドに広げて置くと、振り返ってクララを興奮ぎみに抱きしめた。クララは安堵の息をついて緊張を解き、エリザの肩に顔をつけた。

「あなたは大変な苦労をしてきたのよ」エリザはクララをじっと見つめた。「でも、もっと早く助けを求めてくれればよかったのに。わたしが行方不明のクララ・メ、イ、フィ、ー、ル、ドについてぺちゃくちゃ話すのを、あなたは黙って聞いていたわ。しかも、わたしは兄のために舞踏会まで開いた……」

クララは良心の呵責に襲われた。「お許しください……」

「ところが、しばらく前からあなたと愛し合っていたと兄から言われたわ」エリザはとがめるように頭を振った。つややかな金色の巻き毛がゆったりと揺れる。「もしかして兄には誰か好きな人がいるのかしら、と思ったことはあったの。だって、わたしが縁結びをしようとすると、あれだけ抵抗していたんだもの。だけど誰なのか見当もつかなかったから、あまり深く考えなかった。そうしたら、あなただったなんて！　よくもまあ、わたしに気づかせなかったわね」

「わたしが素性を明かせなかったのと同じく、伯爵はメイドへの愛を公言できなかったのだと思います」もう少しでウィリアムを失うところだったことを考えて、クララは後悔に襲われた。「わたしたちが一緒になるのは不可能だと思っていました。あなたとロザと一緒に暮らせるようになることが唯一の慰めでした」小さな笑みを浮かべて言葉を継ぐ。

エリザはクララを見つめた。「それで兄は急にあなたを屋敷から追い払おうとしたのね。あのときはわけがわからなかった。でも、いまならわかるわ。あなたを愛していながら別の女性と結婚するのは、兄にとってさぞつらいことだったでしょうから」クララの首についた黒いあざにそっと触れたあと、手をおろす。「ラザフォードは最悪の人間みたいね」エリザは身を乗り出し、秘密を打ち明けるかのようにささやいた。「彼にあなたの所有権を主張させないために何を言ったか、兄は教えてくれないの。だけど想像はできるわ。そう言うしかなかったんでしょう。どうか兄を許してね」

クララは髪の生え際まで赤くなり、言葉に詰まって視線をそらした。

「正直なところ、最初はうろたえました。でも、伯爵はわたしのためを思ってそう言ってくれたのです。それに許してもらうべきなのは、わたしのほうですから」

「兄が自分のためにもそう言ったのは明らかよ。男性があれほどひとりの女性にぞっこんになっているところは見たことがないわ。それにあなただって、もう自分が許されていることはわかっているでしょう」エリザはまじめな顔になった。「たしかにあなたは素性を偽ってこの屋敷に入り込んだ。でも、簡単ではなかったはずよ、良家に生まれたあなたが使用人の仕事をするなんて。それこそ、あなたがどれほど絶望的な状況に置かれていたかを物語っているわ。いまだに不思議なのは、目の前でこんなことが起こっていながら、どうしてわたしが気づかなかったかということ。ロザなんて、伯父が花嫁探しをする理由がわからなくて戸惑っていたのよ。あなたを愛しているのは明らかだったから」

クララは思わず声をあげて笑った。「ロザお嬢さまはとても勘が鋭いんですね」愛情をこめて言う。もうすぐあの少女を家族と呼べるようになると気づいたとき、喜びで顔が熱くなった。ベッドまで行って、エリザが持ってきた袖と襟ぐりに象牙色のレースをあしらった美しいバラ色のモスリンのドレスを眺め、指でなぞった。目頭が熱くなり、エリザを見あげる。「正直に打ち明けなくて申し訳ありませんでした。信じていただきたいのですけれど、何度もあなたには秘密を話そうと思ったんです。けれどわたしの置かれた状況は悲惨なものでしたし、ゆうべおわかりになったように、わたしは不本意ながらすでにあなたのご家族を危険な状況に置いていました」後悔を感じて目をそらす。「こんな騒ぎになったことについては、一生自分を許せないでしょう。ロザお嬢さまに、あの男爵の恐ろしさを見せることになってしまって――」

「いいえ」エリザがきっぱりと言った。「彼の行動について、あなたが罪の意識を感じることはないわ。ロザは大丈夫。むしろ、あなたが家族の一員になってくれれば、もっと元気になるでしょう」近づいてきて、クララのウエストに腕をまわす。

クララは感激してエリザを見つめた。何カ月ものあいだ、真相が発覚したら伯爵やその家族に嫌われると思って苦しんできた。でもなぜか、クララが彼らを愛しているのと同じくらい、彼らもクララを愛するようになってくれたらしい。その真実を悟り、エリザの友情に言葉にならないほど感謝して、彼女をきつく抱きしめた。

「ありがとうございます」思いをこめてささやく。

エリザが頭を振った。「愛する人を何人も失ってからの年月、この屋敷は喜びのない場所だったわ」彼女も抱擁を返す。「今度は愛する人がひとり増えて、このうえなくうれしいの」

クララは何カ月ものあいだ髪を覆っていた白い帽子から自由になったことをありがたく思いつつ、凝った形に結った髪に触れたあと、震える唇まで手をおろした。少し時間を取って、自分の身に起こった劇的な変化について考える。

ウィリアムは将来の花嫁がのんびり朝を過ごせるように計らってくれた――使用人として過ごした日々を忘れられるように。バラ香水で香りをつけた熱い風呂、つやが出るまで豊かな髪にブラシを通す時間、エリザがくれたドレスへの着替え。濃いピンク色の生地は、なめらかな白い肌とダークブラウンの髪の対照を際立たせてくれる。このドレスによって、メイドのヘレンから将来の伯爵夫人、クララ・メイフィールドへの変身は完了した。

それが合図だったかのように、ノックの音がした。扉を開くと、廊下に立っていたのはウィリアムだった。そわそわしているところが、なんとも魅力的だ。

「閣下」クララはおずおずと微笑んだ。彼が入ってこられるように横へどく。

ウィリアムは彼女から決して目を離すことなく扉を閉めた。クララは同時にさまざまなことを感じた。恥ずかしさ、不安、興奮……そして何より、目の前に立つ男性への深い愛情。こんな格好のわたしを見て、彼はどう思うだろう？　胸をどきどきさせ、少し身をひねって何層ものスカートをひらひらさせると、ウィリアムは感心したように小さくため息をついた。

「ゆうべ舞踏室で会いたかった女性はきみだ」

安堵したクララは喜びで顔をほてらせた。「たった四時間かけるだけで、それにふさわしくなれたわ！」冗談めかして言う。

「まったく時間をかけなくても同じことだ」ウィリアムはさりげない口調で言って近づいてきた。「わたしは完璧な着こなしをした金持ちの跡取り娘と恋に落ちたわけじゃない。自分の雇うメイドと恋に落ちたんだ。なんとか否定しようとしてきたがね」

クララは進んで彼の腕の中におさまった。「でも、いまの格好を気に入ってくださってよかったわ。制服姿のわたしのほうがお好きなのではないかと、ちょっと心配していたの」

「いまでも制服姿のきみは好きだよ」ウィリアムは自分のものだと言いたげに、彼女のウエストに手をまわした。「馬車にひかれかけたときの、ぼろぼろの古いドレス姿のきみも好きだった」

「嘘つきね」クララは笑った。

ふたりは唇が触れ合う寸前まで頭をおろした。「嘘じゃない」温かな息が彼女の唇をくすぐる。「通りの向かい側にいたわたしが、なぜ馬車が来ることに気づいたと思う？」

「あなた――わたしを見ていたの？」クララは息を切らした。爪先立ちになって唇でウィリアムの唇をかすめようとしたが、彼はにやにやしてよけた。

「それは控えめな言い方だな、ミス・メイフィールド」

ウィリアムが顔をさげてキスをする。彼女は喜んで受け入れた。なめらかに絡まる舌、彼の腕の中にいるといつも感じる誘惑の炎。だがウィリアムが急に体を離したので、彼女は不満の声をもらした。彼が残念そうに首を横に振る。

「きみの服を脱がせるわけにはいかない、こんなに手をかけて身支度をしたのに」冗談めかして言いながらも、ウィリアムの目は欲望で色濃くなっている。彼はスカートをつまんだ。

「しかし、完全に脱がなくても……」

それを聞いてクララの動悸が激しくなった。情熱をたたえた彼の表情を見ると、顔が熱くほてった。「だめ……できないわ」笑顔で首を横に振る。「階下へ行かなくちゃ。みんなと話をしないといけないから」

ウィリアムは愛情をこめて、親指で彼女の顎を撫でた。「わたしも協力したいところだ。

だが、きみならひとりでなんでもできる。それで、何を言うつもりだい？」

「みんなに知ってもらいたいの……どうしてもわかってもらいたい……」言葉に詰まった。しばしの沈黙ののち、彼は身をかがめ、力づけるようにクララと目を合わせた。「きみはいまでも彼らの仲間だということを？」

彼女は明るく微笑みかけたあと、不安げに眉をさげた。「ええ……できるかしら？」たくましく温かな体に引き寄せられ、目を閉じて彼の清潔な香りを吸い込む。

「きみはよそ者としてこの屋敷に来たが、全員を味方につけた——アメリアさえも」ウィリアムは楽しげにつけ加えた。「もう一度同じことをするのは、最初ほど難しくないだろう。彼らはきみが善良な人間だと知っている。変わることはいろいろあっても、その性質はいつまでも変わらない」

クララはふたたび彼に身を寄せ、シャツに顔をうずめて、たくましい体に腕をまわした。ウィリアムと同じくらい自信を持てたらいいのにとは思うけれど、それは難しい。

最後に名残りを惜しみながらキスをしたあと、彼を残して部屋を出る。階段をおり、使用人用の廊下に立った。使用人たちの声が食堂から響いてくる。クララは一瞬、物悲しくなった。たとえ彼らが許してくれたとしても、以前のように友人でいつづけることは可能なのだろうか？　マシューをからかったり、ステラと笑い合ったりできるの？　そうであってほしい。ここで見つけた家族のような仲間を失いたくない。

スカートを見おろし、美しいピンク色のモスリンをそわそわと撫でつける。ためらいがちに足を進め、もう一度立ち止まって気持ちを落ち着かせた。そして、食事をしながらおしゃべりをしている使用人たちの前に姿を現した。にぎやかな会話がぴたりと止まり、驚きと期待を浮かべた顔がいっせいにクララのほうを向く。マシューが小さな笑みを浮かべ、チャールズがうなずきかけたのを見たとき、彼女はほっとした。あのふたりはほかの使用人よりもクララの秘密をよく知っているけれど、それを広めることはしないだろう。テスは少しはにかみ、アメリアは力づけるように微笑んでいる。けれどステラは目を合わせようとせず、テーブルに視線を据えていた。

ミセス・マローンは紅茶から顔をあげ、入り口で気まずそうに立つクララを見ると、急いでカップを受け皿に戻して挨拶のために立ちあがった。

「いらっしゃいませ、ミス・メイフィールド」笑顔でお辞儀をし、呆然としているほかの者たちに目配せをする。あわてて引かれた椅子の脚が床をこする音が部屋じゅうに響き、使用人たちは立ちあがって挨拶をした。家政婦長は空いている席を指さした。「お茶はいかがです？」

その親切な申し出に驚くとともに安堵して、クララは微笑んだ。「ありがとう」

一同が着席し、彼女も席についた。マシューが熱い紅茶を注いでカップを押し出す。クララは初めて地下でみんなに会ったときのことを思い出した。このテーブルで一緒に食事をしたのだった。そして、いまもまた――ある意味では――初めて彼らに会っている。ティーカップの磁器の細い持ち手をいじりながら、どんなふうに話を切り出そうかと考えた。やがてため息をつき、申し訳なさそうな顔で彼らを見た。

「みんなをだまして、本当に悪いと思っているわ。それだけは信じてちょうだい」

その場の緊張が明らかにゆるみ、代わりにみんなの表情には好奇心があふれた。それに励まされ、クララは先を続けた。

「わたしの地位は変わったけれど、いまでもあなたたちの友だちでいたいと思っていることも知っておいてほしいの」もじもじと手をもみ合わせる。「家族や愛する人たちから身を隠してひとりぼっちだと感じていたとき、あなたたちがいてくれたおかげで、そんな耐えがたい孤独に悩まされずにすんだのよ」いまステラが目をあげてこちらを見ているという事実に、クララは慰めを覚えた。「それには感謝しているわ。心から。わたしの本名はクララ・メイフィールドというの」長いテーブルの端にいるテスに目をやる。隣に座った馬番のオスカーは、クララがヘレンとして会っていたときよりも居心地が悪そうだ。「この数カ月間、新聞で報じられていたから、わたしがどういう立場にあったかはたぶんご存じでしょう。それにつけ加えられることはあまりない。言えるのは、気まずい状況になったのはわかっているということよ。それについてもお詫びするわ」

「これからもロートン・パークにいらっしゃるんですか?」

ステラの質問が静かな食堂に響く。使用人たちの期待に満ちた目が、ステラからまたクララへと戻った。それは当然の質問だ。でもクララは、昨日の騒ぎがあった直後に大勢の前で答えたくはなかった。額に汗が浮き、マシューとチャールズに目をやる。ふたりはうなずいた。

「そうね」彼女は口を開いた。「今日のうちに、伯爵閣下と一緒にエセックス州にあるわたしの家へ向かう予定よ。だけど、いずれ戻ってくるわ」

顔がほてる。アシュワース伯爵との関係について口にするのはきまりが悪いけれど、みんなは自分なりの結論を引き出してくれればいい。というより、彼らがそうするのを止めることはできないだろう。ミセス・フンボルトのひどく興奮した表情からすると、彼女はすでに結論を出しはじめているようだ。

ステラが訳知り顔で微笑み、テーブルを見おろした。

「どうして男爵から逃げたんです？」テーブルの端からオスカーがきいた。

その場が静まり返った。おどおどした少年が質問を口にしたことにクララは驚いたものの、答える義務はある。

「怖かったからよ」ドレスのレースの襟を引っ張り、首に残された黒いあざをあらわにする。

一同はそろって息をのんだ。「ゆうべ舞踏会が中断したのは、彼がわたしを襲ったからなの。乱暴な仕打ちを受けるのは初めてじゃなかったし、彼と結婚していたら最後にもならなかったでしょう。だから結婚式の前夜に窓から逃げたのよ。逃げなければ、けだもののように残酷な男と結婚して一生を送ることになったから。そんなことには耐えられなかったわ」

「アシュワース卿がそいつをぶちのめしたことを祈りますよ」オスカーが険しい顔で言ったので、クララは笑みを押し殺した。

テーブルの端からテスの小さな声が聞こえた。「どうしてここに隠れたんですか？　使用人になって」

どう答えようかとクララは迷った。すべての真実を話したら、アビゲイルを巻き込んでしまう。アメリアなら、いまごろはもう妹の関与に気づいているだろう。でも彼女はアビゲイルの姉だし、妹の仕事を危険にさらすようなことはしない。アメリアがフォークをいじっている様子からは、不安におびえているのが見て取れる。彼女がそっと視線を向けてきたので、クララは安心させるように小さくうなずき、ふたたび一同に向き直った。

「男爵が地下を捜索することはないと思ったし、実際そのとおりだったわ。彼はわたしがここに隠れているとか、舞踏会に顔を見せるほど愚かだとか考えていたわけではないでしょう。ゆうべ玄関ホールで顔を合わせたのは、まったくの偶然だったの」

「ご無事で何よりでした」アメリアが笑顔で言う。

クララは感謝をこめてアメリアのほうを見た。次に何を言うか少し考えたあと、懇願の表情で続けた。「お願いがあるの……わたしは、あなたたちがヘレンとして知っていた女性とそんなに変わらないわ。これからも、みんなとお友だちでいたいの」

自分がどんな返事を予想していたかはわからない。つかのま、使用人たちは何も言わなかった。気まずい沈黙の中、クララはそわそわした。

するとマシューが咳払いをしてハムを口に入れた。

「おなかはすいてる？」もぐもぐしながら言う。

食堂にふたたび笑い声が響き渡った。

朝から立ち込めている霧の隙間から、クララは過ぎゆく生け垣、草原、葉の落ちた木々を眺めた。頭をウィリアムの肩にもたせかけ、温かくたくましい体に身を寄せる。彼が満足げな声を出してクララをいっそうきつく抱き寄せると、彼女の心には幸せな安らぎが広がった。ウィリアムの馬車はエセックス州の泥道にもめげず走りつづけている。ケント州からの旅は、いまのところ平穏無事に進んでいた。両親と顔を合わせることに不安を覚えてはいるものの、それを除けば何カ月ぶりかで気分は穏やかだ。

これだけの大騒ぎのあと、娘を見て両親がどんな反応を示すかは予想できない。だから、自分は受け入れられるのか、物事がうまく進まない可能性があるのではないか、といったことは考えないようにした。少なくともクララが来ることを両親は知っているので、心の準備はできているだろう。ウィリアムは村でいちばん速い急使に、クララが無事であり、自分たちはまもなくメイフィールド家の屋敷に向かうという知らせを届けさせていた。いま、両親はクララがアシュワース伯爵と一緒にいることを知っている。男爵も両親に連絡を取っている可能性はあるけれど、ウィリアムに突きつけられた最後通牒《つうちょう》を考えれば、あの男がそんな危険を冒すとは思えない。

「もうすぐ着くよ」ウィリアムが彼女の髪に向かってささやきかけた。ありがたいことに、髪は数カ月にわたってクララを悩ませていた糊のきいた白い帽子から解放されている。彼女が顔をあげると、ウィリアムがゆっくり、深くキスをした。すぐにクララも応じたが、彼は低く笑って顔を離し、キスを中断してふたりのあいだに少し距離を置いた。「このまま続けたら、ご両親に会えない格好になってしまう」かすれた声で言う。

　そのとおりなのはクララもわかっていたが、やめたくなかった。いたずらっぽく彼を見あげる。

「やめてあげる。でも、始めたあなたが悪いのよ」

「たしかに」ウィリアムが浮かべた少年のような笑みを見て、彼女の鼓動は速くなった。けれども笑みはすぐに消えた。ハンサムな顔に重々しく厳粛な表情を浮かべてクララを見つめる。「気分はどうだい？」

　彼女の視線はウィリアムの上着の光沢がある金ボタンに向かった。「びくびくしているわ」正直に認める。「うまくいけばいいと思うけれど」

　馬車が私道で大きく曲がったので、ウィリアムは横を向き、そのあと上体をかがめて彼女と額を合わせた。「最善の結果になると信じるんだ、ミス・メイフィールド、それが無理だと判明しないかぎりは」

　クララはうなずき、勇気を奮い起こした。「この数カ月耐えてきたことを考えたら、これ以上悪くなりようがないわね」

「ああ、そのとおりだよ」ウィリアムは彼女に目を据えたまま、手の甲に口づけた。「悪くなるどころか、きっとこれからの長い人生で起こるたくさんのすばらしいことの一番目だ」

「一番目じゃないわ」意味ありげに彼を見つめる。

ウィリアムのうれしそうな笑みに、彼女のおなかの中がざわめいた。「ああ、一番目ではないし、もちろん最後でもない」

「愛しているわ、ウィリアム」クララはささやいた。「心から」

ウィリアムの長い指が彼女の顎にかかり、顔をあげさせる。そのとき馬車が止まった。

「初めてきみを見た瞬間から愛していたよ、道で馬車にひかれそうになったときから」彼は小さく笑った。「ここにいたるまでに、ふたりともずいぶん苦しんだ……一緒に過ごせるようになるまでに。きみはとても勇敢だ、かわいいメイドくん」かがみ込んで、クララの鼻のてっぺんにキスをする。「もう少しだけ勇気を出してくれ。そうして、ふたりで一緒に新たな人生を始めよう」

エピローグ

一八四六年
イングランド、エセックス州
シルバークリーク

ついに春が訪れ、それとともにクララの結婚式の日も訪れた。彼女の希望により、これは内輪だけの式典となる。過去六カ月間、過剰な注目を浴びてきて、これ以上ロンドンの噂にはなりたくなかった。少なくともこの出来事に関しては、上流社会は憶測をめぐらせて楽しむしかない。

一五分前に階上にいる母と姉のもとへ行く予定になっていたけれど、階下の友人たちから熱のこもったお祝いを受けていて遅くなってしまった。全員が北部のエセックス州まで来ることはできなかった。ミセス・マローンの場合は、どれだけ華々しい出来事のためであっても、屋敷を自分ほど有能でない者の管理下にゆだねるのを頑として拒んだ。強情な家政婦長を手伝うためにあと数人の使用人もとどまり、ウィリアムは乗り物を手配して、残りの者がシルバークリークまで来られるようにしていた。

いま、その人々がクララを囲み、喜びで満面の笑みを浮かべている。大胆な冒険の最後を飾る出来事に彼らが出席するのは当然だ。彼らもその冒険で重要な役割を演じたのだから。みんなはクララがアシュワース伯爵夫人として新たな人生を始めるのに協力できたことを喜び、また名誉に思ってもいた。

まわりでは興奮したおしゃべりが続き、クララはあらゆる方向から抱きしめられた。ステラ、ジリー、テス――そこには抱擁とあふれんばかりの愛情が満ちていた。けれども突然、階段に現れたマシューが長引く祝いを中断させた。

「失礼します、ミス・メイフィールド」茶色い髪の従僕は気取って片方の眉をあげ、大げさに手を動かした。「上階でお呼びです。何度も。母君さまが」

「たぶん、あんたが逃げたんじゃないかって心配なんだよ！」ミセス・フンボルトが大声で言い、ぴしゃりと手で口に蓋をした。「すいません、お嬢さま。いまのを聞いたら、ミセス・マローンはわたしの首をはねますね」

クララは笑って料理人を安心させた。「心配しないで。婚約者から逃げた過去を考えれば、母が不安に思うのも当然――」

階段にまた足音が響いたかと思うと、姉のルーシーが現れた。その身を美しく飾るひだ入りスカートの空色のドレスは、おなかのふくらみを少しも隠していない。淡いキャラメル色の髪は優雅な巻き毛に結いあげられている。彼女は木製の手すりをどんと叩き、妹へのいらだちを装ってため息をついた。

「あなたは今日ウェディングドレスを着たいのかと思っていたわ。だけど、その格好ですまさなくちゃいけないみたいね」クララの地味なドレスにうさんくさげな目を向ける。

それを聞くなり、アメリアがクララの左腕を、アビゲイルが右腕をつかんだ。

「すぐにまいります、ミセス・トンプソン！」アビゲイルはうろたえて叫び、クララを引っ張って人々をかき分けた。

ルーシーが口元に小さな笑みを浮かべてうなずく。「そうしてちょうだい」

クララはアビゲイルを説得して、ロートン・パークでメイドを務めてもらうことにしていた。アビゲイルは上階でふたたびクララに仕え、アメリアは地下で働く。姉妹は同じ屋敷で働けることになって大喜びしているし、クララもそれが最善だと確信していた。

階段の上にある緑色のベーズ張りの扉まで来ると、ルーシーは振り返って使用人の集団に笑いかけたあと、クララを引っ張った。

「ちょっとこの子を借りるわね。すぐに戻るから」

アメリアとアビゲイルが手を離す。ルーシーはクララと腕を組み、頭を妹の肩にのせて、ゆっくりとテラスのほうへ導いた。クララは苦笑した。

「わたしたち、急いでいるんじゃなかったの？」

姉の笑い声が腕に響く。「そうよ。ただ、少しだけあなたをひとり占めしたかったの」のんびりと晩餐室を歩きながら、ルーシーはため息をついた。「ずいぶん心配したのよ、クララ。それに、わたしたちの状況が一変したなんてまだ信じられない」

クララは姉の頭に自分の頭をもたせかけた。「子どもをふたりとも失って初めて、どれだけ愛していたかに気づくんだと思うわ」

「そうよね。あなたがラザフォードから逃げたおかげで、お父さまは考えを変えたのよ」ルーシーは頭を振った。「家出しなくちゃならなかったのは残念だわ。だけどそうでなければ、あなたはすてきな伯爵に会えなかったかもしれないのよね」

姉の言うとおりだ。クララの家出のあと両親はルーシーと和解しただけでなく、彼女とダグラスを家族として喜んで受け入れていた。

それに、クララが逃避行のあいだに最高の貴族を見つけたことは否定できない。残忍でなく、心やさしい貴族。決してクララを殴ったりせず、機知と知性によって自分の意見を主張するほうを好む人。笑わせて、彼女の緊張をほぐしてくれる夫。必要とあらばベッドで説得するというずるい戦略を用いる男性……。

「ええ、そうね」自らの状況が予想外の結果を生んだことにあらためて感謝し、クララの顔が熱くなった。「でも、お父さまとダグラスがあんなに親しくなったのにはびっくりしたわ。まさかそんなふうになるなんて、少しも予想していなかったから」

ルーシーがぐるりと目をまわしてみせた。美しい顔に皮肉っぽい笑みを浮かべる。「お父さまは思った以上にダグラスと共通点があったのよ。夫は頭がよくて野心的なの」彼女は誇らしげに言った。「それもわたしが彼を愛する理由のひとつ」男性陣が集まって話しているテラスの窓に目を向ける。「わかっていたの。少しの機会さえあれば、お父さまとお母さまはわたしと同じくらい彼を大好きになるって」

「お姉さまがお父さまとお母さまを許すことができてよかったわ。お姉さまが家を出たあと、もう家族がもとに戻らないんじゃないかと思うときもあったのよ」

ふたりは日光浴室で立ち止まった。午前半ばの温かな陽光は、屋敷内の薄暗さと対照的だ。ルーシーはクララと向き合った。

「石でできた人間でないかぎり、帰ってきてくれというお父さまの哀願に抵抗することはできないわ。お父さまは、わたしたちを愛していることをはっきりと示された。それは上流社会に認められるよりも意味のあることよ」穏やかに言う。「だけどお父さまがそれに気づいたのは、あなたが家出したあとだったと思うの。そしておかしなことに、お父さまが世間の意見を気にしないようになったとたん、あなたが戻ってきた……アシュワース伯爵と結婚するために」

クララは不意に生じた喉のつかえをのみ込んだ。父は長年、一家の繁栄という大きな目標のためには娘たちの幸福など重要ではないと主張してきたけれど、いまはそれが間違いだと気づいたのだ。自らの利益のためにさまざまな選択を行った結果……娘ふたりを失い……自分にとっての優先事項にはなんの意味もなかったと悟ったのだろう。

「あなたたち！」

クララとルーシーが顔をあげると、母がスカートを翻して早足でやってきた。エリザと、その友人で結婚式のためにハンプシャー州から来たレディ・キャロライン・ロウを連れている。美しい金髪のエリザと印象的な赤毛のキャロラインは、人目を引くふたり組だ。エリザがクララにウィンクをし、母は息を切らして娘に駆け寄った。

「まったく！　アシュワース卿はもう一時間前に準備がおすみなのよ……あの方は一刻も早く結婚したがっておられるのに、あなたったら、階下でぺちゃくちゃしゃべってお待たせするなんて！」

「違うわ、お母さま」クララは笑いながら首を伸ばし、テラスに集まって立っている男性陣を眺めた。「わたしだって結婚したいけれど、ただ――」

光沢のある窓ガラス越しに伯爵の姿が見えたとき、クララの言葉が止まった。彼はロザを抱いて立っている。金髪はつややかに輝き、彫りの深い顔は朝日に美しく照らされている。彼はすっかりくつろいで、エヴァンストン子爵、ダグラス、クララの父親と熱心に話し合っていた。

ウィリアムが舞踏会に現れなかったときにメイフェアで起こった騒ぎを、クララはよく覚えていた。以前の彼の苦悩に満ちた青白い顔が脳裏に浮かぶ。でも、今日の彼に当時の面影はない。ウィリアムがダグラスの言ったことに大きく笑うのを見てクララは微笑み、悲惨な事故の前も彼はあんなふうに陽気だったのだろうと想像した。ハンサムで明るく、そして存在感のあるウィリアムは、いま最高級の服に身を包み、まるで旧知の仲であるかのようにクララの家族と談笑している。

胸が喜びで爆発することはあるのだろうか？　たぶんあるだろう。

ウィリアムがガラス越しにクララをとらえ、話をやめた。たぐいまれな緑色の目が熱を帯び、笑みが官能的な雰囲気を漂わせる。彼女の全身がかっとほてった。

ロザは小さな手で伯父の顔をはさみ、ほかの人たちのほうに向けさせる。男性三人も、ウィリアムの気が散った原因は何かと振り返った。エヴァンストン子爵がにやりとして右に動き、巧みに友人の視界から婚約者をさえぎる。ミセス・メイフィールドがうろたえた。

「花婿は結婚式の前に花嫁を見てはいけないのよ！　すぐに階上へ行って……」

ルーシーが母の横に行って手を取った。「落ち着いて、お母さま。何も問題はないわ」

姉は大きな青い目を見開いて意味ありげにクララを見ると、晩餐室のほうを頭で示した。

「エヴァンストン卿は感じのいい方ね」屋敷の中に入りながら、母の不安から気をそらそうとして言う。「あなたはあの方と親しいんでしょう、エリザ？」

「ええ」伯爵の妹が答えた。

ルーシーは愛想よく微笑んだ。「質問したのは、彼がよくあなたを目で追っているからよ。もしかして――」

「まあ、違うわ。そういうことじゃないの」エリザが楽しそうに応える。「わたしたちは単なる友人よ。友人ですらないときもあるわ」

ルーシーは笑いを押し殺してクララに目をやった。子爵の視線がエリザに向けられているとき、そこには明らかに熱が感じられる。それをわかっていない、あるいはわかろうとしないただひとりの人物は、エリザ自身のようだ。

階段の下まで行くと、ミセス・メイフィールドがクララの手を取った。「階上まで一緒に行かせてくれる?」

クララは小声で答え、女性陣は客間に向かった。階段をのぼりながら、結婚式の準備の喧騒からつかのまの静寂へと変わっていくあいだ、母はクララを引き寄せた。

「あなたをつらい目に遭わせることになって、本当にごめんなさいね」母は低い声で言った。「あなたは自分の気持ちを話してくれた……それはわかっているの……ただ、どうしても理解できなかった。あなたの言葉を真剣に聞くべきだったのに、聞いていなかったのね」

クララは首を横に振った。「いいのよ。もうすんだことだわ」

「そうかもしれない。だけど、いまでもそれを思うと夜寝られなくなるの。家出なんてしなくても、あなたがどれだけ絶望的になっているか、わたしたちは気づくべきだったわ」

クララは踊り場で立ち止まって母のほうを向き、やさしく手を握った。「そうね。けれどこうして和解できたのだし、すべて丸くおさまったわ」母の目が涙で光り、クララは抱きしめてささやきかけた。「今夜はぐっすり眠ってちょうだい。今日、わたしは愛する人と結婚するのよ」

「そうね、だったら早く着替えないと」母は笑い、あとずさりして涙をぬぐった。「アビゲイルとアメリアは、もうあなたの部屋で待機しているわ。そしてさっき見たとおり、伯爵は準備ができているのよ」

最後にもう一度母と抱き合ったあと、クララはレディらしからぬ足取りで階段を駆けのぼった。寝室の扉を閉めて、隅に吊るしたウェディングドレスを見る。いつ見ても美しいドレスだ。白いサテン、レース、真珠……。

恐ろしい夜の記憶がよみがえる。あのとき暗い中でドレスは亡霊のように見え、コオロギは別れの歌を歌い、自分の人生は取り返しがつかないほど変わるのだと思った……。

泣きながらウェディングドレスの前にピンで留めた、別れの手紙のことも思い出した。紙がまだそこにあるのを見てぎょっとする。

そんなはずはない。クララはよく見ようと近づいてみた。

あのときの紙はまだついていた。

〝わたしにはできません。ごめんなさい。愛しています。

――クララ〟

けれども驚いたことに、その下にもう一枚の紙が、輝く生地に留められていた。身を乗り出してそれを読んだとき、クララは笑いだした。

〝しなくてよかった。さあ、おりてきてわたしと結婚してくれ。

――アシュワース卿ウィリアム〟

訳者あとがき

本書のヒロインは裕福な銀行家の娘、クララ。姉が身分の低い男性と駆け落ちしたせいで、彼女の一家は社交界から冷たい扱いを受けるようになりました。名誉挽回の唯一の手段は、クララが貴族と結婚すること。しかし醜聞の渦中にある一家の娘には誰も近寄ろうとせず、社交シーズンは終わりに差しかかります。

あきらめかけたとき、ひとりの男性が手を差し伸べ、家族は救いの神とばかりに彼にすがりつきます。ところが彼は冷酷で暴力的な人間でした。この人と結婚したらいずれ殺されてしまう――恐怖におびえたクララは思いきった手段に出ます。家から逃げ、ヘレンと名乗って素性を偽り、ある貴族の使用人となって身を隠したのです。

彼女が逃げ込んだ屋敷の主はアシュワース伯爵ことウィリアム。彼は馬車の事故に遭い、同乗していた家族を亡くすという悲惨な過去を持っていました。ひとり命を取り留めた彼は生存者の罪悪感《サバイバーズ・ギルト》に悩まされており、ときどき事故のフラッシュバックでパニックに陥ることがあります。それゆえ世間に背を向けて田舎で隠遁《いんとん》生活を送っていました。

ほかの貴族と交流のない伯爵のもとにいれば、婚約者にも見つからないだろう――クララはそう考え、慣れない肉体労働に精を出します。ところが彼女には別の危険が迫ることになりました。ウィリアムに惹かれる気持ちです。本来の身分であれば彼と愛し合える。でも使用人でいるかぎり、結ばれることはありえない。かといって身元を明かせば、家に連れ戻されて望まぬ結婚を強いられるのです。

一方ウィリアムも、良家の娘と結婚して世継ぎを残すという義務と、使用人である〝ヘレン〟への思いとのあいだで板挟みになり……。

本書はマリー・トレメインのデビュー作です。彼女はワシントン大学で英文学を学んでいたとき、ジェイン・オースティンの名作『高慢と偏見』に出合ったのがきっかけで、摂政時代《リージェンシー》やヴィクトリア朝時代の小説を研究するようになりました。そして卒業後、大好きな時代を背景にした自分の物語を執筆するようになったとのこと。

この第一作目に続き、ウィリアムの妹、エリザがヒロインとなる第二作（お相手は……本書をお読みになった方なら想像がつきますね。そう、あの男性です）もすでに刊行されており、本書の終わりに少し名前の出てきたエリザの親友、キャロラインがヒロインの第三作も発売が予定されています。まだまだこれからが楽しみですね。

二〇一九年四月

ライムブックス

伯爵家《はくしゃくけ》のメイドの秘密《ひみつ》

著　者　マリー・トレメイン
訳　者　上京《かみぎょう》　恵《めぐみ》

2019年5月20日　初版第一刷発行

発行人　成瀬雅人
発行所　株式会社原書房
〒160-0022東京都新宿区新宿1-25-13
電話・代表03-3354-0685　http://www.harashobo.co.jp
振替・00150-6-151594
カバーデザイン　松山はるみ
印刷所　図書印刷株式会社

落丁・乱丁本はお取替えいたします。
定価は、カバーに表示してあります。
 ISBN978-4-562-06523-3　Printed in Japan